あなたが愛した記憶

誉田哲也

集英社文庫

あなたが愛した記憶

プロローグ

職業柄、拘置所という場所には慣れている。待合室でヤクザ者と一緒になっても、特に緊張したりすることはない。過去に二度ほど殺人事件を担当したこともあるので、その手の人間と相対することにも大きな抵抗はない。ただ、この曽根崎栄治《そねざきえいじ》という男には正直、なかなか慣れることができないでいる。接見も、もう十三回目だというのに。

分厚いアクリルガラスの向こう。少し首を傾《かし》げて目の前、あまり奥行きのないカウンターに視線を落としているこの男の様子を、一体なんと表現したらよいのだろう。魂の抜け殻というのは容易《たやす》い。放置され、乾涸《ひから》びた雑巾か。真っ白になってなお原形を留《とど》めている、何かの燃えカスか。ヒゲを剃《そ》る気力もないらしく、会うたびに口と顎回りの影が濃くなっていく。髪はまだ伸び放題というほどではないが、でもお世辞にも整っているとは言い難い。寝癖か、ところどころがボサボサと逆立っている。

今日も、佐伯《さえき》から話しかける。

「曽根崎さん。お加減、いかがですか。風邪《かぜ》はもう、よくなりましたか」

当然のように反応はない。この程度で答えがあるくらいなら、佐伯も苦労はしない。

「そろそろ、どうですか。公判に向けて、少しきちんとした打ち合わせをしておきませんか。このままじゃ、あなた本当に、ただの殺人犯になってしまいますよ」

これもう、何十回もいった台詞《せりふ》だ。そして今また、何十回目かの無視をされた。いや、百回以上か。

「曽根崎さん。私にはね、どうしても分からないんです。あなたという人が、なぜあんな犯行に及んだのか。周りの方々にお話を伺っても……いや、話を聞いて、あなたという人を知れば知るほど、逆に分からなくなる。あなたは、本当はやってないんじゃないか、って。そう、思いたくなってしまうんです」

曽根崎は犯行前まで、個人で「新栄社《しんえいしゃ》」という興信所を営んでいた。主な業務内容は中小企業の信用調査だが、たまには素行調査などの個人案件も引き受けていたらしい。大手興信所から独立して十三年、今年四十八歳。働き盛りとしかいいようのないこの男が、なぜあのような非情な犯行に及び、なぜこんな廃人同然にまでなってしまったのか。

「田嶋吾郎《たじまごろう》さんにも、またいろいろ伺いました。田嶋さん、カウンター越しにですけど、こう、土下座のようにしてですね、栄治を、よろしく頼むって……何度も何度も、私に頭を下げておられました」

田嶋吾郎は曽根崎の親友であると同時に、新栄社の入っているビルの大家でもある。

田嶋自身そのビルの一階で喫茶店を営んでおり、二階を事務所兼自宅としていた曽根崎は、日々の食事のほとんどをその喫茶店で済ませていたという。店の名は「グリーン・ペイジ」。看板メニューはハンバーグで、曽根崎は「大葉入り和風ハンバーグ」をよく注文していたらしい。

「曽根崎さん、お願いしますよ。私に仕事をさせてくださいよ。あなたが同情の余地もない凶悪な殺人犯ならば、私もこんなことはいいません。公判では、過去のつらい経験か何かを引き合いに出して情状酌量を訴えるとか、じゃなかったら精神鑑定に持ち込むとか、せいぜい闘う方法なんてそんなもんです。でも、あなたは違う。ずっと真面目《まじめ》にやってきた。東伸《とうしん》リサーチ時代も、独立してからも、あなたはずっと、誰より真面目に生きてきたじゃないですか」

大手興信所「東伸リサーチ」の後藤恒之《ごとうつねゆき》社長は、曽根崎が殺人罪で起訴された今でも、「栄治は俺の一番弟子だった」といってはばからない。「俺に娘がいたら栄治の嫁にしたかった」ともいっていた。実際、独立後もかなりの数の案件を新栄社に回していたらしい。むろん、後藤社長も曽根崎の無実を信じる人間の一人だ。

「あなたが何も話してくれない以上、私にはあなたの知人を訪ね歩くしか、あなたを知る手段がない。でも、どんなに歩いても、何人に会っても、誰に、どういう訊《き》き方をしても、返ってくる答えは同じです。曽根崎栄治という人が、人殺しなどするはずがない。

何かの間違いじゃないんですか。まさに判で押したように、誰もが私に訊き返します。これって、どういうことなんでしょうね。被害者遺族である村川信子《むらかわのぶこ》さんですら、容易にはあなたを恨もうとしない。ただ、信じられないと……」

村川信子を引き合いに出したのは今日が初めてだが、それ以外はこれまでの接見でもしてきた話だ。いい加減、何かしら反応をしてくれてもいいのではないかと思う。

そもそも佐伯が慣れないと感じるのが、この曽根崎の沈黙だ。いや、理解し難いといった方がいい。

弁護士とも話そうとしない被告は、むろんいないわけではない。佐伯も過去、傷害致死容疑で逮捕された男を担当したことがあり、彼もまた容易に口を開こうとはしなかった。だがそれは、得てして自分の訴えが認められなかったことからくる不信感の表われであり、警察の取調べに対する不満の反動である。弁護士といえども、何か話せば内容は警察に筒抜けになるんじゃないかと疑っているのだ。そういう相手には、自分は警察とは違う、あなたを助けたいんだ、国選弁護人だからって手抜きなんてしないんだと、誠心誠意訴えていくしかない。

また珍しいケースではあるが、自分の犯行に妙なプライドを持ち、だんまりを決め込む者もいる。しかしそういう人間は、もっともっとふてぶてしい。警察も弁護士も、ひいては法治国家そのものも馬鹿にしているタイプだ。そういう相手をどうするかは犯行内容次第だろうが、少なくともこのケースとは明らかに違っている。

では、曽根崎の態度から読み取れる心情とはなんだろう。

あえて言葉にするとしたら、諦め、となるだろうか。拘置されていることも、それによって被《こうむ》る不便もさして気にしているふうはない。今も、ただ呼ばれたからここにいる。椅子があるから座っている。それだけの存在。いわば、生きながらにして死んでいる。殺人を犯したことによって、まるで自らの命まで失ってしまったかのようなあり様だ。

佐伯は、曽根崎に悟られないよう注意しながら腕時計を確認した。午後三時を数分過ぎている。弁護士面会は一般のそれと違い、一回何分と決められているわけではないが、それでも四時半には房で点検があり、五時には夕食になる。それまでには弁護士面会も終えねばならない。

「曽根崎さん。このままじゃ、本当に弁護のしようがないんですよ。情状酌量を訴えることも、ましてやこの犯行内容では、相手の過失という要素もまったくないわけですから」

信じ難いことだが、曽根崎が手に掛けたのは一歳にも満たない赤ん坊だ。自室で、その小さな小さな子供の首を絞めて殺害し、自ら一一〇番通報をし、その場で逮捕されている。そのときの様子は田嶋吾郎が詳しく語ってくれたが、彼もいまだに信じられないと唇を震わせていた。

「そういえば……田嶋さんが一つ、思い出したことがあるといって教えてくれました。犯行の何時間か前、あなたは田嶋さんと、離乳食について何か、言い合いをしたらしいですね。なんでも、ミカンを食べさせたからどうだとか」

そう、訊いた瞬間だった。

曽根崎の目に、急に何か尖《とが》ったものが宿るのを、佐伯は見た。

1

夢と現実。夢と夢。現実と現実。もはや自分の意識がどこに属するのか、よく分からなくなってきている。

最初は、病気なのだと思っていた。視界もはっきりしないし、体も思ったように動かない。でもそうではないのだと気づいたとき、愕然《がくぜん》とした。こんなことがあるのかと、まさに悪夢の中に放り込まれた気分だった。

いや、あるのだ。現実に僕は――しかし、その現実すら容易には信じられない。常識ではあり得ないことが、この体には起こってしまった。

目覚めながら夢を見る混沌《こんとん》。眠ることでしか自分を守れない恐怖。

その解消方法を教えてくれたのは他でもない、実の兄だった。

そう、奴《やつ》は知っていたのだ。ずっとずっと前からこのことを知っていて、でも僕には黙っていて、自分一人上手《うま》く立ち回って生きてきた。

奴はいった。どちらかが死ぬしかないだろうと。

真正直に考えれば、そういうことになるかもしれない。でも、それを実行に移すのはこの上なく怖《おそ》ろしい。本当に、一方が死ぬことによってもう一方は助かるのか。もし、そうならなかったらどうなる。推測も想像も、この現象の前ではあまりに無力だ。つまり、試しに死んでみるしか方法はない。

どちらが死ぬのか。それは考えるまでもなく、僕だろう。戸籍の上でも実質的にも家族はいないも同然だし、他に困る人もほとんどいないからだ。

それよりも問題は、どうやって死ぬかだ。

本当に死にたいのなら話は簡単だ。電車に飛び込んでもいいし、首を吊《つ》ったっていい。でも、本当は生きたいのだ。言い方を換えれば、生きるために自ら死を選ぶわけだから、できるだけ楽な死に方がいい。最も望ましいのは薬だ。しかし、今の僕の立場では入手が難しい。しかも、何をどれくらい服用したら確実に死ねるのか、そういう知識もない。中途半端に助かってしまうのが一番困るので、薬という方法は諦めざるを得ない。

電車は、多くの人に迷惑をかけそうなので気が進まない。また直前の恐怖が計り知れないという不安もある。首吊りも同じだ。何秒かは苦しむことになるだろうから、そのダメージが怖い。

結局、飛び下り自殺という線に落ち着いた。飛び下りなら途中で気を失うから怖くも痛くもない、という説を信じているわけでもないのだが、一度踏み出してしまえば躊躇《ちゅうちょ》も何もないわけだし、高ささえ確保しておけば失敗する確率も低い。幸いこの病院は十三階建て。屋上のフェンスは乗り越え可能な高さだ。

そう。熟慮に熟慮を重ねて、ここまできたのだ。

真夜中の、見回りの看護師が通り過ぎた直後に病室を抜け出した。夜中なら僕の時間だ。上手くやり通す自信はあった。

十三階から、さらに上った階段の上。屋上に出るドアは施錠されていなかった。出て左手が喫煙所になっているため、そもそも出入りは自由なのだ。

正面突き当たりまで進み、フェンス越しに下を覗《のぞ》く。今は暗くてよく分からないが、この建物と塀の間には二メートルくらいの隙間があり、上手くすればそこに落ちられるはずだった。一階の厨房《ちゅうぼう》の窓の外。朝食の支度に出てきた調理スタッフの誰かが気づいてくれれば、さほど長い時間放置されずに遺体は処理されるだろう。

頭より少し上で金網を摑《つか》み、スリッパを脱いだ裸足《はだし》の親指、人差し指、中指でもしっかりと網を捕える。

摑んだ金網を引き寄せ、もう一方の手をさらなる高さに伸べる。残っていた片足でコンクリート床を蹴り、同じように三本指を網に引っ掛け、へばりつく。木の幹にしがみつく蟬《せみ》に似ている。自分でも滑稽に思う。

一手一手、ひと足ひと足、着実に金網をよじ登っていく。天辺《てっぺん》までは二メートル半くらいあっただろうか。長期入院で鈍《なま》った体には過酷な運動だったが、これで終わりと思えば踏ん張りようもあった。

上端をまたいで越え、今度は梯子《はしご》を下りる要領で足を掛ける。ちゃんとフェンスの向こうに下り立って、コンクリートの縁《へり》に立って、心の準備ができたら飛び下りる、つもりだった。

「あっ……」

マズい、なぜいま目が覚める。すぐ目を閉じなければ。

意識が乱れる。手が、フェンスから——。

2

胃が痛い。過去にも経験しているのでよく分かる。この痛み方はもう赤信号だ。でも、痛いのはあくまでも胃だ。肺ではない。だから、タバコはかまわない。

ピース。本当は缶入りのがいいのだが、売っている店が近くにないのだから仕方ない。それでも、昔ながらのこの味は嬉《うれ》しい。濃く甘い香りと、舌の両端にキリキリとくる辛味。

「……吸うか」

ひと口吸ったところで差し出してみたが、テーブルの向こうの女はゆるくかぶりを振るだけだった。親指がないから吸えない、とでもいいたいのか。そんなはずがあるか。タバコなんてもんは人差し指と中指があればちゃんと吸える。灰を落とすときには親指も必要だろうって？　いやいや、それくらいは俺がやってやる。心配無用だ。まあ、そもそも俺はこの女がタバコを吸うかどうかも知らないのだが。

ちなみに女の親指は二本とも、すぐそこのキッチンのシンクに入っている。俺が切って、放り込んだのだ。手の傷口はちゃんと消毒して、できる限りの止血もしてやった。ただ、一日一回は包帯を替えなければならない。縫ったわけではないので、傷口はまったく塞がっていない。

「腹、減ったか」

女はしばらく考え、ほんの数センチ、浅く頷《うなず》いた。

「買い置きも、もうなくなっちまったからな……何がいい。やっぱり、フォークかスプーンで食えるもんがいいだろう。なんか出前でもとるか。カレーライス、オムライス……っていっても、ここ、出前頼めんのかな。俺も、よく知らねえんだ」

親指がなくても食べられるものを次々と考えていたら、女が何か呟《つぶや》いた。

「あ？　なんかいったか」

内緒話のように、息だけで発したひと言。

「なんだよ、聞こえねえよ」

「……お、すし」

寿司《すし》、か。試しに、親指を使わないで食べられるかどうかを真似《まね》てみる。まあ、完全に無理ということもなさそうだ。

「じゃあ、寿司にするか……あれだな。出前の、チェーンのチラシとかがありゃいいんだけどな」

するとまた、何事か呟く。

「あんだよ、聞こえねえんだよ」

あまり苛々《いらいら》すると、自分で自分が抑えきれなくなる。それは、俺も困る。

「……たい」

「ハ？　だから、もっとはっきりいえって」

「……ケータイで、調べて」

なるほど。だが、女の携帯電話は駄目だ。電源を入れたら最後、位置情報が伝わって、あっというまに警察に居場所を知られてしまう。

「どうやってやんだよ。俺のこれでもできんのか」

自前の携帯を出して見せると、女は無表情のまま小首を傾《かし》げた。

おい、馬鹿にすんなよ。俺の携帯でだって、寿司屋くらい探せるだろう。

大丈夫だった。ちゃんと俺の携帯でも寿司屋は見つけられたし、電話をしたら、ウィークリーマンションでも届けてくれるという。十貫で千三百円というのが高いんだか安いんだかはよく分からないが、味は悪くなかった。ウニとサーモンが美味《うま》かった。女はイクラが好物だというので、玉子と取り換えてやった。すると、ほんのちょっとだが笑みを浮かべた。なんだか照れ臭かった。

ただし、食ったらそれに見合うだけの、お役目は果たしてもらう。

「……い、痛い」

「我慢しろよ」

面倒なので前戯はなし。いつも俺の唾《つば》で濡《ぬ》らしたら、すぐに始める。一日三回もやって効果があるかどうかは分からないが、とにかく今の俺にはやり続けるしかない。

固く目を瞑《つむ》り、頬を歪《ゆが》め、歯を喰《く》い縛っていた女の表情が徐々にゆるんでくる。眉間にはまだ力がこもっているが、肩や首からは力みが抜け、俺の動きに身を委ねるようになってくる。この女はいつもそうだ。もう何十回もやっているが、毎度最初は痛がって嫌がるくせに、五分としないうちにテメェの方がよくなってきやがる。声にこそ出さないが、俺には分かる。阿呆面《あほづら》をさらした上、パクパクと空《くう》を噛《か》む唇は、もっともっと、ああ気持ちいいと漏らしている。

途中から俺は妙な気分になってくる。拉致監禁、逃亡と反撃を防ぐための両手親指切断。そして、挿入と射精の日々。こっちの都合と欲望でやっていることなのに、そういう顔をされると、まるでこっちがサービスをしてやっているような錯覚に陥る。ストックホルム症候群とか、そういうことだろうか。監禁が長引くと、被害者が犯人に好意を抱《いだ》くようになるという現象だ。親指を切り落とされ、強姦《ごうかん》され続けているにも拘《かか》わらず、好きな食べ物を与えられ、ときには箸で食べさせてもらい、そうしているうちに俺という存在そのものに慣れてきたということなのか。それとも、この女がもともと馬鹿なだけなのか。あるいは、とんでもないマゾだとか。

「あっ……あっ……」

人間には二種類いると思う。誰かの泣き顔を見るともらい泣きしてしまうタイプと、逆に、先に誰かに泣かれると自分では泣けなくなるタイプ。誰かが笑うと釣られて笑うタイプと、何が面白いんだと腹を立てるタイプ。相手がよがり声をあげ始めると、もっと気持ちよくしてやろうと頑張るタイプと、急に馬鹿らしく思えて萎えてしまうタイプ。俺はどの場合でも、明らかに後者だ。だが大丈夫。動かしてさえいれば、本当にイチモツが萎えてしまうことはない。続けてさえいれば、いずれ射精はできる。

ああ、そろそろイキそうだ。

女が先に体を起こした。

「なんだ。どこにいく」

「……トイレ」

床に落ちていたTシャツを指先で拾い、両腕を通し、頭をくぐらせる。女が着ているのはその、少し大きめの長袖Tシャツだけだ。親指がないのだから自分ではブラジャーなど着けられないし、パンツを穿《は》くことは俺が禁じている。なぜって、結果が分かりづらくなるからだ。

便器の水が抜け、勢いよく流れていく音がする。ちなみにここのトイレには温水洗浄も温風乾燥もついている。親指がなくても股間を清潔にしておくことはできる。むろん、その機能がなければ俺が拭いてやるつもりだった。

女がトイレから戻ってきた。テーブルに置いてあったミネラルウォーターのペットボトルを、指四本と掌《てのひら》で器用に開ける。

そっと口をつけ、徐々に傾ける。喉元の、白い肌の下で喉仏が蠢《うごめ》く。三口ほどで満足したのか、女はまた器用にフタを閉め、ボトルをテーブルに戻した。

俺が気づいたのは、その直後だった。

「おい、なんだそれ」

俺はベッドから飛び起き、女のもとに向かった。

「えっ？」

「そりゃなんだって訊《き》いてんだよ」

俺は女の前にひざまずき、長いTシャツの裾をめくった。

細い脚の間に、赤い筋が一本流れている。

「おい、どういうこった、こら」

「……あ、生理」

俺は反射的に立ち上がり、その際、俺の脳天と女の顎が激しく衝突した。骨と骨、歯と歯がぶつかり合う音がし、短く呻《うめ》いた女が後ろに体勢を崩す。

だが俺に、謝罪も同情もしている暇はない。

「あ、生理、じゃねえよ馬鹿野郎」

カッ、と脳味噌《のうみそ》が熱を帯びる。顔も紅潮しているだろう。吐き気のような、何かとてつもなく悪いものが腹の底から湧き上がってくるのを感じる。

「フザケんなよ、コラァ」

俺は、顎を押さえてうずくまっている女の頭を思いきり蹴飛ばした。ギャ、と漏らし、女の体が横倒しになる。丸出しの、血で汚れた尻。それを今度は、上から踏み潰す。腰骨が床に当たる音。さらに膝を落とすと、骨盤そのものが軋《きし》む音がした。

「まったくよ……骨折り損とはこのことだぜッ」

馬乗りになり、髪の毛を鷲掴《わしづか》みにし、強引に顔を上げさせる。口から血が流れている。下からの頭突きで舌か唇を切ったのかもしれない。その口に、拳をぶち込む。

「おい、おい、オラッ」

女の顔面が、どんどん壊れていく。俺の拳も痛いが、その何倍も痛めつけなければ気が済まなくなっている。

「こんなに、時間、かけたのによッ……この、役立たずッ……フザケんなッ……フザケんなってッ」

いい加減、拳が壊れそうなので殴るのをやめ、首を絞める。

「クッソォ……」

女の血走った眼球が、瞼《まぶた》を押し退《の》けて無理やりせり出してくる。紫に変色した舌が、口から逃げ出そうとするように大暴れする。

「なんで、こうなんだよ……なんでこうなるんだッ」

全体重を女の首にかける。俺の手の中で、薄い殻のようなものが潰れる音がした。喉仏の、軟骨か。

「ちくしょう」

俺の手首に絡んでいた女の手から、ふいに力が抜ける。爪を立て、俺の皮膚を引き剥がそうとしていた二つの手が、ぼとりと同時に床に転がる。掌に巻いた包帯は血だらけだ。

俺は女から手を離し、醜く変貌した顔を改めて見下ろした。古い怪奇漫画によくこんな顔があったが、さて、なんという作者だったたか。いや、そんなことはこの際どうでもいい。

「……いけね。またやっちまった」

後先考えず女を絞め殺してしまう、俺の悪い癖が出てしまった。

3

ベラベラとヘリコプターの音がやかましい。

「どこだ、あれは」

荻野《おぎの》康孝《やすたか》は夕空を見上げながら、検視官の内海《うつみ》警視に訊いた。

「どこでしょうね……ああ、朝陽新聞だ」

階級は同じ警視だが、内海は荻野より三つくらい若い。四十七とか、確かそれくらいだったはずだ。

「またサイダーが喋《しゃべ》りやがったな」

サイダーとは荻野の二年期上、直上理事官である大倉《おおくら》警視のニックネームだ。下戸《げこ》で、飲み屋にいくと必ず「サイダーはあるか」と訊くところからつけられた。サイダーはねえだろ、と誰もがいうのだが、大倉は「俺の地元じゃたいていの店が置いている」といって譲らない。福井県出身だというが、他の同県出身者に確認したことはないので真偽は定かでない。

「困りますよね。何が嬉しくてやってるんだか」

「まったくだ」

大倉はマスコミが大好きで、一応「書くなよ」と前置きはするらしいが、馴染《なじ》みの記者にはすぐ情報をリークしてしまうという悪癖の持ち主だ。それでいて「喋ったでしょ」と訊いても知らん振り。昨今、マスコミによる現場捜査員への直接取材は原則禁止なのだから、漏れた内容から検証していけば大倉以外にはあり得ないのだが、それでも簡単には認めない。なぜそういう気持ちの強さをマスコミに対しては持てないのだろうと、荻野は常々不思議に思っている。

気を取り直し、再び内海に訊く。

「……で、どうだ。東大泉《ひがしおおいずみ》の一件と、似てるか」

正確にいうと、一ヶ月前に東大泉で発見された他殺体と同一の手口に見えるか、という意味である。その事案の特別捜査本部は石神井《しゃくじい》署《しょ》に置かれ、今現在も捜査が続けられている。

内海が苦い顔をして頷く。

「ほぼ、同じといっていいでしょうね」

東大泉の件では、遺体はスーパーマーケットの屋外駐車場、監視カメラのアングルからはずれる変電設備の裏手に遺棄されていた。今回も場所こそ調布《ちょうふ》市柴崎《しばさき》と離れ、変電設備ではなく給水設備という違いはあるものの、スーパーの駐車場の物陰というのは共通している。しかも、被害者はいずれも若い女性。遺体は今、その給水設備とコンクリート壁の間から運び出され、二つの駐車スペースにまたがる恰好《かっこう》で寝かされている。周りでは警視庁本部の鑑識課員が数人がかりで遺体の状況をカメラに収めている。

内海は自分の鼻と口の辺りを指で示した。

「拳か、肘ですかね。徹底的に殴ってますよね。顔面の損傷は東大泉よりひどいかもしれない。それから、頭頂部の頭髪もかなり毟《むし》り取られている。この前もそうでしたが、たぶん馬乗りになって、左手で髪の毛を掴んで、逃げられないように固定して殴るんでしょうね。性格的には、相当なサディストといっていいでしょう」

たまに内海はこういう出過ぎたことをいう。犯人がサディストかどうかは、検視官が判断すべきことではない。

再び遺体に目を移す。

「手の方は」

今回の遺体も両手に包帯が巻かれている。何らかの傷があって出血しているものと思われ、包帯は双方とも赤土色に染まっている。

「同じでしょうね。外から見ても、あの中に親指があるようには到底思えない。両方とも切断されてるでしょう。それと、これは持ち帰って調べないと断言はできませんが、今回も爪の間に皮膚片らしきものが詰まってます。これで体内から精液でも出て一致すれば、同一犯であると断言して差し支えないでしょう」

「死因も、同じだといえるか」

「ええ、扼殺《やくさつ》ですね。仰向《あおむ》けに寝かせて、またがった状態で、上から両手で、全体重をかけたものと思われます。ちょっと触っただけで分かりますよ。軟骨がぐしゃぐしゃです。ひどいもんです」

　確かにひどい。顔面は真っ赤に鬱血《うっけつ》し、喉元には焦げたように黒く指の痕が残っている。口からは舌が半分くらい飛び出している。それでも死人は穏やかに目を閉じている。それが逆に、なんとも物悲しい。若い女性の死に顔としては最悪の部類といっていい。

「身元は」

「所持品はなしです」

　それも東大泉と同じか。着衣はベージュのパンツスーツ。中は白いカットソー。拉致監禁、強姦、殺害の上、もとの着衣を改めて着せて遺棄したのだとすれば、その点も東大泉と重なる。

内海が手袋をはずし、代わりに内ポケットから何やら取り出して銜《くわ》える。タバコか。

「おい、よせよ」

遺体発見現場に余計なものを落とされては堪《たま》らない。

だが内海は意に介す様子もなく、口をすぼめて吸ってみせる。火も点《つ》けずに。

「……大丈夫ですよ。ほら、電子タバコです」

確かに。よく見ればそれには、紙巻きのタバコよりつるつるとした光沢がある。しかしその点を除けば、吸い込んだときの先端の光り具合など、本物のタバコと見紛《みまが》うほどのリアルさだ。

馬鹿馬鹿しい。なんと紛らわしい真似をするのだろう。


いったん桜田門《さくらだもん》の警視庁本部に戻り、捜査一課長の小菅《こすげ》警視正、理事官の大倉警視と打ち合わせをする。場所は六階の課長室だ。

斜向《はすむ》かいにいる小菅課長が溜《た》め息を漏らす。

「東大泉の一件と、酷似しているそうだな」

それには、頷くしかない。

「ええ。被害女性は二十代、スーパーマーケットの屋外駐車場の物陰に遺棄、顔面を激しく殴打した末の扼殺、共通点が多過ぎます。むろん結果待ちではありますが、今回も性的暴行を受けているとすると、同一の犯人によるものと見て間違いないと思います。しかし……」

小菅が眉間に力を込める。

「しかし、なんだ」

「……はい。今回またマル害（被害者）の体内に体液を残し、爪に皮膚片を残しているとすると、死体遺棄方法の合理性というか、冷静さとは何か、微妙に喰い違うものがあるような気がするんです」

「たとえば」

あまり突っ込んだ訊き方をされても困る。荻野自身、そこまで確証があっていっているわけではない。

「そう、ですね……たとえば、東大泉のマル害は、拉致されて十一日間監禁され、その間に繰り返し性交を強要されたものと見られています。性交時の抵抗や、逃亡を防ぐ目的もあるのかもしれませんが、犯人はマル害の両手親指を切断している。東大泉では、鉈《なた》のようなものを使用して。さらに遺棄に際して、拉致したときの服を着せ直しています」

それがなんなんだよ、と隣の大倉がいう。

「……つまり、犯行自体は計画的ですし、ある意味、非常に手慣れてもいる。抜かりなくやってのけた、というふうに見えます。しかし、そこまで徹底してやっておきながら、体内には精液を残し、爪には皮膚片を残している。着衣にも犯人のものと思《おぼ》しき指紋がベタベタついている。なんというか……犯人はあまり、逮捕されることに頓着していないかのように見えるんです。私には」

低く唸《うな》り、小菅が首を捻《ひね》る。

「しかし、現実に犯行は連続性を帯びてきている。捕まってもかまわないなんて発想は、どうやっても持ちようがないと思うがな。それに、犯行は残虐極まりない。この手口で二人殺《や》ったら、極刑を免れるのは難しい。むろん、心神喪失との鑑定を引き出せれば話は別だが」

大倉がわざとらしく頷く。

「そもそも、人殺しなんてのは頭のおかしい奴がやることだ。何から何まできっちりできる頭があったら、わざわざ殺しなんかしないで、真っ当な社会生活を送ってるさ」

「大倉さん、私はそういうことをいってるんじゃないんですよ」

いちいち下らない茶々を入れやがって。

「残虐な殺害方法と、全体を見たときの計画性と、細部を見たときの杜撰《ずさん》さにそれぞれ齟齬《そご》があるような気がするといってるんです」

「だから、それになんの意味があるんだって訊いてるんだよ」

「分かりませんよそんなこと。まだ調布の遺体の解剖も済んでないんですから」

「だったらワケの分からんことというなよ」

「いや、ですから」

「よさないか」

小菅にいわれ、荻野は仕方なく口を閉じた。大倉はつまらなそうに鼻息を吹いた。

「……どちらにせよ、体液等のＤＮＡ、指紋が一致したら共同捜査本部の設置を考えざるを得ない。場所は、少し離れてるからな、初動に目処《めど》がついた時点でどちらかに集約するか、どこかの分室に拠点を移す。荻野、調布の方の人員は、お前のところで賄《まかな》えるのか」

荻野は第四強行犯捜査の管理官。指揮下には第九から第十二までの殺人犯捜査係がある。東大泉の特捜本部に出張《でば》っているのは殺人犯捜査第九係。第十から第十二までの係は現在、それぞれ別々の特捜に入っている。

「十二係の、品川の特捜がまもなく起訴で上がりになりますんで、そうなれば八人は調布に向けられると思います」

「まもなくってのは、正確には何日だ」

手にしていた手帳で確認する。

「今日を抜かして……あと二日です」

「今現在は調布に何人いかせてる」

「係長を入れて五人です。担当主任を一人と、あと三人はデカ長（巡査部長刑事）です。品川には統括が一人、担当が三人、デカ長を二人残しています」

小菅が頷く。

「可哀相《かわいそう》だが、この際品川はもっと削ってくれ。三人残して、あとは全部調布に転出させろ。人選は任せる」

やれやれ。また今夜、あの連中の嫌味を聞かなければならないのか。

「分かりました。二係には、その方向で調整を入れるようにいっておいてください。私もこれから品川に向かいますんで」

強行犯捜査第二係は捜査本部設置に関する調整を行う部署。少しくらい負担を肩代わりしてもらわなくては割に合わない。


荻野が品川署五階の講堂に着いたのは夜九時を過ぎた頃だった。

捜査会議もすでに終わったようで、中はひどくがらんとしていた。右奥に設置された本部デスクに、よく知った顔が三人残っているのみである。

「……お疲れさん。他の連中はどうした」

担当主任の佐藤が、席に座ったまま荻野を睨《ね》め上げる。

「管理官。あとは三人でやれってのはどういうことですか。こっちはね、凶器があがったってだけでね、まだ目撃情報もバラッバラなんですよ。やんなきゃならない仕事が山積みなんです」

両隣にいるデカ長二人も、同じような目で荻野を見ている。

「……分かってる。大変なのはよく分かってる。すまないとも思ってるよ。だがな、今回調布で起こった殺しはたぶん、東大泉と同一犯によるものだ」

途端、佐藤の目の色が変わる。

「東大泉って、あの……OL監禁殺人の、あれですか」

それは正式な事案の呼び名ではないが、テレビや週刊誌ではすでに定着した感のあるタイトルだ。

「そうだ。まだ、今回のマル害がOLかどうかは分からんがな」

さらにいうと、身元が分からない以上、殺される前に監禁されていたのかどうかも分からない。ただ先ほど受けた連絡では、やはり今回のマル害も両手の親指を切断されていたというから、同じような目に遭わされたのであろうことは想像に難くない。ちなみに、両手の親指切断に関してはマスコミに伏せてあるので、部外者である佐藤たちも知らないはずである。

「東大泉の件は、一ヶ月やってまだ何もあがってない。犯行現場は疎《おろ》か、目撃情報の一つも拾えていない。そこにきての、この殺しだ。お前らには迷惑をかけることになるが、俺からは……今は察してくれと、いう他ない」

浅くだが頭を下げると、佐藤も合わせるように頷いてみせた。

密《ひそ》かに、胸の中で溜め息をつく。

なんとか、今日のところは切り抜けられたようだ。

4

六時間目終了のチャイムが鳴る。昔ながらの「ウェストミンスターの鐘」だ。昨今は近隣住宅への迷惑にならないようチャイムを控える傾向があるというが、この学校はその限りではない。伝統的なメロディで校内時間を管理している。

前の席に座っている三浦知美《みうらともみ》がこっちを振り返る。

「民代《たみよ》、ちょっといい？」

すでに困り顔になっている。何か頼み事があるようだ。

「うん、なに？」

「今日の物理、もう全ッ然、駄目だったんだけど」

知美が全然駄目なのは何も物理に限ったことではない。

「うん、いいよ」

いったんカバンにしまった物理のノートを出し、渡してやる。

「サンキュ。ほんと、どういうわけか先生の説明より民代のノートの方が分かりやすいんだよね。これ、いつまで借りてていい？　月曜でいい？」

今日は金曜日。最速でもそうならざるを得ないだろう。

「うん。月曜でもいいし、次の物理って火曜だっけ。そんときでもいいけど」

「マジで。じゃ火曜まで。ごめんねェ、ほんと助かるゥ」

泣き笑いのような表情を作り、拝むように手を合わせる。知美は決して美人ではないが、表情豊かで快活なところは好感が持てる。男だったら好きになっていたかもしれない。

ふいにまた表情が変わる。微《かす》かに眉をひそめた心配顔だ。

「それにしても、民代っていつ勉強してるの？　今日だって、これからまた病院なんでしょ？」

いつ勉強したのかというと、だいぶ前、ということになる。

「うん……まあ、ちょこちょこ。工夫すれば、時間はそれなりにあるよ」

「偉いわァ。だって家事全般やって、ほとんど一日置きにお母さんの病院でしょ？　できないよォ、普通。あたしが男子だったら、絶対民代をカノジョにする。で、お嫁さんにする」

似ているようで、その実、発想の方向性は自分と真逆なのが可笑《おか》しい。

「あたしなんか、家じゃなーんもやんないもんね。料理できないっしょ。掃除苦手っしょ。洗濯なんて、何と何を一緒に洗っていいかとか、洗剤はどんくらいとか、全然知んないもんね。偉いわァ。ほんと民代って偉いわァ」

それでいいと思う。母親が健康で、しかも血が繋《つな》がっているのなら、甘えられるだけ甘えたらいい。

「……あ、ごめん。私、そろそろいかなくちゃ」

そういうと、知美はチラリと腕時計を見、またすぐ困り顔をしてみせた。

「こっちこそ、引き止めちゃってごめん。お母さん、お大事にね」

「うん、ありがとう」

さあ、急がなければ。

母の入院先は新宿。山手線《やまのて》を途中下車すればいいだけだから、学校帰りに寄るのもさほど苦ではない。

「こんにちは……失礼します」

六人部屋。一人だけ中学生の女の子がいるが、あとは全員年配女性だ。

「あら民代ちゃん、いつもご苦労さまね」

何人かに挨拶しながら一番奥、窓際右手のベッドに向かう。

「お母さん……どう」

母は眠たそうに目を瞬《しばたた》いている。

「ああ、民代……いつも悪いわね」

「よしてっていってるでしょ、そういうの」

ベッドサイドワゴンの扉を開けて汚れ物を出し、代わりの着替えを中に収める。プラスチックのコップに挿してある歯ブラシは、この前替えたばかりだからまだ新しい。花瓶の薔薇《ばら》は少し萎《しお》れてきている。明日は土曜で学校がない。明日、何か買ってこよう。

「どう、熱は。下がった？」

母の患《わずら》っているのは心臓弁膜症。血液を送り出す心臓の弁の機能障害だという。余命を区切られたわけではないが、本人は長くないと思っているようだ。実際そうなのだろうと、自分も思う。

「うん……熱はもう、大丈夫。ごめんね、なんにもしてあげられなくて」

病人が何をいう。

「私は大丈夫だって。ここなら学校の帰り道だし、別に部活があるわけじゃないし」

「やれば、よかったのよ……こんなことばっかりで、ほんと、あんたが可哀相」

以前はよくそういって涙を流していた。今はもう、そんな涙も涸《か》れてしまったか。

「だから、私は可哀相なんかじゃないよ。こうやって親孝行ができるんだもん。幸せだと思ってる」

母が溜め息をつく。当たり前だが病人臭い。

「どうしてお前、あたしらみたいな年寄りんとこにきたの……お前なら、もっといい話があったろうに」

これも、もう何百回と繰り返してきた会話だ。

いい加減、話題を変えよう。

「あ、そうだ、新聞。読日から朝陽に替えたからね」

母はゆるく頷いたが、目は理由を聞きたがっている。

「なんか、営業の人が熱心でさ。一ヶ月無料で、洗剤もいっぱいくれて、野球のチケットはいらないっていったら、じゃあって映画のチケットくれたの」

何をいっても、母は悲しげに微笑《ほほえ》むだけ。特に入院してからは、娘である自分を過度に不憫《ふびん》がって仕方ない。一昨年、父が突然亡くなってショックなのは分かるが、それにしても弱り過ぎだろう。謝るくらいならもっと気を張って、自力で元気になってほしい。

「映画……ちゃんと、観《み》にいきなさいよ」

嗄《しゃが》れた声で、ようやくそう絞り出す。

「うん、いくよ。明日、知美と」

嘘《うそ》と見抜いているのだろうか。それにも形ばかりの笑みを添えるだけだ。

それから花瓶の水を替え、ポットのお湯も入れ替え、少し無駄話をして、そろそろかと思い、腕時計を見た。

「じゃあ……また明日、くるね」

「……明日は、映画だろ。無理してこなくていいよ」

ああ、そうだった。

「そうじゃなくて、ここ寄ってからいくの。大丈夫だって。ちゃんと知美と観にいくから……じゃあね」

また同室の患者たちに挨拶をし、病室を出た。

夕方、五時を少し過ぎていた。


渋谷で東横《とうよこ》線に乗り換えると、偶然にも座ることができた。

家から持ってきた朝刊をサブバッグから出して読む。女子高生が車中で新聞、というのが人目を惹《ひ》きやすいことは承知しているが、気にしている余裕はない。

【東京都調布市のスーパーマーケット駐車場内で八日夕方に発見された遺体は、同杉並区に住む会社員、中村初美《なかむらはつみ》さん（26）だったことが十日、警視庁への取材で分かった。中村さんは今月二日から連絡がとれなくなっていたが、三日から六日までが連休であったため、家族や職場関係者なども週明けまで警察には届け出ていなかった。遺体には顔面を激しく殴打され、手で首を絞められた痕もあるため、警視庁と調布警察署は殺人事件として捜査を始めていた。】

何度読んでもそうは書かれていないが、おそらく間違いない。これは先月、東大泉で起こった事件と同一犯によるものだろう。激しく顔面を殴打した上での扼殺。スーパーの駐車場に遺棄する手口が共通している。また現時点で警察は公表していないが、二つの遺体の両手には親指がなかったのではないだろうか。そうだとしたら、犯人は決まったも同然だ。

奴だ。奴がまた、動き始めたのだ。

だがどうする。今の自分に何ができる。独自に捜査する能力も、仮に奴を見つけられたとして闘う術《すべ》もない。ましてや一介の女子高生では、人を雇う金もない。どうする。どうしたらいい。

真っ先に思い浮かんだのは、曽根崎栄治の顔だった。彼ならば力を貸してくれるかもしれない。ある程度事情を話せば、ただで協力してくれるかもしれない。

でも一方に、彼を巻き込みたくないという思いもある。今現在でさえ二人の犠牲者が出るような事件になっている。この先、もっと手のつけられない事態になっていく可能性は決して低くない。そんなことに彼を巻き込んでいいのか。彼にもしものことがあったら。そう考えるだけで身震いを禁じ得ない。

では他に誰がいる。今の自分に力を貸してくれる人間などどこにいる。養父はすでに他界し、養母は心臓を患って入院中。養父の死亡保険金と銀行預貯金で普通に暮らしていく分には不自由しないが、殺人犯を見つけるために人を雇う余裕などどこにもない。そうかといって、このまま放置するわけにはいかない。奴を止められるのは自分一人だ。この世でたった一人、自分が闘う以外、他にない。

しかし、あまりに今の自分は無力過ぎる。

栄治――。

私はあなたを、頼っていいのだろうか。

5

顔から頭、胸の辺りにもぼんやりと熱が溜まっている。明らかに酒が抜けていない。口の中には不快な酸味と粘りが居座り、吐く息は自分でも嫌になるほど酒臭い。でも今、慌てて歯を磨いたら戻してしまうだろう。何か、ミントのタブレット菓子みたいなものは持っていなかっただろうか。

曽根崎栄治は横になったまま、スラックスのポケットをまさぐった。

昨夜《ゆうべ》は久しぶりに、以前勤めていた興信所の社長、後藤恒之ととことん飲んだ。相変わらずお前は営業がなってない、と散々説教をされ、延々日本酒を飲まされ、二時過ぎに帰ってきた。着替えも風呂も面倒で、上着を脱いだだけでベッドに倒れ込んだ。たぶんそのまま、気を失うようにうつ伏せで寝てしまったのだろう。枕には大きな涎《よだれ》の地図ができている。

残念ながらタブレット菓子は持っていなかった。事務所のデスクに買い置きはあっただろうか。そんなことを考えていたら、ドアの向こうからサンダルの足音が聞こえてきた。

「……栄治さぁん、起きてるぅ？」

美冴《みさえ》だ。ドアの前まできて二度、軽くノックをする。なぜこっちまで入ってこられたのだ。

「栄治さん、起きてる？　いるんでしょ？」

「あ、うん、起きてる。……ねえ、どうやって入ってきたの」

美冴は吾郎の妹。つまり大家の家族。でも、だからといって合鍵を使って入ってくるとは考えづらい。

「え、開いてたけど」

そうか。昨夜は鍵も掛けずに寝てしまったのか。

「ねえ、朝ごはんどうするの。ランチの仕込み始めちゃうから、そうしたらもう持ってこれないよ」

「ああ、分かった……いま下りる」

「くるのね？　下で食べるのね？」

「うん、店で食べる。ありがと」

早くね、と言い置き、美冴の足音が遠ざかっていく。

ランチの仕込み、か――。

壁に掛けた丸時計を見上げる。確かに、すでに十時半を数分回っている。シャワーを浴び、朝飯を食ったらもう午前中はほとんど仕事にならないだろう。

思わず溜め息をつき、栄治は上半身を起こした。ベッドが軋む。病院のみたい、と美冴にいわれた安物のパイプベッドだ。両足を下ろし、昨夜脱ぎ捨てた黒い革靴に爪先を入れる。あまり下を向いていると吐き気が上がってきそうだった。適当に突っかけ、立ち上がる。

やはり、少しフラつく。ドアまでがやけに遠く感じられる。六畳もない、穴蔵のようなプライベートルーム。ドアノブを捻ると、カチンとロックがはずれる音がした。どうやら、こっちはちゃんと掛けて寝たらしい。

ドアを押し開けると、事務所スペースはすっかり陽《ひ》の光に充《み》たされていた。書類が積み上がったデスク。小振りの応接セットと、壁際にはスチールの書棚。あと、ちょっとした給湯スペース。とりあえず、事務所の玄関ドアに鍵を掛けにいく。シャワーを浴びている間に、また誰かに入ってこられたら困る。

ふと脳裏に、女の言葉が甦《よみがえ》る。

栄治って、体のわりに臆病だよね——。

懐かしい声音に、胸がしくんと痛む。

真弓《まゆみ》——。

でも、口の中でそう呟くと、不思議と胸の痛みは、少しだけ和らぐ。


もう、十九年も前に別れた女だ。石本《いしもと》真弓。当時栄治は二十八歳。真弓は四つ下だから、二十四だった勘定になる。東伸リサーチに勤めていた頃で、自分でいうのもなんだが、栄治もまだ若く、今より少しは血気盛んだった。

真弓は、昼間は仕出し弁当の配達、夜はスナックでバイトをしていた。どういうわけかその弁当屋もスナックも東伸リサーチがよく使う店で、お互い顔見知りになるのにさしたる時間はかからなかった。

すらりと背が高く目鼻立ちのはっきりした真弓は、特に夜の店では人気が高かった。入ってくる客はたいてい、ママより先に真弓に声を掛けるし、姿が見えないと「あれ、真弓ちゃんは」と必ず訊く。まあ、その点に関しては栄治も同じだった。真弓がいる日は店に長居したし、いない日はビール一本と焼きうどんを腹に収めたら早々に退散した。

ある夜、地元の建設業者の社員数人が店で馬鹿騒ぎをしていた。隣に座らせた真弓の肩を抱き、腰から尻に手を這《は》わせ、今夜俺とどうだと大声で訊く。真弓は年のわりに客あしらいが上手い方だったので、何いってんのよ社長さん、などといっては適当にはぐらかしていた。だがその中の一人が悪乗りし、後ろから両手で真弓の胸を鷲摑みにした。その瞬間の、真弓の本気で嫌がったような顔が、栄治の中の何かに火を点けた。

「……あんたら、いい加減にしろよ。ここはそういう店じゃないだろう。彼女、嫌がってるじゃないか」

そんなことを夜の酒場でいったら、喧嘩《けんか》になるに決まっている。おまけに相手は複数、しかも気の荒いことで知られた連中だ。栄治は背こそ百七十八センチと人並み以上だが、腕っ節の方はそうでもなかった。当然、ボコボコに殴られた。かろうじて二、三発はやり返したと思うが、優にその十倍は喰らわされた。

ママが交番に直接電話をし、しかし制服警官が到着したときにはすでに相手側は現場をあとにしていた。真弓は栄治に応急手当を施し、さらにアパートまで送るといった。

「いや、いいよ……そんな、こっちが吹っ掛けた喧嘩だし」

あのときの真弓の目が、今でも忘れられない。

「……嬉しかったの。四の五のいわないで送らせて」

瞬間的に、通じ合うものがあった。目と目で繋がり合う。すべてを委ね、すべてを受け入れる。自分が自分であることと、真弓が真弓であることがあのとき、無性に嬉しかった。

あの夜ほど、体という器が邪魔に思えたことはなかった。それでも、その体を介することでしか確かめ合えないのがもどかしかった。

真弓――。

なぜ君は、また会えるなんていって、俺の前から消えたんだ。


シャワーを浴び、きちんと歯も磨いてから事務所を出た。

屋内階段を下り、いったん外に出てからグリーン・ペイジのドアを開ける。「CLOSED」のプレートが掛かっているが、かまうことはない。

カロロン、とカウベルが耳のすぐ上で鳴る。

「……おはよ。参ったよ。久々に飲み過ぎちまった」

奥に細長い間取り。店の右側を占めるカウンターにいるのは吾郎だけだった。

「後藤さんか。あの人、説教し始めると長《なげ》えからな」

吾郎との付き合いは高校時代からだから、かれこれ三十年以上になる。ある意味、肉親よりも栄治をよく知る人物といえる。

栄治は吾郎の正面に座った。

「ま、親の脛《すね》かじってるのと変わんねえからな。頭上がんないよ、あの人には」

吾郎は野菜を切るのに忙しそうなので、コーヒーは自分で用意することにした。カップとソーサーも、ランチ用に並べたものから一つずつ拝借する。

「ちっと待ってろ。今、玉子焼いてやっから」

「ああ、悪いな」

童顔の吾郎は、四十を過ぎた辺りからヒゲを伸ばすようになった。美冴はむさくるしいから剃《そ》った方がいいというが、栄治は悪くないと思っている。色の入った黒縁メガネと相俟《あいま》って、ちょっと渋い雰囲気作りにひと役買っている。

「あれ、美冴ちゃんは」

「ナツメグ買いにいった。頼んどけっていったのに、まんまと忘れやがって」

切った野菜を大きなボウルに移すと、吾郎はそれを奥の厨房に持っていった。鉄鍋かフライパンを火に掛ける音がし、だがすぐこっちに戻ってくる。

「……今朝《けさ》、美冴、勝手に入ったんだって？」

一瞬、なんの話かよく分からなかったが、すぐに思い出した。

「ああ、俺が、鍵締め忘れてたからな。開いてたから、入ってきたんだろ」

すると吾郎が、ヒゲに覆われた頬を変なふうに歪める。

「……なんだよ」

「お前、そんだけかよ」

「は？」

「若い女が、独り身の男の寝てるところに入ってってたんだぞ。鍵が開いてたからだろうって、そういう言い草はねえだろ」

二人の年はひと回り離れている。だから美冴は三十五。いや、まだ誕生日前だから、三十四か。

「いや、それ以外、ないだろ、別に」

「お前になくたって、美冴にはあるんだよ。分かってんだろ。あいつぁガキの頃からお前に憧れてた。お前が真弓ちゃんと付き合ってた頃、あいつは腐って、高校の不良グループに出入りし始めた」

またその話か。

「それ、関係ないと思うぞ」

「関係あるんだよ。お前がいつまでもウジウジしてっから、しびれ切らしてどこの馬の骨だか分かんねえ野郎と結婚して……上手くいかなくて、まんまと出戻ってきて」

「おい、それまで俺のせいだってのかよ。っていうか、俺の玉子大丈夫なのか」

おっといけね、といって吾郎が奥に引っ込む。まもなく皿に載せられてきた目玉焼きは、表こそ無事な様子だったが、

「すまん。裏の方……ちっと、黒くなってっかも」

裏返してみると確かに、全体がザラザラに焦げていた。

すぐにトーストとサラダも添えられる。

「いや、上等上等……いただきます」

サラダにはハムとチーズが入っている。これと玉子をパンにはさんで一気に頬張る。この店の、朝の定番メニューの一つだ。

仕込みが一段落したのか、ナツメグが届くまでの小休止か、吾郎はカウンターの中でタバコを銜えた。

「栄治……いい加減、抱いてやれよ」

これも、このところよくいわれる台詞《せりふ》だ。

「お前な、実の兄とはいえ、そういうこと軽々しくいうなよ。美冴ちゃんの気持ちも碌《ろく》に確かめないで」

「確かめなくたって分かんだよ。あいつぁ、ずーっとお前に惚《ほ》れてる。惚れ続けてる。でもお前が真弓ちゃんのこと忘れてねえのも知ってっから、自分からは言い出せなくて悶々《もんもん》としてんだ。お前の洗濯物預かったってだけで、生娘《きむすめ》みてえにぽーっとなっちまう。……いい加減、抱いてやってくれよ。お前と美冴がくっ付いてくれりゃ、俺はそれが一番なんだ。お前だって、あれなら文句ねえだろ」

そういって、両手で自分の胸に乳房を形作る。

「お前……そういうのよせっつってんだろ。ヤラシいんだよ」

確かに美冴は若い。可愛《かわい》い顔をしているし、年相応の色気もある。胸も、ちょっと目立つくらいの大きさをしている。だが、吾郎にとって彼女が妹なら、栄治にとってもまた妹のようなものなのだ。初めて会ったとき、美冴はまだ三歳。オムツがとれていなかった。栄治が二十歳《はたち》のときに美冴は八つ、小学二年生だった。当たり前だが、その年の差は少しも縮まってはいない。いま大人の女になったからといって、そう簡単にこれまでの関係をなかったことにはできない。

それと、やはり栄治は、真弓を忘れることができない。これればかりはどうしようもない。

「ご馳走《ちそう》さん。……あ、そうだ。午後に一件、予約が入ってるから。あとで飲み物頼むわ」

「コーヒーでいいのか」

いや、と栄治はかぶりを振ってみせた。

「かなり若い女性みたいだったから、一応、何がいいか訊いてから頼むよ」

するとまた、変なふうに頬を歪めて吾郎が笑う。

「かなり若い女性、ね……こりゃ、ひと波乱ありそうだな」

「何いってんだよ。依頼人だぞ。仕事だ馬鹿」

そんなことで、いちいち身内に機嫌を損ねられては堪らない。


栄治は書類仕事をしながら依頼人を待った。

今日は五月十三日、日曜日。日曜に依頼人が訪れるのは決して珍しいことではない。むしろ平日は仕事を抜けられないという人の方が、一般的には多いのではないだろうか。ならばこちらが都合を合わせればいい。幸い、栄治には日曜を一緒に過ごしたい家族もいない。

午後一時七分。一時にくる約束になっていたが、まあ、五分や十分の遅れは気にしても仕方ない。中には一時間も二時間も遅れてきて平気なお得意さんもいる。

今パソコンで打ったこの書類をプリントアウトしようか、それとももう一度読み直してからにしようか、などと考えていたら電話が鳴った。ただし外線ではない。ドアホン。

ようやく、依頼人が到着したようだ。

慌てず、受話器を上げて耳に当てる。

「はい、どちらさまですか」

《あの……ムラカワ、ですけど》

昨日の電話とは多少感じが違うが、それでも若い女性という印象は変わらない。

「はい、開いております。どうぞお入りください」

受話器を戻して立ち上がると、すぐに玄関ドアが開いた。

「……失礼します」

お辞儀をしながら入ってきたのは、ブルーのパーカにふわふわとしたチェックのスカート、素足に玩具《おもちゃ》みたいなサンダルという、いかにも十代といった印象の女の子だった。

栄治も頭を下げながら迎えに出る。

「初めまして、曽根崎です。昨日お電話をくださった、ムラカワタミヨさんで、お間違いないですか」

「……はい」

しかし、こんな若い子が興信所なんぞに、一体なんの用だろう。

6

とりあえず依頼人を、応接セットの方にいざなう。

「どうぞ、こちらに」

「……失礼します」

どちらかといえば真面目《まじめ》そうな雰囲気の娘だ。黒髪は、マッシュルームともボブとも
いえない微妙なショートヘア。ぱっちりとした目と、細い鼻筋が特徴といえるだろうか。

背は、百六十センチあるかないかだ。

「改めまして、曽根崎と申します。よろしくお願いいたします」

名刺入れから一枚抜き、彼女に向けて差し出す。

「……どうも」

声は意外と低い。やや不機嫌とも感じられる。でも名刺はちゃんと両手で受け取った。

「どうぞ、お掛けください。お飲み物は、何がよろしいでしょう。コーヒー、紅茶、ジ
ュースだったら、オレンジか……あと、何があったかな」

すると、なんだろう。急に彼女は、睨《にら》むような上目遣いで栄治を見た。

「……柑橘《かんきつ》系は苦手なんで。コーヒーでお願いします」

サクッと、胸の内に切り込んでくるようなひと言だった。

柑橘系は苦手――。

過去にも一人だけ、そういう言い方をした女性がいた。いや、だからなんだというのだ。

「……そうですか。じゃあ、コーヒーで」

いったん席を立ち、デスクの電話でグリーン・ペイジにかける。下の店とは外線ではなく、内線で繋がっている。

『もしもし』

出たのは美冴だった。

「ああ、コーヒー二つ、お願い」

『はい。すぐお持ちします』

ランチタイムのピークは過ぎている。おそらく、五分としないうちに持ってきてくれるだろう。

栄治が戻ると、彼女はテーブルに置いた名刺をじっと見ていた。名刺をすぐにしまわないのは、単なる偶然か。それとも何か考えがあって、あえてしまわずにいるのか。

そもそも、この娘は一体いくつなのだ。

「いきなり、不躾《ぶしつけ》な質問で恐縮ですが、ムラカワさんは、おいくつでいらっしゃるんですか」

名刺から目を上げ、チラリと栄治を見、またすぐ伏せる。

「……十八です。高校三年です」

「お名前は、市町村のムラに、三本ガワでよろしいですか」

「はい……タミヨは、市民のミンに、時代のダイです」

なかなか察しがいいのは助かる。しかし「民代」とはまた、いまどきの女子高生にしては古風な名前だ。

「では、早速ですが、本日はどういったご用件で」

できるだけ子供扱いしないよう、普段通り訊いたつもりだった。だが何が気に障ったのか、村川民代は眉間に力を込め、また上目遣いで栄治を見た。

「人捜しを、してほしいんですけど……でも、最初にいっておきます。私、お金、全然ないです」

なるほど。そういう十八歳か。大人をからかってもらっては困る。

「村川さん。大変申し上げにくいのですが、興信所というのは、公共機関でも、ボランティア団体でもありません。一回いくら、一日いくらという契約でお仕事をさせていただく、いわばビジネスです。私どもは『報酬』というふうにお願いしておりますが、要するにお金を頂戴できないのでは、その人捜しのご依頼というのも、お引き受けするわけには参りません」

そこで玄関のドアがノックされ、ゆっくりと開き始めた。コーヒーを運んできた美冴だった。慣れたもので、栄治が手伝わなくても片手で器用に開けて入ってくる。

「お待たせいたしました……」

床に片膝をつき、民代、栄治の順番で配る。栄治のソーサーにはミルクもシュガーもスプーンもない。民代の方には、ちゃんと三点とも付いている。

栄治が頷くと、美冴は応えるように笑みを浮かべ、会釈をしながら立ち上がった。ちらりと民代を見て、もう一度頭を下げる。

「……私もこれ、いらないです」

民代はいきなり、スティックシュガーとミルクのポーション、ティースプーンを掴んで美冴に突き出した。

美冴は、少し驚いたように目を見開いたが、それでもすぐに笑みを取り戻した。

「失礼いたしました。お下げいたします」

受け取ったものをトレイに載せ、今一度会釈をする。ドア口でも頭を下げる。去り際の表情はよく見えなかった。

「……村川さん」

「分かってます」

民代の顎に、固く力がこもるのが分かる。

「興信所がタダじゃないことくらい、私だって分かってます。でも、他に頼む人がいないから、仕方なくきたんです。……曽根崎栄治さん。私にはあなたしか、頼れる人がいないんです」

まともに取りあうべき話ではなかった。思い込みの激しい十代の少女の戯言《たわごと》。相手にする必要はないと頭では分かっている。だが、何かが引っ掛かっていた。それが「柑橘系は苦手」という発言なのか、いちいち睨むようなキツい目つきなのかは分からないが、無視できない何かを、確かに栄治は、この少女に感じていた。

「私しかいない、というのは、どういうことでしょう」

民代も、だいぶ緊張しているようだった。短く息を吐き出し、次の言葉を探すように、視線をテーブルに泳がせる。

ようやく決まったか、口を結び、ひと口唾を飲み込む。

「……私を育ててくれたのは、村川の、両親ですが、生みの親は、違います。私の、本当の父親は……曽根崎栄治さん、あなたです」

あなたは女です、でも、あなたは宇宙人です、でもなんでもいいのだが、世の中には、容易には受け入れられないことが山ほどある。これも、その一つだろう。

あなたは私の父親です？　そんな馬鹿な話があるか。

「村川さん、何を仰《おつしや》ってるんですか。私は、無償でのご依頼はお引き受けしかねる、という話をしているんですが」

「だから、お金なんてないから、実の父親であるあなたに頼みにきたんです。さっきからそういってるでしょう」

分からない。でもそれは、自分の頭が悪いのか。それとも民代の説明が下手《へた》なのか。

「ちょっと、待ってください。……恥ずかしながら、私は独身ですし、今まで、家庭を持ったことも、子供を持ったこともありません。あなたとは初対面ですし、実の父親といわれましても、はいそうですか、というわけにはには」

民代は、よりいっそう不機嫌そうに溜め息をついた。

「だからって、セックスした覚えまでないわけじゃないでしょう」

女子高生は清いもの、などと信じているわけではむろんないが、さすがに真正面から「セックス」という言葉を吐きつけられると、平静ではいられなくなる。

「えっと……私と、あなたが、ですか」

民代は、やってられない、とでもいいたげにかぶりを振った。

「馬鹿じゃないの。私はあなたの娘だっていってるの。私とセックスしてどうすんの。母親でしょう。私の母親と、セックスした覚えくらいあるでしょう、って訊いてるの」

なるほど。それはそうだ。

「あ……いや、しかし私は、あなたのお母さんとも、たぶん」

「知らない？　本当に知らない？」

容易には逸《そ》らさない視線。やけに強気な態度。

「……石本真弓。覚えてない？　あなたには石本真弓と、セックスした記憶もないの？」

真正面から金属バットでフルスイング。額をジャストミートされたような衝撃だった。

石本、真弓――。

「……って、君は、つまり」

「そう。私の母親は石本真弓。そして父親は、あなた。曽根崎栄治さん」

「いや、でも」

「あり得ない？　さっきいったでしょ。私は十八歳。あなたはいま四十七歳。私が生まれたときあなたは二十九歳。石本真弓と別れたとき、あなたは何歳だった？」

真弓と別れたのは、十九年前。

「……二十、八」

「ほら、ぴったり計算が合う。そのとき真弓が妊娠していたと考えれば、なんの不思議もない話でしょう」

そんな、いまさら。

「じ、じゃあ……なんで妊娠してたのに、真弓は、俺と別れたりしたんだ」

「さあ。それは私も知らないし、いまさら知りようもありません。石本真弓は、とっくの昔に死にましたから」

同じ金属バットが、今度は後ろから襲ってくる。

「真弓が……」

死んだ――。

目の前の民代は、こともなげに頷いてみせた。

「私を産んですぐ。だから私は、母親の顔も知らないの。写真は一枚も残ってなかったんで」

ふと疑問を抱《いだ》く。自分は、まだその程度には冷静なのだと、妙な自覚が芽生える。

「……写真も残ってないのに、よく俺のことが分かったな」

しかしそれも、民代には想定内の質問だったようだ。

「日記があったから。いわばそれが、私にとっては母親の記憶のすべて。その中に、あなたの名前が何度も出てきた。東伸リサーチって興信所に勤めてた、背の高い男。喧嘩は大して強くないけど、でも優しかったって。体を張って、酔っ払いから助けてくれたって。そういうところに惚れちゃったんだって。……で、その夜の内にヤッちゃったんでしょ？」

むろん、あの夜のことは真弓と自分以外誰も知らないはず、とも言い切れない。真弓がスナックのママに話した可能性だってなくはないし、栄治だって酔っ払って、後藤社長に話したりしたかもしれない。同じくらいの割合で、真弓が日記に記し、それを娘が読む可能性だって、ないとは言い切れない。しかし、それにしても、という思いは否めない。

「……一つ、教えてくれ。真弓は、なぜ死んだんだ」

「なに、死因？　死因は自殺、転落死。ビルの屋上から。でもその自殺の原因ってなると、それは分かんない。何しろ、そこは日記に書いてなかったんで」

なんという言い草だろう。自分の母親の死なのに。いまどきの高校生にとっては、顔も知らない母親の死なんて、そんなものなのか。人並みに悲しめという方が無理なのか。

栄治は、ソファの背もたれに身を預けた。全身が、冷たい粘土の塊になったかのように重たい。喉も渇いている。ひと口でもいい、コーヒーを飲みたいが、でも体を起こすことができない。背中が、強力な磁力で背もたれに吸いつけられてしまっている。

「……信じて、くれる？」

テーブルの向こうから民代が覗き込んでくる。だがその目を見ることができない。今は、どうにも答えようがない。

実際、簡単に信じられる話ではない。栄治が喧嘩をした夜に真弓と結ばれた、という情報は、民代が栄治の実子である証拠でもなんでもない。しかしだからといって、信じないと切り捨てることも、またできない。嘘だろうと、疑うことすら不誠実なようで、正直気が引ける。民代を疑うことは、即《すなわ》ち真弓を疑うことにもなる。

そう考えると、睨むような目つきまで、真弓と似ている気がしてくるから不思議だ。本当は栄治自身が、無理やり真弓の面影を民代の中に見つけようとしているだけなのかもしれないが。

「疑うなら、DNA鑑定でもなんでもしてよ。できるんでしょ？ 両親そろってなくても、あなたと私の親子関係の立証は可能なんでしょ？ ただし、費用はそっちで持ってね。いくらかかるんだか知らないけど」

それも、いいかもしれない。真弓の死が事実なのだとしても、この民代が自分の娘だというのなら、何もないより、マシかもしれない。たとえ一部でも、真弓が自分のところに戻ってきてくれるのなら、その方が――。

「いや……そういう、検査に関しては、今日のところは、置いておくとして、とりあえずその、真弓の日記というのを、見せてもらえないか。他にも、書いてあるんだろう。俺のことが」

それには、小さくかぶりを振る。

「今日は、持ってきてない」

「今度、持ってきてくれるか」

その瞬間、民代の目に、何か狡猾《こうかつ》な色がよぎったように見えた。

「……じゃあ、それが報酬ってことでどう？」

なるほど。悔しいが、取引のバランスとしては悪くない。だが、そのまま受け入れてやるわけにもいかない。

「いや、それじゃあ日記がデタラメだったとき、俺はタダ働きをすることになってしまう。それはいくらなんでも、俺に不利過ぎないか。もう少し、俺が何か納得できる情報が欲しい。なるほど、この子は真弓の子だ、そして間違いなく俺の子だと、タダでも人捜しをしてやりたくなるような何か、そういうヒントのようなものは、くれたっていいんじゃないか？」

民代は小刻みに頷きながら、少し見上げるようにして考え始めた。

その黒目の動き、細く通った鼻筋。確かに、そう思って見ると真弓との共通点を見出《みいだ》すことはできる。しかし民代は比較的丸顔で、その点は真弓とは似ていないように思う。真弓はわりと面長だった。栄治もどちらかといえば、顔は長い方だ。でもそれは、民代がまだ若いから、頬がふっくらしているから、そう見えるだけかもしれない。二十歳《はたち》を過ぎ、大人になっていく過程でもっとシャープになっていくのかもしれない。さらにいうと、栄治は真弓の両親を知らない。もしかしたら、民代はあちらの両親似という可能性だってないわけではない。

　ふいに民代が、ああ、と漏らす。

「これならどう」

　いいながら胸の前で、小さな四角を作って示す。

「……これくらいの、小さな包み。いつか、必ずまた会える。その日まで、これを預かっておいてって、真弓が置いていったもの。まだ持ってる？」

　驚いた。その情報とて、民代が我が子である証拠には決してならないのだが、それを真弓が誰かに伝えたという事実は、決して無視できることではなかった。

「持ってる。何重かに、ビニールとか紙で包装してはあるけど、あれ……カセットテープだろう」

　途端、民代の顔つきが変わる。

「聴いたのッ？」

　それはかぶりを振って否定した。

「聴いてはいないよ。でも何かなって……ちょっと振れば分かるさ。カタカタカタ、っていうか、カチャカチャカチャ、って。大きさも、ちょうどそんなもんだし。何が録音されてるのかは知らないが、別に、邪魔になるほどのものでもないしな。……東伸リサーチを辞めて、その後、ここを自宅兼事務所にして、新たに個人で始めたんだが、ちゃんと引っ越しのときも持ってきたよ。奥に、今も保管してある」

民代は安堵《あんど》したように息をついた。なんだ。この子は、テープの中身を知っているのか。それも日記に書いてあるのか。

民代が小さく頷く。

「その……ここのこともね、東伸リサーチの社長に聞いてきたの。最初はまだ、東伸リサーチに勤めてるんだと思ってたから。でも後藤さんが、栄治なら独立した、今はここでやってるって……教えてくれた」

そんなこと、後藤は昨日ひと言もいってなかった。忘れていたのだろうか。いや、こんな若い子が訪ねていったならば、即座に冷やかしの電話の一本も入りそうなものだが。まあ、栄治もかなり酔っていたので、いわれたのを覚えていないだけかもしれないが。

民代がカップに手を伸ばす。指先でつまむように持ち、静かに口に持っていく。不思議なことに、その仕草は真弓のそれとよく似ていた。真弓はあれで、なかなか上品なところがあった。過去のことはあまり話さない女《ひと》だったが、育ちは決して悪くはないのだろうと栄治は思っていた。

具体的には、どんなことだっただろう。弁当屋とスナックのバイトで忙しかったはずなのに、物を食べるときは妙にゆっくりだった。決して急いで食べたり、頬張ったりはしない女だった。あと、歩き方や姿勢が綺麗《きれい》だった。モデルっぽいというのではなく、むしろ洋服を着ていても和装的というか。そう、古風といったらいいかもしれない。茶道や華道をやると聞いたことはなかったが、何かそういうものもできそうな、挙動の中にたおやかさがあった。

「……なに」

知らぬまに、民代をじっと見ていたらしい。また上目遣いで睨まれた。だが今みたいな、攻撃的な睨み方は、真弓はしなかったように思う。むしろ今のは、いまどきの女子高生的なリアクションと見た方がいいか。

「……なんでもない」

変なのは自分でも分かっていた。いつのまにか、依頼人に対する言葉遣いではなくなっている。認めているのか。この子が血の繋がった娘であると、自分は信じ始めているのだろうか。

そうなのだろう。少なくとも、依頼は受けずにこのままお引き取り願おう、という考えは、今の栄治にはない。

「……じゃあ、一応、依頼の内容を、聞いておくよ」

「えっ、やってくれるの？」

カップを置き、手にしていたハンカチで口元を拭う。そんな仕草すら、真弓と似ているように見えてくる。

「とりあえず、調査内容を聞いてからだ。いくらプロだって、できることとできないことがある。そもそもうちが手掛けるのは、企業の信用調査が主でね。人捜しって簡単にいうけど、俺は、実はそんなに得意な方じゃないんだ」

民代は、やや深刻そうな顔をして頷いた。

「……捜してほしいのは、二人」

「え、二人も？」

また、ずいぶんと欲張ったものだ。

「あ、でも……難しかったら、一人ずつ、順番でもいい。でも急いでほしい。あんまり、時間ないから」

「どういうこと」

なぜだろう。それには首を傾げる。

「なんていっていいか、難しいんだけど……とにかく、急いでほしいの。捜してほしいのは、この二人」

パーカのポケットから一枚、メモ用紙のようなものを取り出し、栄治に向ける。シャーペンか鉛筆で書いたものだ。

由利岳彦《ゆりたけひこ》、高木清彦《たかぎきよひこ》。高木清彦の方には、江東《こうとう》区内の住所が併記されている。

「こっちの方は、住所分かってるんじゃない」

「んん、でもそこは、もう五年以上前に引き払ってるらしいの」

五年以上というのが六年なのか、十年なのかでまた話は変わってくる。

「こっちの方、由利さんの住所は、分からないの」

短くかぶりを振る。

「他には何か、参考になるような情報は」

また民代は首を傾げ、唇を尖《とが》らせた。

「他に、参考になる……まあ、強いていえば、二人とも今年、三十一歳になる、ってことくらいかな。写真もないんだ。申し訳ないけど」

それで二人を捜し出せというのは、かなり無茶な依頼といえる。

7

五月十四日月曜日、午後七時十五分。荻野は調布警察署に設置された特捜本部にいた。特捜の正式名称は「柴崎二丁目　会社員死体遺棄事件特別捜査本部」。今のところはまだ東大泉事件との共同捜査にはなっていない。だがおそらく、一週間以内にはそうなるものと思われる。二件が同一犯によるものであることを示す証拠がすでに、本部鑑識課によって挙げられている。主なところをいえば、二つの遺体内部から採取された男性の体液と皮膚、着衣の一部に残っていた指紋が一致している。ただし指紋に犯歴はなし。また現段階では、犯行現場も特定できていない。

「荻野さん。ここんとこ、ちょっとお疲れじゃないですか」

紙コップでコーヒーを持ってきてくれたのは、殺人班十二係長の塩谷《しおたに》だ。

「あ、ありがとう……いや、別に大したことないよ」

「品川で佐藤が、荻野さんに噛みついたって、あとで聞きました。すみませんでした。何せ、ギリギリで起訴に持ち込んだところにきての縮小だったんで、連中も、パニクったんだと思います」

ひと口、熱いうちにすすりながら頷いておく。

「……分かってるさ。俺だって、できることならあんな無茶はいいたかなかった。でもな、東大泉とかぶってるってなったら、こういう配置にせざるを得ない。でもそれにしても、このところの割り振りは、やけにバランスが悪いな。第二強行犯辺りは、けっこう捜査員が遊んでるって聞いてる。近頃の二係はおかしいって、みんないってるよ……あ」

ふいに、あることを思い出した。

「そりゃそうと、塩谷。大学から、解剖の二次報告書がきてないか」

殺人事件の場合、遺体は大学の法医学教室が解剖することになっている。

「いえ、きてませんね。何か、気になる点でもあるんですか」

「んん……」

今の時点で、憶測でいうのは得策ではない。また口に出すことによって、悪い予感が現実になるのも怖い。

「いや、いいんだ。俺の思い違いかもしれないしな」

壁の時計を見上げる。

「そろそろ、会議始めるか……トイレいってくる」

荻野が席を立つと、塩谷は曖昧な調子で頷いた。

解剖の二次報告。もし荻野の推測が当たっているなら、被害女性の遺体にはある共通点があるはずなのだが。


捜査員の戻りは半数ほどだったが、七時半を過ぎたので会議を始めることにした。

号令は十二係統括主任の真鍋《まなべ》。

「気をつけ……敬礼」

三十人ほどの捜査員が一斉に礼をし、バラバラとパイプ椅子に座る。遺体発見からほぼ一週間。捜査員の顔にも少し疲れの色が見え始めている。

進行役は係長の塩谷。

「では、報告を始めてくれ。地取《じど》りから」

発見現場周辺で聞き込みをしている、地取り班の捜査員が立ち上がる。

「はい……こちらは本日も、同ブロック内にあるマンションの住人、隣接するセメント工場に出入りする業者、昨日までにアポイントのとれなかった人物に、集中的に面接しましたが、特に有力と思われる情報は得られませんでした」

二日前の会議では、遺体発見当日の午後、発見現場となったスーパー駐車場の給水設備付近で、ミニバンタイプの車両が長時間ハッチバックを開けて停《と》まっていたとの目撃情報があげられた。色はシルバー、車種はトヨタのイプサムかウィッシュ、ホンダならストリームというところまでは絞り込めた。しかしナンバーなどの決定的情報はなく、現時点ではそれ以上の進展もない。

被害女性の身元はすでに判明している。中村初美、二十六歳。インターネット回線の代理店勤務。杉並区浜田山《はまだやま》一丁目△－◎、コーポHⅡ二〇三号室在住。独身の一人暮らし。五月二日は無断欠勤だったが、三日から六日までが連休だったため、職場関係者も問題にはしていなかった。しかし連休前から連絡がとれないと、北海道に住む家族が七日になって会社に連絡。職場関係者も事態を重く見、同じ部署の主任と同僚女性が様子を見にいくと、郵便受にダイレクトメールなどが数日分溜まっている。アパートに管理人は常駐しておらず、初美を含む住人の様子は把握していなかったが、不動産屋に事情を説明して合鍵で中に入れてもらうと、室内に初美の姿はなく、また荒らされた様子もなかった。

だが、まもなく同僚女性があることに気づいた。

初美は視力が弱く、仕事中は常にコンタクトレンズを使用していたが、家に帰ると真っ先にはずし、メガネに替えるようにしていた。同僚女性は何度かこの部屋に泊まりにきたことがあり、初美のその習慣を知っていた。ところがこのとき、彼女の自宅用メガネはデスクのパソコン横にあった。黒縁の、分厚いレンズの、あまりお洒落《しやれ》とはいえないメガネ。でもそれをかけると、大人びた顔立ちの初美が妙に可愛く見えた。

そのメガネが部屋にあるということは、もしかすると初美は、一日の夜から帰っていないのではないか。

状況を実家に報告、相談を受けた男性主任が同日、警察に通報。高井戸《たかいど》警察署が所在不明事案として受理していた。

同僚女性の証言が正しいとすると、中村初美は一日の退社後にどこかで事件に巻き込まれ、八日になって殺害、遺棄された可能性が高い。解剖の一次報告によると死亡時刻は八日の正午から二時頃。胃には未消化の米飯、マグロ、イクラなど、寿司《すし》の材料と見られるものが大量に残っていた。このことから、初美は八日昼頃に寿司を食べ、その一時間ほどあとに殺害、夕方に遺棄されたものと考えられた。

報告は職場関係者の担当に移っていたが、

「中村初美は内勤で、勤務中に接触する人物は限られています……」

こちらの方も、あまり収穫はなさそうだった。

その他に判明していることといえば、初美には最近まで付き合っていた男性がいたが、三月に何かがあり、別れたらしいということだった。これは複数の同僚女性から得られた証言だが、残念ながら誰もその元恋人とは面識がなく、名前も連絡先も分からないということだった。出会いが会社絡みなのか、大学時代からなのかも不明。しかし、初美に未練がある元恋人がストーカーとなって凶暴化し、拉致監禁、性的暴行、殺害ののちに遺棄、と考えることにさしたる無理はない。

ただそうなると、東大泉の件は見えなくなってくる。

東大泉の被害女性は高嶋有加子《たかしまゆかこ》、二十四歳。百貨店の案内係をしていた。家族と同居で、失踪後すぐに捜索願が出された。発見されたのは十日後。やはりスーパーマーケットの駐車場に遺棄されていた。

高嶋有加子に決まった交際相手はいなかった。初美の元恋人が犯人なのだとしたら、有加子を先に狙った意味が分からない。むろん、有加子とも並行して付き合っていた可能性もなくはないのだろうが、初美がその恋人と別れたのは三月。有加子は三月三十日に拉致され、四月九日に殺害、同日遺棄されたものと見られている。次の恋人と付き合い始め、上手くいかなくなって殺害したのだとしたら、期間が短過ぎはしないか。有加子とはそもそも恋人関係ではなく、最初からストーカーだったという可能性もあるが。

個人的な印象をいえば、荻野は初美の元恋人という線には違和感を覚える。犯人は何しろ、両手の親指を切断した上で数日間にわたり性行為を強要し、最終的に殺害している。果たして元恋人がそこまでするだろうか。少なくとも初美は、その元恋人とは二年以上も付き合っていたようである。誘拐犯でさえ、数日行動を共にすると人質を殺しづらくなるという。ましてや元恋人を七日間にわたって監禁したのだとしたら、殺害方法があまりに残酷過ぎる。


捜査会議終了後、幹部だけで改めて会合を持ったが、そこでも同じ話題に行き当たった。

参加者は殺人班十二係長の塩谷警部。同係統括主任の真鍋警部補。調布署刑事組織犯罪対策課長の谷村《たにむら》警部。同課強行犯捜査係統括係長の石巻《いしまき》警部補。それに荻野を加えた五人。場所は講堂向かいの小さな会議室だ。

塩谷が溜め息をつく。

「元恋人の線は結局、進展なしか」

真鍋が資料を捲《めく》りながら頷く。

「いや、ですから、岩田浩之《いわたひろゆき》ですよ。もう少しこの線に人数もらえませんか」

大学のサークルで知り合った、二年先輩。しかしこれも、荻野にはピンとこない。

「……岩田は大学時代の交際相手だろう。それに、そいつにはアリバイがあるんじゃなかったのか」

そういうと、真鍋が細めた目で荻野を見る。

「アリバイといっても、一日から八日まで、具体的には一日、二日、七日、八日に出勤しているというだけのことです。しかも車に乗っての営業職。犯行自体は不可能じゃないです」

「しかし、岩田の持たされてる車は、白地に緑のラインだろう」

「遺棄現場で目撃された車両が、犯人の所有する車かどうかは分かりません」

どうも真鍋は、ヤマの筋読みに走る嫌いがある。

「営業の担当区域も、まったく違うって話じゃないか」

「そんなのは、やる気になればいくらでもごまかせますよ」

「じゃあ洗ってみろ。エヌ（Nシステム）で岩田の営業車が犯行時刻、どこにあったか調べてみればいい」

「車は乗り換え可能です。犯人そのものの動きじゃない」

しかも、興奮しやすい性格ときている。

「……管理官。岩田のＤＮＡと指紋、採りましょう」

「どうやって。二、三本毛髪をくださいって、白手《しろて》をして袋持って頼みにいくのか。時期尚早だ。採取はもっとアリバイを潰してからでいい」

逃げられたらどうすんだよ、と真鍋が呟《つぶや》く。むろん聞こえるようにいったのだろうが、荻野はあえて気づかない振りをした。

調布署刑組《けいそ》課長の谷村がこっちを見る。

「では、管理官は現状をどのように、見ておられるんですか」

彼ももとは捜査一課員だ。殺人事件の捜査はお手のものだ。

思わず、荻野は目を逸らした。

「……正直、まったく分かりません。ただ、何か強い意志みたいなものは、感じます」

真鍋は鼻で笑う。

「監禁して繰り返し強姦してるんですから。そりゃ、姦《や》りたくて姦りたくてしょうがなかったんでしょう」

それもまた、無視できない一つの見方ではあるが。

「確かに、それはそうだろう。でも俺がいってるのはそういうことじゃない。ただセックスをしたいだけにしては、リスクも負ってるし、効率の悪い面もある」

「なんですか、効率って」

「性欲を解消するのが最大の目的なんだとしたら、あまり効率のいいやり方ではないってことだ」

また真鍋が、ハッ、と笑う。

「こういうのが好きなんですよ。女を拉致してきて、奴隷みたいに飼い慣らして、繰り返し犯す。そういうのが好きなだけでしょう」

「ただ、それだけか」

「それ以外に何があるんですか。こんな、ケダモノ以下の犯行の動機に、他に何があるっていうんですか」

真鍋の意見が正しいようにも思う。でも、何か引っ掛かるのもまた事実だ。

「だから、具体的なことは、俺にも分からない。ただ、強姦以外にも何か目的があるんじゃないかと、俺はそんなふうに感じる。……明日、東大泉の幹部をこっちに呼んである。十時半には着くだろう。一課長もくることになってる。俺もここ何日か、向こうにはいってないんでな。向こうの進捗状況も聞いて、方針の練り直しはそれからになるが、どちらにせよ、近いうちに共同捜査って話にはなるだろう」

共同捜査本部となると、入ってくる情報は多くなるが、その分舵取《かじと》りは何倍も難しくなる。

荻野にかかる負担は、ますます大きくなる。

署の裏口を出て、内ポケットに手を入れる。角が少しだけ潰れた紙の箱を取り出す。

荻野は一日に一本だけ、タバコを吸うことを自らに許している。酒も決して嫌いではないが、一日の仕事を終え、どこかの署の喫煙所で一人、こうやってゆっくり一服するのが何よりの楽しみになっている。至福の時、といってもいい。

ライターは使い捨ての安物。そこにこだわりはない。左手で囲いながらヤスリを弾《はじ》く。頼りなげに揺れる火先《ほさき》にタバコの先端を合わせ、たっぷりと吸い込み、火種が明るく膨らむのを確かめてから、ライターの親指を離す。

ひと口目が、やはり一番美味い。喉から肺に入っていく煙が、やんわりと気道を圧する感覚を余さず味わう。ほんの一瞬思考が停止し、脳が膨張し、視界も揺らぐ。一日一本だと、タール一ミリでもかなり効く。

ときおり妻にいわれる。まだタバコをやめられないのか、と。一日一本なら、いっそ吸わなくてもいいんじゃないかと。そのたびに荻野は反論する。一本だから美味いのだ。この一本がすべてだと思うからこそ、分かる味もある。そういうと先日、妻はこんな捨て台詞を吐いた。余計体に悪そう。確かに。それは多少あるかもしれないと、荻野も思う。

三口目。星一つ見えない、幅のせまい夜空に煙を吹き上げる。目の前には、署をちょうどひと回り小さくしたような建物が建っている。単身者用の待機寮だそうだ。まだ外装も新しく、窓ガラスは夜の川面《かわも》のようにキラキラと光っている。おそらく中も、民間のワンルームマンション並みに設備が整っているのだろう。羨ましい限りだ。荻野が若い頃はまだ三人部屋、四人部屋が当たり前だった。

四口目を吸い込んだところで、裏口ドアが開いた。

「……あ、荻野さん」

顔を出したのは刑組課長の谷村だった。風呂を浴びたのか、白髪頭がまだ濡れている。着ているのは上下ともジャージだ。

「お疲れさま。若いのは、まだ飲んでるんですか」

金のない若い連中は特捜本部のある講堂で酒盛りをする。荻野も、昔は毎晩そうやって飲んでいた。

「いいえ、今夜はみんな、早めに切り上げましたよ。碌《ろく》なツマミがないとかなんとか、ボヤいてましたがね」

谷村も一本銜《くわ》える。たまたまライターを握ったままだったので、荻野から火を差し出した。

「あ、失敬……」

片手で詫《わ》びながらタバコを近づけてくる。たっぷりと贅肉《ぜいにく》を溜め込んだ首回りが視界に入る。年は四、五歳しか違わないはずだが、見た感じは十歳くらい上のような印象を受ける。それとも、あと五年もすれば荻野の首もこんなふうになってしまうのだろうか。

次に吐き出したひと口は、なんだかあまり美味くなかった。他人がきたからか、少し味が変わってしまったように感じた。

谷村も、ひどく不味《まず》そうに鼻から吹き出す。

「しかし、おたくの真鍋主任は……なかなか、威勢がいいですな。主任クラスは、あれくらい元気な方がいい」

本気でいっているのか、それとも噛みつかれた荻野を労《ねぎら》っているつもりなのか。

「ええ。やや筋読みに走る嫌いはありますが、優秀な男です。あれで家庭を持ってくれると、もう少し落ち着くんじゃないかとは思うんですがね」

なんだろう。谷村が笑みを漏らした。

「……何か、可笑しかったですか」

「いや、真鍋くんは、昔のあなたによく似てますよ。いつも押せ押せで、上にもしょっちゅう噛みついてた」

谷村と同じ係になったことはないが、今のような形で、同じ特捜本部に居合わせたことは過去に二度ほどあった。

「そうですか?……いや、そうだったかな」

急に自分が右も左も分からない若造に戻ってしまったようで、妙に気恥ずかしい。

「ええ、よく似てますよ。まあ、大なり小なり、誰にでもそういうところはあると思いますがね。男は変わりますよ、ポストで。特に警部になると、組織の見え方が違ってくる……そんなふうには、感じませんでしたか」

「確かに……そういうものかも、しれませんね」

野球でいったら、巡査、巡査部長は野手、警部補はピッチャー。だが警部になると、同じグラウンドにいても一人だけ反対を向いているキャッチャー的な役割になる。では警視は？　さしずめコーチといったところか。それなら課長の警視正が監督で、上手く話がまとまる。

荻野は最後のひと口を吸い込み、火種を灰皿の縁《へり》に押し付けた。

谷村はまだ半分までしか吸っていない。

「……ちなみに、管理官は今回のヤマ、どのように見ていらっしゃるんですか」

「やめてくださいよ。急に改まって」

先輩を階級で追い抜いてしまうと、こういうことがあるので困る。これは性格的なものので、気にしない人間の方が多いのかもしれないが、荻野は違う。階級が下でも年長者に謙《へりくだ》られると、ひどく据わりの悪い気分になる。

「……まあ、難しいですよね。真鍋には悪いんですが、私は、元交際相手というのは、ちょっと違うんじゃないかと思っています」

そのときだった。タバコを入れているのとは反対の内ポケットで携帯電話が震え始めた。

「すみません」

谷村に断ってから携帯を取り出す。ディスプレイには十二係長、塩谷の名があった。

「……もしもし」

『あ、管理官。もう、署を出てしまわれましたか』

「いや、まだ下にいる。谷村課長と一緒に、一服してる」

『よかった。さっき話してた解剖の二次報告書、たった今メールで届きましたよ』

ぽこっ、と胸の内で一つ、大きな泡が弾けるのを感じた。

『ご覧になりますか』

「ああ、今すぐ上がる」

携帯をしまうと、なんですかと谷村が訊いてきた。大学から追加の報告書が届いたようです、というと、谷村も慌ててタバコの火を消した。


エレベーターを降り、慌てて講堂に駆け込んだ。一般の捜査員はもう一人も残っていなかったが、ただ一人、本部デスクの向こうに設置されたレーザープリンターの前に塩谷が立っていた。下から排出されてくる紙を一枚一枚、手元にまとめながら確認している。

「どうした。何か書いてあったか」

「ええ……ひょっとして、管理官が気にされてたのは、これですか」

塩谷は三枚目の、真ん中辺りの行を指し示した。

【――以上のことから、被害女性は月経中であったと考えることができる。】

そう。まさにこれだ。

「確か、東大泉のマル害も生理中だったって、どっかに書いてありましたよね」

その通りだ。つまり、犯人は二人の女性を拉致監禁、数日間にわたって性交を強要した上、生理がきたのをきっかけに殺害した、という可能性が出てきたわけだ。

8

どういうわけかすれ違いが続き、久しぶりに美冴の顔を見たのは月曜の夜になってからだった。

グリーン・ペイジのドアを開ける。客はテーブル席に若いカップルがひと組と、サラリーマン風の男性が一人。

「いらっしゃいませ……」

美冴はカウンターにいた。ひょいと顔を覗かせたが、栄治だと分かったからか、すぐに引っ込めて視線を手元に戻す。

栄治は美冴の正面に座った。

「ただいま」

「……お帰りなさい」

美冴はティースプーンを乾いたクロスで磨いていた。食器洗浄機で洗っただけだと、斑《まだら》に曇りが残る場合がある。吾郎はそれでも大丈夫だというが、美冴は気になるらしく、暇があるとこんなふうにシルバー類を磨いている。

だが、どうしたのだろう。心なしか表情が暗い。機嫌が悪いのか。

「……ご注文は」

目も上げず、そう栄治に訊く。いつもなら「夕飯は?」とか、「何か食べます?」と訊くのだが。

「ああ、和風大葉で」

「はい。大葉入り和風ハンバーグで。ライスかパン、どちらにいたしますか」

栄治はパンなど頼んだことはない。

「……ライス」

食後の飲み物まで訊き、美冴はオーダーを奥にいる吾郎に伝えにいった。戻ってきたところで、ちょうどカップルが席を立ち、続いてサラリーマン風の男も「ごちそうさま」とレジに近づいてきた。

「はい、ありがとうございます。お会計、千八百七十円になります……はい、二千円お預かりします……ではこちら、百三十円のお返しとレシートです。ありがとうございました」

先ほどとは打って変わり、満開の笑顔での接客だった。特にサラリーマン風の男には「いつもありがとうございます」とまで言い添える。

「ちょうどお預かりいたします……ありがとうございました」

吾郎によると、美冴目当てで通ってくる客は確実に八人はいるらしい。確かに、この笑顔と声で見送られたら男客は嬉しいと思う。中には「奥さんですか」とわざわざ確かめる客までおり、吾郎が正直に「妹です」と答えると、やけに嬉しそうな顔をして帰っていくという。

ただ、栄治に対する今日の美冴は、その限りではないということだ。何か自分は、美冴を怒らせるようなことをしてしまったのだろうか。

美冴はまたティースプーンを磨き始めた。栄治が注文したのだから、水と箸くらいそろえてくれてもよさそうなものだが。

少し厚みのある唇を結び、過剰に真剣な目つきでスプーンをこすっている。瞬《まばた》きがいつもより忙《せわ》しない。一本磨き終えると、少し考えるような間が空き、でもまたもう一本、細長いカゴからつまみ上げる。原因不明の、重苦しい沈黙が漂う。ＢＧＭで流れているボサノバの、柔らかなリズムが唯一の救いか。

何かあった？　そう訊いてみようかとは思った。だがその原因が栄治であった場合、この質問は逆効果になる恐れがある。自覚がないのかと、余計に怒らせる結果になりかねない。

どうしたものか考えあぐねていたら、ようやく美冴が口を開いた。

「……なんか、感じ悪い子だったわね」

一瞬、誰のことをいわれたのか分からなかったが、直近の記憶をたどっていくと、それが村川民代を意味するのだろうことは察しがついた。まさか、民代のことで機嫌を損ねているとは思ってもみなかった。しかし、そうだね、とは答えづらい。民代は自分の、実の娘かもしれないのだ。

「なんなの、あれ。お客さん？」

そこは、正直に頷いておく。

「うん……ああ見えて、一応クライアントなんだ」

「でも、高校生とか、そんなとこでしょ」

「うん。十八歳、っていってた」

「お金、ちゃんと払えるの？」

「ああ、大丈夫だと思うよ。きちんとした家庭の、お嬢さんみたいだから」

美冴はスプーンをクロスごとカゴに戻し、小さく頷いた。

「そう……親が払うんだ。依頼は、どんな内容？」

「一応、人捜し、とだけはいっておくよ。あとは、守秘義務ってことで」

変なふうに首を傾げ、美冴は肩をすくめた。ちょうど吾郎に呼ばれ、厨房に入っていく。大葉入り和風ハンバーグができたようだった。

「……はい、お待たせいたしました」

「ありがとう」

カウンターの中にあるジャーを開け、別の皿にライスをよそう。さらに水と箸。出していないことはちゃんと分かっていたようだ。

「いただきます」

「はい、どうぞ」

少しだけ美冴に笑みが戻った。そんなに根深い怒りではなかったようだ。

ふいに身を屈《かが》め、美冴は調理台下の冷蔵庫からオレンジジュースのパックを出した。コップに半分くらい注《つ》ぎ、一気に飲み干す。喉元の白い肌が、やけに艶《なまめ》かしく見えた。

ひと息つくと蛇口のレバーを上げ、コップを洗い始める。

「……てたね」

水の音で、よく聞こえなかった。

「え、何？」

すぐにレバーを下ろし、美冴が水を止める。

「なんか、あの子……真弓さんに、ちょっと似てたなって、思っただけ」

いやはや。女の勘とは、なんとも。


民代から依頼された調査対象、高木清彦が数年前まで住んでいたという江東区東《ひがし》砂《すな》三丁目を訪ねたのは、十五日火曜日の午後になってからだった。栄治の事務所がある池尻大橋《いけじりおおはし》とは、皇居をはさんでちょうど西と東といった位置関係になるが、電車で移動すれば四十分ほど。さほど遠い街ではない。

昨今の江東区といえば有明《ありあけ》の臨海副都心、高層マンション街の豊洲《とよす》が有名だが、ここ東砂はむしろ昔ながらの江東区のイメージに近い。工場と二階建ての家屋が仲良く、一つのエリアに同居している。栄治が生まれ育った埼玉県川口の実家付近も、ちょうどこんな感じだった。朝も八時を過ぎるともう隣の工場の機械がフル稼働し始める。夏休みだろうがなんだろうが、いつまでも寝てなどいられない環境だった。

事務所でプリントしてきた地図によると、目的のアパートはこの路地の先にあるはずだった。左手は小さな製材所、右手は比較的大きなパン工場。少しツンとくる、それでいて仄《ほの》かに甘い香りが胃袋を刺激する。

そこを過ぎると、今度は右手に長い長いブロック壁。屋根も高い。かなり大きな工場。鉄鋼所とか、建設機械の製造所だろうか。左側はトタン貼りの外壁。そこにピタッと自転車が寄せられ、しかもそれが数十メートルにわたって続いている。朝の出勤時はこういった場所も取り合いになるものと思われる。

その自転車の列が途切れた先、だだっ広い駐車場の一角に、取り残されたように建っている建物がある。どうやらそれのようだった。東砂みどり荘。二階建て、上下合わせて八戸の小さなアパートだ。クリーム色の外壁は最近塗り直したのかやけに綺麗だが、屋根の古さはごまかしようがない。艶《つや》をなくした灰色の分厚い日本瓦が、奇跡的にも乱れることなく斜面に並んでいる。今はそれでもいいかもしれないが、大きな地震がくる前に、もっと軽い素材の屋根に替えることを強くお奨《すす》めしたい。

一応、路地に面したところに設けられている集合郵便受を確認する。赤いペンキの剝げた、錆《さび》だらけの扉を一つひとつ見ていく。二階は渡辺、斉藤、佐々木、大柴。一階は一つ空いていて、加藤、松下、今井。確かに、高木清彦は居住していないようだ。部屋番号でいうと、今井宅が一〇一号室になる。とりあえず、分かりやすく順番に当たっていこうか。

郵便受に一番近い、一階角部屋のチャイムを押す。耳障りなビープ音を覚悟したが、意外にも軽やかなメロディがドアの向こうに流れた。

しばらく待ったが反応がない。もう一度押してみようか。そう思ってボタンに指を掛けたとき、ようやく返答があった。

「はぁい……どちらさん」

足元から響いてくるような、一瞬男と勘違いするような声だったが、語尾の上がり方がわずかながら女性的だった。

「申し訳ございません。お忙しいところ失礼いたします。私、信用調査を行っております、新栄社の曽根崎と申します」

「ハァ？　セールスだったらお断りだよ」

そう。調査業者というのは、まず自分の立場を理解してもらうところから始めなければならない。

「いえ、営業ではありません。実は、こちらに以前お住まいだった方についてお調べしているのですが、少しだけ、お話を聞かせてはいただけませんでしょうか」

声は高め、姿勢は低め。相手が見ていなくても、栄治には前屈みになる癖がついている。

ドアの向こうにサンダルか何かの足音がし、すぐにロックが解除されるそれが続いた。

蝶番《ちょうつがい》を、啼《な》くように軋《きし》ませながらドアが開き始める。

「……調査、って何、探偵？」

ドアから覗いた顔を見て、改めて栄治は性別が分からなくなった。しかしギリギリ、肌の質感と胸回りの肉付きで女性と判断した。

「ええ、主に企業さまのご依頼で信用調査を行っております、新栄社と申します」

一応名刺を渡しておく。ちなみに探偵でも興信所でも、業務に大した違いはない。依頼された対象について調べ、報告と引き換えに報酬を得る点はまったく同じ。ただ栄治が探偵を名乗らないのは、探偵というだけで胡散臭《うさんくさ》く見られるのが嫌だからという、それだけの理由だ。

「こちらのアパートに、管理人さんは、いらっしゃいますでしょうか」

「別に、あたしがそうだってわけじゃないけど、日中ここにいるのは、あたしと二階の佐々木さんだけだから、宅配の荷物とかそんなのはね、一応あたしが預かったりはしてるよ。あと、便所が壊れたときの業者の手配とかね。そんだけやってんならさ、管理人手当みたいなの、ちょっとはもらったっていいよね」

自分でいって、金属をかぶせた奥歯を見せながら豪快に笑う。栄治も、頷きながら合わせて笑っておく。

「ちなみに、今お住まいの方がいらっしゃるお部屋は七つ、ということでしょうか」

「そうだね。あそこが空いちゃってるから」

上半身を戸口から出し、一階の一番奥を指差す。

「あんた、住んでみるかい」

冗談じゃない、とはいえない。

「……ええ。ここら辺、住みやすそうで、いいですよね」

するど、彼女の方が大袈裟《おおげさ》に手を振った。

「ダメダメ。あんたみたいなお上品なのが住むとこじゃないよ、ここは。上の四人は全員、その日暮らしの独り者。内一人は引きこもりときてる。ここの隣の人は真面目に自動車修理工やってっけど、そのまた向こうのは無職のパチンコ狂いだからね。うちの亭主だって決して自慢できたアレじゃないけど、ちゃんと一日タクシー転がしてくるだけ、ここの連中と比べたらマシってもんだよ」

住人の話が出たところで、一つ切り出してみる。

「……となりますと、高木さんという方は、今現在はいらっしゃらないんですかね」

「は、なんだって？」

「高木、清彦さんです。三十歳くらいの方なんですが」

すると彼女は、薄くなった眉毛を段違いにし、怪訝《けげん》そうな目で栄治を見上げた。

「驚いたね。ついこの前も、その高木って人を捜しにきたのがいたよ。それも女子高生みたいなさ、えらい若い子」

民代だ。

「でも、悪いね。誰が捜しにきたっていないもんはいないし、あたしはここ、越してきたのは五年前だからさ、それ以前のこたぁ分かんないんだよ。他の住人も、あたしより古いのは佐々木さんだけだし。でもほら、あの人近所付き合いしないからさ。たぶん知らないと思うし」

民代が、五年以上前に引き払われたらしい、といったのはこういう意味か。

「あんた、あの女子高生の敵かい？　味方かい？」

面白い訊き方をする人だ。

「いや、その女子高生がどなたなのか、私は存じ上げませんので。たぶん敵でも、味方でもないのではないでしょうか」

調査業者には守秘義務がある。中でも依頼人の素性は最も守らねばならない重要事項だ。

栄治は話題を変えるため、辺りを見回した。

「でも、この辺りは古い家や、工場が多いですよね。その、自動車修理工をしていらっしゃる方も、お勤めの工場は近くなんでしょうか」

うんうん、と顎の下の肉を圧しながら彼女が頷く。

「二丁目の方だっていってたけどね。だから、歩いたって十分かそこらでしょ。自転車だったら五分とかかんないよ」

高木清彦が近くの工場に勤めていたと仮定して、しかしそれを虱潰《しらみつぶ》しに当たるのは骨が折れる。しかも、基本的にはタダ働き。現状では、実の娘かどうかも分からない女子高生のお願いを聞いてやっているに過ぎない。正直、あまり手間は掛けたくない。

「ちなみに、こちらの物件の大家さんは、どちらにお住まいでしょうか」

ああ、と彼女はアンパンのように膨らんだ手を合わせた。

「そうだね。大家さんなら昔のことも知ってるかもしれない。ちょっと待ってなよ。いま電話して、いるかどうか確かめてやっから」

最初の印象より、案外気のいい人のようだ。


一〇一号の今井登喜子《ときこ》に案内され、東砂四丁目に住む大家の家を訪ねた。

門には「白藤《しらふじ》」と表札が掛かっている。その下にあるインターホンを登喜子が押す。

「すみませェん、みどり荘の今井ですゥ」

二階家の多い地区の角地にあり、グレーのタイル貼りの外壁がモダンな印象を与える建物だった。大家や地主というと古いお屋敷に住んでいるイメージが強いが、昨今は耐震性の不安からか、旧家でも家を建て替えるケースが多いように感じる。

《はい、今お開けしますね。ちょっとお待ちください》

玄関口に顔を出したのは、いかにも裕福な家に生まれ、裕福な家に嫁ぎ、裕福な老後を過ごしていそうな、白髪を綺麗に結い上げた小柄な老女だった。

「奥さん、さっき電話でいったのがこの人、探偵なんだってよ。本物、見たことあるかい？　あたしゃ初めてだからさ、面白そうだからついてきちゃったよ」

あらまぁ、といった白藤夫人はそれでも笑みを絶やさず、どうぞお上がりになって、と登喜子と栄治を招き入れた。

通されたのは中庭に面したリビング。レースのカーテンの向こうには、よく手入れされた芝生が広がっている。

「ごめんなさいね、ハルヨさんがお買い物いっちゃったものだから。お紅茶にね、ちょうどいいクッキーがあったはずなんだけど、見つからないのよ……」

「いえ、奥さま、どうぞおかまいなく」

「いいんだよ探偵さん。金持ちの出す物はありがたく、いただいとくもんだよ」

それとは別物なのかもしれないが、夫人が運んできたお盆にはちゃんとクッキーも載せられていた。

栄治は改めて頭を下げた。

「申し訳ございません。急にお邪魔した上に」

「いいんですのよ。お訪ねいただけるのは嬉しいわ」

それぞれがソファの席に落ち着き、紅茶とクッキーをひと口ずつ味わったところで、栄治から切り出した。

「……実は以前、東砂みどり荘にお住まいだった、高木清彦さんという方を捜しているのですが、お心当たりはございませんか」

「高木、清彦さん」

夫人はしばし考えるように首を捻《ひね》った。

「たいていの店子《たなこ》さんは、銀行振込でお支払いくださいますし、ご紹介もね、古いお付き合いの不動産屋さんが、全部やってくださるものですから。私はあまり店子さんのことは、存じ上げないんですのよ。今井さんみたいに毎月、直《じか》に持ってきてくださるのは、むしろ珍しいんです」

登喜子が笑いながら栄治に肩を寄せてくる。

「こんな調子でこの奥さん、しれっと嫌味いうんだよ。要はあたしを暇人だっていいたいのさ」

「あら今井さん、私そんなこと、ひと言も」

そういって、二人してまた笑う。ここでは、貧乏人は貧乏人の立場を逸せず、資産家は資産家然と振る舞うのがルールのようだった。

ならば自分は、探偵の役に徹するまでだ。

「ではその、店子さんの退去に関して、手続き等で直に関わる方というのは、どなたなのでしょうか。不動産屋さんですか、それともこちらのご主人ですか」

「いえ、うちの主人は何一つ手を出しませんの。ですからやっぱり、一番分かるのは不動産屋さんかしらね。あ、でも出納《すいとう》に関しては会計士さんがやってくださってるから、会計士さんの方が……」

　だがそこで夫人は、はっ、と首を傾げた。

「あ、高木、高木さん……」

「何か、思い出されましたか。高木、清彦というんですが」

　夫人は記憶の燃えカスでも探すように、ストーブをはめ込んだ装飾暖炉を見つめた。

「あら……それってもしかしたら、あの、ご病気になった方かしら」

「病気？」

　夫人は頷き、だがすぐにかぶりを振った。

「いえ、その方かどうかは、確かではないんですけれど、いつ頃だったかしら。原因不明のご病気で、突然入院された店子さんがいらっしゃいましてね。で、一年とか一年半とか、とにかくなかなか退院できないものだから、でもご家族とかはいらっしゃらなくて。あれはどういうご関係だったのかしら、内縁の方だったのかしら。女性の方がね、最終的には退去の手続きをしにいらしてくださって。それで綺麗に片づいて、お家賃も、もちろん満額ではなかったと思いますけれど、ある程度はお支払いいただけたんで、かえってよかったって、不動産屋さんと主人と、ここで三人で、話したことはございましたわね」

「それが、高木清彦」

「お名前はうろ覚えですけれど、確か高木さんだったんじゃないかしら。……ごめんなさいね。こんなお婆《ばあ》ちゃんの昔話じゃ、なんの参考にもならないわね」

いや、そんなことはない。

「あの、もしご迷惑でなければ、その不動産屋さんをご紹介いただけませんでしょうか。こちらからご紹介いただけますと、お話が聞きやすくなって助かるんですが」

夫人はこともなげに、かまいませんよ、といってくれた。

よし。ここはひとまず、一歩前進と思っていいだろう。

9

白藤夫人はソファから立ち、ドアのすぐ脇に置かれた電話台に向かった。ヨーロピアンアンティークというのだろうか、猫脚の、いかにも高そうな優雅なデザインだ。

「ええと……あらいやだ」

だが何を思ったか、夫人は電話には触りもせず、ふわりと方向転換をしてキッチンに向かった。

戻ってきたときには、なるほど。メガネを掛けていた。

「もうね、これがないと、なんにも見えないの……」

誰にともなくいいながら、また電話台の前に立つ。少し前屈みになり、壁に掛けた電話帳を覗き込む。あかさたな、各ページが階段状になっている、昔ながらの電話帳だ。

「ゆ、ゆ、ゆ……」

登録した短縮番号でかける、などという技は使わないらしい。電話機本体はわりと新しいデザインなのに、一つひとつ、ボタンを丁寧に押していく。そういえば最近、間違い電話って少ないよな、などとどうでもいいことを考える暇が生ずる。

「……もしもし、ユカワ不動産さんですか。あら、社長さんでいらっしゃいます？　ご無沙汰しております、白藤の家内でございます。先日は主人が……」

どうやら最近、白藤氏はそのユカワ不動産の社長に、何やら面倒な頼み事をしたらしい。しかも不動産とはあまり関係のない事柄で。とはいえ、社長にとって白藤氏は大変な上客であるのだろう。断ることはせず、渋々か喜んでといったかは分からないが、その面倒を片づけてくれたらしい。

「ああ、それでね、ちょっと社長さんにお尋ねしたいことがあってお電話しましたの。ほら、もう何年も前になりますけれど、三丁目のみどり荘に入ってらした方で、ご病気で入院されて……そうそう、あの方、お名前はなんて仰《おつしや》ったかしら……ええ、ごめんなさいね、毎度ご面倒をお掛けします」

夫人がこっちを向き、自慢げに頷いてみせる。栄治は頭を下げてそれに応えた。登喜子は隣で、素知らぬ顔でクッキーを頬張っている。

しばらくして、夫人はまたくるりと電話に向き直った。

「はい、もしもし……あらやっぱり。高木さん。高木清彦さん……いえね、その方を捜していらっしゃる探偵さんが今、こちらに見えてるんですの。それでね、毎度お願いばかりで申し訳ないんですけれど……ええ、よろしいかしら……承知しました。じゃ今すぐの方が、よろしいわね……はい、じゃそのように。ごめんくださいい」

夫人が受話器を置くと同時に、栄治は立ち上がった。

今一度、丁寧に頭を下げる。

「すみません、何から何まで。……では、そのユカワ不動産さんの場所を、お教えいただけますか」

すぐさま登喜子が案内するといってくれたが、それは丁重にお断りした。

あまり甘えると、その後もずっとついてこられそうな気がして、ちょっと怖かったのだ。

住宅街を抜け、清洲橋通りに出たら右。しばらくは真《ま》っ直《す》ぐ歩く。

正しくは都道十号線ということになるのだろうか。片側二車線、対向四車線の道路は比較的空《す》いていた。バブル崩壊、相次いだ金融破綻、格差社会、追い打ちのように襲ってきた世界金融危機。日本経済がトラブルに見舞われるたび、都内の幹線道路はその交通量を目減りさせてきたように思う。栄治が働き始めた八〇年代後期、東京の道はもっともっと車で溢《あふ》れ返っていた。午後三時。これくらいの時間はまさにピークで、首都高速も一般道路も渋滞しているのが当たり前だった。それが今はどうだ。赤信号で溜まる車は二車線合わせても四台か五台。まるで昔の、千葉か茨城辺りの県道沿いを歩いている気分だ。もっとも、今の地方はさらに厳しい状況にあるのだろうが。

境川《さかいがわ》の交差点にきたら明治通りを右。目的の湯川不動産はまもなく見つかった。民家のような二階家。思ったより小さな店構えだ。

近所の、家賃十万前後のアパートの案内が何枚も貼られたガラス戸を開ける。

「ごめんください」

入ったところにあるカウンターテーブルは無人だったが、すぐにパーティションの向こうから返事があった。

「はい、ちょっとお待ちくださいよ」

意外に野太い声。ファイルか何かを閉じる音と、キャスター付きの椅子を動かす音がし、やがて顔を出したのは、イノシシというかブルドッグというか、実に厳《いか》つい顔をした年配男性だった。

「恐れ入ります。白藤さんからご紹介いただきました……」

「ああ、はいはい。探偵さんね。どうぞ。そこお掛けんなって」

「はい、失礼いたします」

座る前に栄治が名刺を差し出すと、向こうもポケットから名刺入れを出した。

「社長をしております、丸山です」

湯川ではないのか、というのと、名は体を表わす、というのを同時に思った。

丸山も向かいの席に腰を下ろす。

「……で、なんですか、高木清彦さんを、捜していらっしゃるんだとか」

「ええ。最初に東砂みどり荘をお訪ねしたんですが、何年か前に退去されたと伺って。何か、お分かりになることがないかと思って、こちらをご紹介いただきまして」

丸山は一つ頷き、太い腕を組んだ。

「あの方ね。ひょろひょろっと背の高い。いかにも病弱そうな」

「そう、なんですか。私は、今年三十一歳、ということしか存じ上げないんですが」

「ん、三十一歳……ああ、確かに今は、それくらいにはなってるかな」

「いつ頃まで、高木さんは東砂みどり荘にいらしたんでしょうか」

ちょっと待っててね、と丸山は席を立ち、すぐに一冊のファイルを持って戻ってきた。

「……これさ、やっぱり個人情報ってやつだと思うからさ、見せてやるわけにゃいかないけど、当たり障りのない範囲でだったら答えてあげるよ。いつ頃まで、っていったら、まあ、かれこれ六年前ってことになるかな。退去手続が済んだのが、六年前の七月二十二日だね」

「入居されたのは」

「入居はね……十年前の七月だね。だから、ちょうど四年いた勘定になるかな」

頭の中で電卓を弾く。

「二十一歳から、二十五歳頃まで」

「まあ、実際に住んでたのは三年弱なんだ。この退去手続をしたのも、本人じゃないからさ」

そう、そこだ。

「確か、女性の方が手続きをされたとか」

「ああ、奥さんがいってた？　そうなんだよ。なかなかの別嬪《べっぴん》さんでね。むろん嫁さんとかじゃなくてね。高木さんは独身だったから。でも、かといって恋人って感じでもなかったな……いや、分かんないけどね。こっちは、何せ二人が一緒にいるのを見たことないんだから」

長期入院をし、住居の後始末に、女性が訪れる——。

「もうちょっと、詳しくその辺、お願いできますか」

丸山はニヤリとし、仕方ないといったふうに頷いた。

「だから……そうね。高木さんから家賃が入らないってんで、白藤さんから相談を受けて、俺があそこの、今井さんの前の管理人に話を聞きにいって」

今井登喜子本人は、管理人ではないといっていたが。

「なんかね、急に意識がなくなっちゃうんだっていうんだ。それも一回や二回じゃなくてね、職場で倒れることが何度かあって」

「その、職場というのは」

「あの近所の、印刷工場だよ。……いや、工場じゃなくて、倉庫の方だったかな。詳しくは覚えてないけど」

職場については、またあとで訊くことにした。

「そんでまあ、職場の人がアパートまで連れて帰ってくることもあったみたいで。でもほら、独り者でしょう。入院ってなったら大変じゃない、こっちもかかるし」

丸山はいいながら、親指と人差し指を輪にする。

「……けど、職場の方だってね、事故起こされて、工場内で死なれたって困るからさ、半ば強引に入院させたんだな。それが、だから七年くらい前ってことだよ」

「その入院が長引いて」

「そう、一年以上は経《た》ってたね。全然、退院してくる気配がないんだ。かといって、家財道具はまんまだしさ、入居のときの書類を見たって、家族はいないってなってんだから」

「保証人は、どなたが」

「工場の社長だよ。だからこぼしてたよ。最悪、俺が肩代わりしなきゃならねえんだろうな、って。だったら早いうち片づけちまおうか、それとももう少しよくなるのを待ってみるか、って、いっているうちに、一年以上過ぎちまった」

「ところが、ある女性が退去手続をしにきてくれた」

　にわかに、丸山が表情を明るくする。

「そう。あの当時で、三十くらいに見えたけどな。だから、高木さんよりはちょっと年上だったんじゃないかな」

「お名前は、お分かりになりますか」

「うん、分かるけど……」

　ちらりと、手元のファイルを開いて覗き込む。

「いいのかな、こんなこといっちゃって」

「ぜひ、お願いします。もし問題があるようでしたら、ここで伺ったことは他言いたしませんし、そうでなくても、こちらにも先方にも、ご迷惑にならないよう細心の注意をいたしますので」

丸山は分厚い下唇を出し、渋々頷いた。

「そう……まあ、イイモリ、ミツエさんという方なんだけどね」

漢字を確認する。飯森美津恵と書くようだった。

「連絡先は、お分かりになりますか」

「一応分かるけど、それはさすがに……」

「じゃあ、こういうのはどうでしょう。お手数ですが、社長さんから飯森さんにお電話していただいて、それで飯森さんがご承諾くださったら、私がその連絡先を伺うか、先方のご都合のよろしいところに私が伺う。これなら問題ないでしょう」

「まあ、そうね……じゃ、ちょっとかけてみようか」

カウンターの隅に置いてあった電話を引き寄せ、受話器を上げる。外線ボタンを押し、だがファイルを開いたところで丸山は、栄治を上目遣いで睨んだ。

「あっち向いててよ。番号押すの、見てたら反則だろう」

「ああ、そうですね。すみません」

残念。気づかれてしまった。

しかし、すぐに丸山は受話器を置いた。

「……駄目だ。使われてないって」

「本当ですか」

「なんだよ、疑うのかよ。じゃあいいよ、あんたがかけてみなよ」

開いたファイルをこっちに向け、飯森美津恵の名前に併記された電話番号を指し示す。別に疑うわけではないが、かといって諦めもつかない。

「じゃあ、すみません。私も、仕事ですので……念のため」

でも、駄目だった。栄治がその番号通りにかけても、使われておりませんのメッセージを聞かされただけだった。ということは、飯森美津恵もすでに転居しているのか。それとも、この番号がそもそも嘘なのか。しかし、飯森美津恵は何も悪いことをしたわけではない。むしろ人助けをしたのだから、連絡先を偽る理由はないように思われる。

「確かに、使われてませんね……では、さきほど伺った、高木さんが勤めてらしたという工場を、教えていただけますか。そちらでも、少しお話を伺いたいので」

丸山は多少機嫌を損ねていたが、それでも工場の場所は教えてくれた。

「東砂三丁目の、三友堂《さんゆうどう》印刷」

どうやら、また東砂みどり荘の方に戻らなければならないようだ。

なんと。栄治はそうとは知らず、さきほど三友堂印刷の前を一度通り過ぎていた。位置的には、東砂みどり荘より少し駅寄り。そうと分かっていたら湯川不動産を訪ねる必要もなかったのだが、そこまで上手くはいかないのが調査業の常というものだ。

三友堂印刷の敷地は広い。輪転機を回している工場、荷の積み下ろしをする駐車場、それと倉庫。この倉庫が意外と凄《すご》い。縦横高さ、一・五メートルくらいの紙の塊が、三段にも四段にも重ねて並べられている。もしあれが崩れるようなことがあったら、と想像すると怖い。

事務所はその、倉庫の隣にあった。工場や倉庫と比べると小振りだが、それでも三十坪かそこらはある。

上半分がガラスになっているドアを入り、受付カウンターにいる女性に軽く頭を下げる。

「恐れ入ります。私、調査業をしております、新栄社の曽根崎と申しますが、社長さまにお目にかかれますでしょうか」

黒縁のメガネを掛けた彼女は、怪訝そうな目で栄治を見た。

「お約束ですか？」

「いえ、いま初めてお訪ねしたのですが、以前ここにお勤めになっていた、高木清彦さんという方について、できればお話を伺いたいと思いまして」

「かしこまりました。少々お待ちください」

内線で彼女が連絡をとると、二十分くらいなら、という条件で社長が会ってくれることになった。

「ご案内します。こちらです」

受付の彼女が事務所の奥、応接室を兼ねた社長室まで案内してくれた。ちょうど、学校の校長室のような雰囲気だ。

「失礼いたします」

型通りの挨拶を済ませると、応接セットのソファを勧められた。

「へえ、新栄社さん……なんですか、高木清彦くんを捜していらっしゃるんだとか。湯川不動産さんから聞きましたよ」

小柄だが、なかなか精悍《せいかん》な顔つきをした峰岸《みねぎし》社長が、タバコを銜《くわ》えながら栄治を指差す。

「はい。社長さまは、いま高木清彦さんがどこにいらっしゃるか、ご存じではありませんか」

ひと口目を吐き出しながら眉をひそめ、かぶりを振る。

「知らないいね。うちに勤め始めて、ちょっとしてからこっちに引っ越してくることになって、それで俺が、仕方なく保証人になってやったんだ。親も親戚もいないっていうからさ。真面目《まじめ》な子だったんでね、大丈夫だろうと思ってたんだけど……まさかあんな、原因不明の病気になるなんて、思ってもみなかった」

見た感じ、峰岸は五十代後半。彼にしてみれば、確かに当時二十一歳の高木は「子」みたいなものだったのだろう。

「原因不明の病気、だったんですか」

「ああ。奴《やつ》には主に倉庫の方で、フォークリフトで荷物の出し入れをやらせてたんだけど、ほんと、工場の方じゃなくてよかったなって思ったよ。あんなんで仕事中にフラッとなってさ、輪転機にでも喰《く》われちまったら大変だよ。肉も骨も、バラッバラになっちまうからな」

輪転機というのが実際にどれくらいのものなのかは知らないが、確かに、ここにいても様々な機械音が響いてくる。パタンパタン、ヴィーン、ガシャンガシャン。人一人くらい、平気でズタズタにしそうな獰猛《どうもう》さを感じる。

「具体的には、どんな病気だったんでしょう」

「さあな。俺も、直接居合わせたことはないんだけど、急に気分悪そうにうずくまって、そのうちパタッと、倒れちまったらしいよ。入院しても、俺が関わってる間には病名も分かんなかったし、あそこの転居が済んじまってからは、俺もぱったり見舞いにはいかなくなったからね」

その病院の名前を訊こう、と思ったのだが、先に峰岸が続けてしまった。

「でも助かったよ。急に女が訪ねてきて、家賃払って綺麗にしてくれたっていうんだから。じゃなかったら、一年何ヶ月分かの家賃、俺が払わなきゃいけなくなってたかもしれないんだから。こっちはまあ、残ってた給料半月分と、ボーナス一回分くらいはそれに充ててやってもいいかなとは思ってたけど、それじゃさすがに足りないからね。どうしてくれようかと思ってたんだ」

「では、社長はその女性にはお心当たりがない？」

「ああ、まったく知らないね」

「飯森美津恵さんという方なんですが」

「へえ。今、初めて聞いたよ」

「ご存じないですか」

「知らないね。まあ、どっかの飲み屋の女だったら、通り名っていうか、源氏名《げんじな》か。そういうので顔を知ってる女、なのかもしれないけどな」

ふと真弓のことを思い出したが、あの店はみな本名のまま働いていた。真弓は真弓、ママは確か、咲子《さきこ》だったと思う。

「高木さんは、よくそういうお店にいく方でしたか」

「いや、いかなかったんじゃないかな。真面目だったし、あんまり酒を飲んでる姿ってのも、印象にないな」

「湯川不動産の社長は、ひょろひょろっとした、いかにも病弱そうな感じと仰ってましたが」

それには首を傾げる。

「背は高かったけど、ひょろひょろってほどじゃないよ。何度も倒れて入院したって聞いてるから、それでそういう印象になっちまっただけだろう」

「写真は、お持ちじゃないですかね。何か残ってないですか」

さらに反対に首を傾げる。

「うちも二年にいっぺん、社員旅行やるんだけどさ、あいつ、きてたかな……それは調べりゃ分かるから、なんだったら探しといてやってもいいよ」

「ぜひ。お願いします」

ガシャンガシャンとアーム部分を揺らしながら、フォークリフトがすぐそこを通り過ぎていく。高木清彦も、あれと同じようなものに乗っていたのだろうか。輪転機でなくても、あれを運転している最中に意識を失うだけでも充分危険だったのでは、などと考える。

「……では、社長。高木さんが入院されたという病院を、教えていただけますか」

峰岸は、ああ、と頷いて窓の外を指差した。

「最初は、そこの救急病院に入ったんだけど、ひと月くらいして、帝都《ていと》医大に移ったよ」

「帝都医大って、あの、本郷《ほんごう》三丁目にある」

「そう。あそこの、精神科」

どういうことだ。

「ちょっと待ってください。高木さんの病気というのは、精神的なものだったんですか」

するとまた首を傾げる。

「いや、最初は内科だったり、脳外科とか、いろんなとこで検査やったみたいだけど、結局原因は分からなくて。で最終的に、精神科ってことになったんじゃないかな。俺も、詳しくは分からないけど」

急に気を失ってしまうような疾患で、精神科に、長期入院――。

10

夕方四時半には現地に着いた。

最近、帝都医大はやたらと施設を建て直しているとは聞いていたが、まさかこんな、高級ホテルのような外観になっているとは知らなかった。

正面玄関を入ると、さらにその印象は強まる。イメージ的には完全にホテルのロビー。

木調のパネルを随所に配した壁、ブラウンを基調にしたソファ、外光をたっぷり採り入れる大きな窓と適度な間接照明。内科、外科、産婦人科といった案内パネルがなければ、病院であることを忘れてしまいそうだ。でもこれは単に洒落込《しゃれこ》んでいるだけではない、ちゃんと意味のあることだと思う。ここから見ている限り、外来の診察待ちをしている患者があまり病人に見えない。「病は気から」の言葉通り、病院らしい佇《たたず》まいが余計、病人を病人然とさせることもあるだろう。ここはその逆をいっている。よくいえば「病の気」が薄い。それは喜ばしいことではないか。

入り口の正面。案内係員の座るブースも、どことなくデパートのインフォメーションセンターに似ている。だが、栄治が向かったのは面会受付のコーナーだ。こちらはなんだろう。空港の搭乗手続窓口に近いか。

薄い水色の、看護衣姿の女性に訊く。

「恐れ入ります。こちらの精神科に、高木清彦さんという方は入院していらっしゃいますでしょうか」

「タカギ、キヨヒコ様ですね。お待ちください」

手元のキーボードを慣れた指遣いで叩《たた》く。最後にエンターキーを押すと、きっちりとアイラインを引いた両目が、即座に画面の情報をさらい始める。

「……申し訳ございません。今現在、そのお名前の患者さまは、当院には入院しておられませんが」

「じゃあ、もう退院されたのかな。……入院患者さんを、過去にさかのぼって調べていただくわけにはいきませんか」

「申し訳ございません。そのようなことはここでは……」

するると、なんだろう。彼女は急に隣の席にいる、同じ看護衣を着た女性の方に注意を向けた。カウンターの下で足を軽く蹴られたとか、そんな感じだった。そう思って見ると、向こうの方が少し先輩っぽい。

その先輩風の彼女が、ちょっと、といいながら席を立つ。

「あ……少々、お待ちください。失礼いたします」

慌てて先輩風の彼女を追いかけ、二人は受付ブースの隅っこで、栄治に背を向けて何やら相談を始めた。

やがて先輩風の一人が奥の部屋に引っ込み、最初の彼女だけが栄治の前に戻ってきた。

「申し訳ございません。今お調べしております」

微《かす》かに頰が強張《こわば》っている。声の調子も不安定になった。なんだ。先輩に何を耳打ちされたのか。もしかして高木清彦は、入院患者リストに載らない、特別な扱いを受けているのか。

人体実験――。そんな言葉が脳裏をよぎる。

一分ほどして先輩風の彼女が戻ってきた。今度は直接、彼女が栄治に話しかけてくる。

こちらも何やら目つきが険しい。

「高木清彦さん、への面会をご希望、ということで」

「はい。でも、いらっしゃらないと……」

「失礼ですが、マスコミ関係の方ですか」

口調も敵意丸出しだ。

「いえ、マスコミではありません」

「どういったご用件でしょうか」

「単刀直入に申しますと、高木清彦さんに、お会いしたいんです」

ふいに、彼女の表情から険が抜け落ちる。口も、ぽかんと半開きだ。

「……本当に、マスコミの方では、ないんですか」

なんだろう。高木清彦絡みで医療ミスでもあったのだろうか。あるいは、やはり原因不明の奇病ということで、貴重な研究対象として特別扱いされているのか――いや。それよりも今は、こちらが帝都医大に敵対する立場の人間でないことを示す方が先だ。

「はい。私、新栄社の、曽根崎と申します。いわゆる、興信所です。ある方からのご依頼で、高木清彦さんをお捜ししているのですが、もしご迷惑でなければ、高木清彦さんがこちらを退院してからどうされたのか、連絡先だけでもお教えいただくわけにはいきませんでしょうか」

まだ彼女は、拍子抜け状態から立ち直っていない。

栄治が続ける。

「むろん当社には守秘義務がございますので、何か高木清彦さんに関することで、たとえば、あくまでも仮にですが、あまり帝都医大さんに都合のよくない事柄を知り得たとしても、決して他言することはございません。こちらは、あくまでも高木清彦さんの所在確認が目的ですので。その旨、何卒《なにとぞ》ご理解いただけませんでしょうか」

ようやく、彼女がひと息つく。

「そう、ですか……すみません。もう少々お待ちください」

今一度、彼女は奥の部屋に入っていった。そこで、内線電話で誰かと連絡をとったのだろう。戻ってきたときには、多少の硬さはあるものの、面会受付担当としての表情を取り戻していた。

「失礼いたしました。まもなく担当医のオオツが参りますので、このままお待ちください」

「はい……恐れ入ります」

栄治は一礼し、カウンターの端に寄って待つことにした。

腕時計を見る。午後四時四十七分。外来の受付時間もそろそろ終盤。そう思って見ると、診察を待っている患者よりは、もう会計の順番待ちをしている人数の方が多い。そんな人々の座るベンチの向こうから、一人の男が速足で、真っ直ぐこちらに歩いてくるのが目に留まった。丸顔の、わりと小柄な人物だ。

近づいてくると、表情がかなり険しいことも分かった。年は栄治とさして変わらなそうだ。

彼は歩いてきた勢いのまま、カウンターに両手をついた。

「いま連絡くれたの誰ッ」

すでに立ち上がっていた先輩風の彼女が、私です、と答えるのと同時に、手で栄治を示す。

すかさず男がこっちを向く。

栄治は会釈をしながら、ゆっくりと名刺を差し出した。

「お忙しいところ申し訳ございません。新栄社の、曽根崎と申します。オオツ先生でいらっしゃいますか」

何を怒っているのかは知らないが、彼は栄治を上目遣いで睨み、一度、周りの目を気にするようにぐるりと見回した。

「なんですか。高木清彦さんが、なんなんですか」

「ええ。端的に申しますと、高木清彦さんにお会いできるかと思い、こちらをお訪ねしたのですが」

上目遣いのまま、彼はひと吹き、鼻で笑った。

「そりゃ無理だ。高木清彦さんなら、四年も前にお亡くなりになりましたからね」

なに――。


精神科の教授、大津利則《としのり》が用意したのは、一階の目立たないところにある小さな応接室だった。ソファがあり、壁に額入りの絵が飾られているだけマシだが、気分的には取調室に入れられたのと大差ない。

「あんた、本当にマスコミの人間じゃないのか」

「差し上げた名刺の通り、としか申し上げようがないんですが」

「なぜいまさら、高木さんに会いたがる」

何があったのかは知らないが、初対面の人間にこの態度はないだろう。

「なぜと訊かれましても、そういう依頼があったからとしか、お答えできません」

「誰から」

「それは、申し訳ございません。守秘義務がございますので」

ふて腐れたように、また勢いよく鼻息を吹く。両腕を背もたれに広げてふんぞり返る。

「大津先生。高木さんは、なぜお亡くなりになったんですか」

「いえないよ。こっちにだって守秘義務はある」

まあ、それくらいの言い逃れは栄治も予想していた。

「そうですか。でしたら、こちらで独自にお調べするしかありませんね……まあ、私も、まさか高木さんが亡くなっているなんて、思ってもいなかったので、そういう調べ方は今までしてこなかったのですが、そうですか……では、マスコミを当たれば死因がなんであるのかくらいは、すぐに分かりますね」

失礼します、といって腰を上げる——振りをしたところで、大津は体を起こした。すがるように栄治に手を伸べる。

「ちょっと……その、マスコミを煽《あお》るのは勘弁してくれよ」

期待通りの反応で、実に助かる。

「別に、煽るわけではありません。でも、ここで死因を教えていただけないのであれば」

「分かった分かった。それくらいは話すから、とりあえず座りなさいよ」

仕方ないといった体《てい》でソファに座り直す。これで、だいぶ話はしやすくなった。

「では、お聞かせいただけますか。高木さんが、どうしてお亡くなりになったのか」

大津は渋々頷き、一つ溜め息を漏らした。

「……自殺ですよ。飛び下り自殺。ここは二年前に建て替えたんでね。厳密にいえば、ここでというわけではないんだが、まあ、ここの屋上からね。金網を乗り越えて……どすん、と」

「高木さんには、そういう自殺願望があったんですか」

　大津が、髪を乱すほどにかぶりを振る。

「まったくなかった。高木さんは、そういう患者ではまったくなかった。だから入院は一般病棟だった。いわゆる、隔離が必要な精神疾患の患者とは違ったんだ。なのに、精神科の入院患者が自殺したってなったら、やれ管理不行き届きだ、これは重大な医療ミスだと、散々な書かれ方をした。……週刊キンダイ。あそこだけは絶対に赦さない。今もね、実はまだ名誉毀損で係争中なんですよ」

　事情はよく分かったが、それにしても興奮し過ぎだろう。

「それは、大変ですね……そもそも、高木さんはどういう病気で、入院されていたのですか」

　今度は、小さく首を捻る。

「結局、それはうちでも分からなかった」

「最初は内科や脳外科にかかって、最終的に精神科、というふうに伺っていますが」

「え？　誰に」

「三友堂印刷の社長さんです。高木さんが勤めていた会社の……ある時期までは、よくお見舞いにもいらしていたみたいで」

「ああ、そう。そういえば、そういう方もいたかな……その方は、高木さんが亡くなったことは知らなかったの」

「ええ、ご存じないようでした」

「そっか……じゃあ、週刊誌、見なかったんだな」

どうも大津は、週刊誌の影響力が気になって仕方ないようだ。

「先生。実際、高木さんの症状というのは、どういうものだったんですか」

大津は下唇を嚙み、また少し首を捻った。

「大雑把にいえば、意識障害、ということになるかな。原因不明のね。具体的にいうと、血糖値も脈拍も正常、非常に長い失神と言い換えてもいいかもしれない。筋緊張もなく、ただ脳は活発に動いてた。睡眠状態で夢を見ているのとも違う、ちょっと独特な脳波と、活動領域だった。これについての結論は……まだ我々の中でも出ていない。というか、高木さんの自殺と同時に、究明も凍結してしまった。他に似た症例もないしね。現状では……高木さんには大変申し訳ないが、今後もあまり研究対象にはならないだろうな」

まだ、栄治にはよく分からない。

「つまり、高木さんはずっと眠った状態だったと」

「いや、ずっとじゃない。むろん覚醒することはあった。だから、屋上から飛び下り自殺なんてこともできたわけで」

　そうか。

「どれくらい眠っているんですか」

「それは、その時々でいろいろだった。二、三時間の場合もあれば、半日くらいのこともある。二十四時間以上というのはなかったはずだが、ただ一日の内で、徐々に起きている時間より眠っている時間の方が長くなる傾向にはあった。このまま病状が進行すると、この人は本当に目を覚まさなくなってしまうんではないか、と心配したが……ま、その状態にいくまでに、亡くなられてしまったと」

「他に、どこか悪いところは」

「むろん、入院が長期にわたっていたんで、肉体的な衰えは否めなかったが、それ以外は特に。お若かったしね。消化器系も循環器系も異状なしだった」

　症状はなんとなく想像できた。そうなると、そんな高木の世話を誰がしていたのか、という点を明らかにしておく必要が出てくる。

「そうですか……ちなみに先生は、飯森美津恵さんという女性を、ご存じですか」

　ふいに、その表情が和らぐ。

「もしかして、ときどき高木さんのお世話に見えていた方かな」

方だけだった」

「ええ、何度か話はしましたよ。高木さんの病状を、最後まで気にかけていたのはその方だけだった」

ようやく繋《つな》がった。

高木清彦の入院は長引き、一年と少しした頃、おそらくは高木本人に頼まれて、飯森美津恵は東砂みどり荘の退去手続を代行した。それがおよそ六年前。さらに入院は二年ほど続き、最終的には四年前、高木清彦はここの昔の建物の屋上から飛び下り自殺をした。

「飯森美津恵さんは、高木さんの自殺については」

「むろん、ご存じですよ。私が直にお伝えしましたから。最初は電話で。すぐこちらに見えて……遺体をお見せしたかどうかは、ちょっと記憶にないが、激しく落ち込んでおられたのは、印象に残ってますね。ぎゅーっと、お嬢さんを抱きしめて」

お嬢さん？

「すみません、飯森美津恵さんには、お子さんがいらしたんですか」

大津は急に表情を硬くした。しまった、喋《しゃべ》り過ぎた、とでも思っているのだろう。

「ああ……いらっしゃいました、けど」

「いくつくらいの」

「さあ、どうだったかな。小さかったですよ。とても」

「五歳とか、六歳とか」

口を結び、大津は一切の反応をしなくなった。

「先生」

目はテーブルの一点に据えられている。

「お願いします。大体でいいんです。幼稚園くらいなのか、小学生くらいなのか……飯森美津恵さんは、確か当時で、三十歳かそれくらいの年でしたよね。だとすると、七歳とか八歳の子がいても不思議はない」

大津は深く息を吐き出し、観念したようにかぶりを振った。

「そんなに、大きくはなかったですよ。ようやく、立って歩けるようになったくらいじゃなかったかな。二歳とか、せいぜいそれくらいですよ。大人《おとな》しくて、聞き分けのいい子でね。病院に連れてこられても、全然困らない子でした」

その子の父親は、一体誰なのだろう。

二歳。三十一歳から四年を引いて、高木が二十七歳で死んだとすると、おおよそ二十四のときにできた子供。可能性は充分にある。

「先生。飯森美津恵さんの連絡先、お分かりになりませんか」

この質問を予測していたのか、大津は、参ったなとでもいいたげに頭を掻《か》いた。

「……四年前の面会者名簿がまだ残っていれば、ひょっとしたら分かるかもしれないが、あんなもん、本来は一年かそこらで処分するものだからね。断言はできないですよ……それに、仮に残っていたとしても、本人の承諾なしには」

「分かっています」

ここが攻めどき。栄治はテーブルに身を乗り出した。

「では、こうしましょう。もし名簿が残っていて、飯森さんに連絡がつくようなら、先生から私のことをご紹介いただけませんか。むろん、飯森さんが会ってもいいとご承知くださったら、でけっこうです」

大津が、しょうがねえな、といわんばかりの頷き方をする。

「分かりました。探すだけは探してみますよ……」

だがふいに、怪訝そうに眉をひそめ、栄治を見る。

「……でも曽根崎さん。あなたの目的は、そもそも高木さんに会うことじゃなかったんですか。高木さんはもう死にました。これは、医者である私がいうんだから間違いない。証明しろというのなら、書類だってなんだってそろえられる。だったらもう、あなたの目的は達成されたも同然じゃないんですか。高木清彦は死亡、よって会うことはできない。それが結論なんじゃないですか」

それも一理あるが。

「確かに、そういう考え方もあるとは思います。実際にそう報告する同業他社もあるかもしれない。でも、亡くなってました残念でした、だけが正しい報告だとは、私は思いません。亡くなっていたのなら、その方がどういう環境で、どういう状態で、どういう人たちと関わりを持ちながら亡くなったのか。そういうところまで、きちんとお調べしてご報告するのが、私は調査業だと考えています」

それと、この件には個人的な興味も持ち始めている。

自殺した高木清彦と、自分の娘かもしれない民代は、一体どんな関係なのだろう。

帝都医大からの帰路。

栄治は地下鉄に揺られながら、また真弓のことを思い出していた。

調査業などをやっていると、ときおり、どうしても人間の醜い部分に触れざるを得ない事態に直面する。夫の浮気調査を始めたら、相手は近所に住む娘の幼馴染《おさなな》み《じ》だったとか。どうしても殴りながらのセックスでないと満足できない男だとか。企業の信用調査でも、表向きは健全にやっているように見えて、実は裏で産業廃棄物を不法投棄していたとか。わざわざ手抜き工事をして、それを別会社に見つけにいかせ、新たに改修工事として請け負ってくるとか。

世の中が綺麗事ばかりじゃないことくらい分かっていた。だが一つひとつ自分の目で確かめ、その場に居合わせると、どうしても平静ではいられなくなる。知っているのと、肌で感じるのとはまた別問題だ。人の悪意というものは、触れた者の心まで腐らせる。金のためとか、快楽のためとか、そういう理由の下らなさよりも、禁忌を破って平気でいられるあの態度に栄治はショックを受けた。クライアントに結果報告をすればその案件からは解放されるが、見た光景、聞いた声や嗅いだ臭いは、簡単には記憶から消え去らない。

それを慰めてくれたのが、真弓だった。

「バッティングセンター、いこうか」

酒よりも、体を動かすことによく誘われた。ゲームセンターでも、テレビゲームよりはモグラ叩きとか。ダーツやビリヤード、ボウリングもよくいった。

何ゲームか終わると、不思議と気分はすっきりしていた。真弓には何か、こうすれば人の気分を変えられるという、心のツボのようなものを探り当てる才能があったように思う。

ベッドでもそうだった。

「なんかあった?……いってみて」

社会の裏側の汚い話なんて、ベッドで聞きたい話ではなかったと思う。それでも真弓は嫌な顔一つせず、最後まで聞いてくれた。聞いてもらった挙句、栄治は何度か、その胸で泣いたことがある。真弓は優しく栄治の髪を撫《な》で、気が済むまで泣かせてくれた。

あの真弓が、もう、この世にいないなんて——。

11

朝一番、声を掛けてきたのは三浦知美だった。

「民代ォ、ほんとサンキュー。チョー分かりまくった。これで中間、絶対間違いないと思う」

いいながら、先週末に貸した物理のノートを差し出してくる。

「ちゃんと分かった？　ほんと大丈夫？」

「大丈夫大丈夫。今なら民代にも教えられる気がする」

間違いないと思う。教えられる気がする。知美には、言葉尻に逃げ道を設ける癖がある。

「じゃあ、斜方投射、とは？」

「えっ、何それ。そういう出し方すんの？」

「分かんないけど。初っ端《しょぱな》に書いてあったでしょ。ほら……物体を、なに」

「えっ、物体を……」

「物体を、ある」

「アアッ、ある初速度をもって、空中に投げ出す動作ッ」

得意げにこっちを指差す。その爪に装飾はない。知美は放課後と休日にネイルチップを貼る程度。自爪に直接塗ったり、接着したりはしない。つまり、親や教師に睨《にら》まれてまでお洒落をする度胸はない。これも逃げ道。

「やるじゃん。覚えてるじゃん」

「へへ……中間まで覚えてればね、いいけどね」

たぶん無理だろう。


曽根崎栄治の顔が、焼き付いたように瞼《まぶた》から消えない。

さすがに白いものが交じり始めてはいたが、髪全体はまったく薄くなっていなかった。体型もそのまま。顔は、やや頬がたるみ、中年っぽさは否めなくなったものの、四十七歳という年を考えれば断然若い部類に入るといっていい。パッと見は四十代前半。上手《うま》くすれば三十代後半といっても通じるかもしれない。

元気そうだった。それが何より嬉《うれ》しかった。

だから逆に、少し意地悪をしたくなってしまった。

あなたが私の父親です、と教えたときの顔。可愛《かわい》かった。危うく噴き出すところだった。あんなに分かりやすく驚いてくれるとは思わなかった。

セックスした覚えまでないわけじゃないでしょう。あの台詞《せりふ》への反応も凄かった。女子高生にセックスの話題を振られて、いまどきの中年男があそこまでドギマギするものだろうか。いや、たぶん栄治が初心《うぶ》なだけだろう。それもなんだか可愛かった。

真弓の死を知ったときは、逆にこっちが泣きたくなるくらい、切ない顔をした。嬉しかった。真弓を忘れていなかったことも、例のカセットテープを聴かずに保管してくれていたことも、すべてこちらの望んだ通りだった。

本当は、抱きついて甘えたかった。シャツの匂いを嗅いで、頬ずりをして、力一杯しがみつきたかった。でもそれより、交渉の方が先だった。高木清彦と由利岳彦の所在調査。それを受けてもらうのが何よりの優先事項だった。

「……村川」

マズい。いきなり指された。物理の島崎は、ちょっとぼんやりしているとすぐに指してくる。

とりあえず立ち上がる。

「はい」

「ここ、なんだ。投射された物体が、最も遠くに届くときの角度」

「えっと……四分のπ《パイ》です」

「そう、四分のπ……座っていいぞ」

まあ、これくらいは余裕だ。


教室で弁当を食べていると、知美がパンを両手に持って食堂から戻ってきた。今日は好物のメロンパンが入手できなかったらしい。右手にはミックスサンド、左手にはチョコチップパン。

いきなり私の弁当箱を指差す。

「おっ、ミルフィーユカツ？」

ご明察。薄切り肉を重ねて巻いて揚げたカツレツだ。

「うん、シソとチーズも入れてみた」

「美味《おい》しそぉ……もちろん、自分で作ったんだよね」

「そりゃそうよ。他に作ってくれる人いないもん」

「そこだよね。あたしなんかさ、親がいたって週三回は学食パンだもんね。親いなかったら絶対、一週間ずっと学食パンになると思うわ」

一応自分にも親はいるが、あえて今はいわずにおく。

知美はこっちを向き、またがるようにして椅子に座った。

まずはミックスサンドの包装を破く。

「……ねえ、民代ちゃんさぁ」

ちゃん付けが始まったら要注意。何か魂胆があると思っておいた方がいい。

「なに？」

「松原のこと、どう思う？」

隣のクラスの松原大樹《だいき》。バスケット部の副主将。さては仲を取り持つよう頼まれたか。

見返りはなんだ。知美のお気に入りは陸上部の笹塚秀也《ささづかひでや》。笹塚と松原は中学校が同じ。

いわば幼馴染み。代わりに笹塚の気持ちを訊き出してもらうとか、そういうことか。

ここは一つ、わざととぼけてみることにする。

「ん？　松原、誰？」

「んーっ、Ｂ組の松原大樹だってば。去年文化祭のとき、バスケ部の模擬店でさぁ、民代のうどんに、ねぎドッパーッ、入れちゃったことあったじゃん」

覚えている。あのとき松原は私の顔を見ていて、手元に注意がいっていなかった。だから薬味の入れ物を引っくり返し、残りのねぎをすべて私の丼に盛ってしまった。

「ああ、あの松原くん……どう思うって、まあ、ドジ？」

知美はサンドイッチに齧《かじ》り付きながらも、ええーっ、と声をあげる。

「うそぉん……そんだけぇ？」

「他に、なに」

「ちょっとはカッコいいとか、思ったりしなよ」

なんというご都合主義だろう。

「まあ、ちょっとはカッコいいんだろうけど、すごくカッコよくはない……かな」

「ええー、ダメぇ？　ちなみに今日、民代、病院いかない日だよね？」

「うん、昨日いったから。今日はいかない」

「放課後、マックいくくらいの時間はあるよね」

すでに計画済み、ということか。

「いや、でも、クリーニングに出した冬物、とりにいかないと」

「んん、そんなには遅くなんないよ」

「うちんとこのお店って、六時で閉まっちゃうんだけど」

「大丈夫だって。ちゃんとそれに間に合うようには帰してあげるから」

そこまでいわれると、かえって心配になってくる。

「どう大丈夫なの。大体、なんでマックなの」

「だってぇ、四人でいかなきゃダメなんだもぉん」

「四人って、誰」

「あたしとぉ、民代ちゃんとぉ、松原くんとぉ、笹塚くん」

やはり。なんと分かりやすい思考をしているのだろう。

「ダメぇ？　ねえ、どうしてもダメぇ？」

仕方ない。もう少し焦《じ》らして、貸しを大きくしてから承知してやろう。

当初の計画よりだいぶ遅れ、駅前のマクドナルドに着いたときには四時半をかなり過ぎていた。

松原と笹塚は当然先に着いており、二階の四人席の片側に並んで私たちを待っていた。

「お待たせェ。ごめんねェ」

ネイルチップの貼り付けに手間取ったことは、今日はいわないでおいてやろう。

「民代、あたしがまとめて買ってくるよ。何がいい？」

「じゃあ、フィレオフィッシュのセット。アイスコーヒーで」

「おっけー」

すると松原が、テーブルの下で笹塚に何かした。膝を小突くとか、そんなことだ。急に慌て顔になった笹塚が、俺、手伝ってくる、と知美のあとを追っていく。

残った松原が、細く息を吐く。整った目鼻立ち。真ん丸い坊主頭の形もなかなかいい。

「あ、なんか……暑いね」

だいぶ緊張しているようだ。文化祭のときのように、何か粗相をしなければいいが。

「もうすぐ夏服だしね」

「あ、そうか……夏服か」

女子のブラウスの背中に、下着の線が透けて見えるのでも想像しているのだろう。おかしなタイミングで生唾《なまつば》を飲み込む。

少し嚇《おど》かしておくか。

「今日のこれって、なんの集まりなの？」

「え、あ、これは……」

はい、失格。わざわざ二対二にお膳立てしておきながら、もう隠しても仕方ないことを理解していない。私と松原、知美と笹塚のダブルデート。さらりとそういってしまえば、そうなんだと、こっちも話に乗ってやることができたのに。

「あの、ほら、俺らも、もう部活とか、予選で負けちゃって、ほとんど引退したみたいなもんだからさ」

だから放課後が暇になって、女の子とデートの真似事《まねごと》をしたくなったと。そういう周辺事情から理論構築するのはますますバツだ。

「そっか……私、親が入院してて」

看病に引退はないんだ、といってやろうかと思ったが、その前に喰いつかれてしまった。

「そう、大変だよな。でも偉いよな。三浦から聞いてて、村川って勉強もできるけど、そういうとこもあるんだなって」

同情か。それとも持ち上げるための話題づくりか。どちらも私に有効な論法ではない。

「そういうとこって、なに？」

「あ、いや、なんか……家庭的っていうか、しっかりしてるっていうか」

「じゃあそういうとこ以外は、もともとどういうふうに思ってたの？」

なぜこんな質問攻めにしているのだろう。勢いで告白させたいのか。その手前で潰してやりたいのか。自分でもよく分からない。

「もともと……もともとは、そうだな……」

じれったい。

最近の男子というのは、実際に女子と会う前にある程度会話の流れをシミュレーションしたりはしないのだろうか。そもそも私に会いたくて、私と話をしたくてこの席を設けたのではないのか。だったら、私をどういうふうに思っているのかくらい、スラスラいえるようにしておくべきではないのか。

「……頭がよくて、ちょっと、大人っぽくて」

ほう。大人っぽいというのは意外な見解だ。

「私？　大人っぽい？」

だが口から出まかせ、というのでもないらしかった。松原は大真面目な顔で頷《うなず》いてみせた。

「うん。なんか、周りがすごい、見えてるっていうか。落ち着いてて、余裕があるっていうか」

なるほど。観察だけはよくしていたということか。

「でも私、お化粧とか全然できないし、お洒落な服とかもあんま持ってないし、爪だってほら、なんもやってないよ」

「そういうことじゃなくてさ。そういうのやってる方が、むしろガキっていうか……あ、今の、三浦にはいわないでな」

分かってる。そんな告げ口をするほど子供ではない。

「……ほら、そういうとこ」

「えっ、何が？」

「そういう頷き方とか、なんか大人っぽいよ。上から……っていうと、嫌な感じに聞こえるかもしんないけど、そうじゃなくて、なんか、見越してるっていうか……それもなんか、アレだけど。なんていうか、村川って、一歩先いってる感じ、あるよ……よく、分かんないけど」

いや、意外によく分かっている。少し見直した。

ようやく知美と笹塚が戻ってきた。

「なになに、仲良さそうにしちゃって、どうしたのどうしたの」

とはいえ、こういう分かりやすさは、知美という女の子の美点だと思う。お世辞でなく。

松原が照れたように答える。

「いや、なんか、村川って、何気に大人っぽいよな、って話してただけ」

「ああー、分かる分かる。民代って名前も、けっこう古風だしね」

そういう意味ではない。それは断じて違う。


人並みな女子高生気分を味わったあとには、家事と情報収集に追われる日常が待っている。

まず最寄り駅からの帰り。クリーニング屋に立ち寄り、先日出しておいた冬物を引き取る。それを家まで持ち帰ったら、ラフな恰好《かっこう》に着替えて買い物にいく。エコバッグの中に、リサイクルに出すペットボトルと発泡スチロールトレイを詰め込む。往復は自転車。これがあるとないとでは生活が大きく変わってくる。

ふと思う。曽根崎栄治もこんなふうに、スーパーに買い物にいくのだろうかと。エコバッグを持ち、魚がいいか肉がいいか悩むのだろうか。いや、ひょっとしたら、あの事務所の下にある喫茶店で日々の食事は済ませてしまうのかもしれない。事務所兼住まいだというあの部屋は、とてもではないが料理をするような環境ではなかった。

喫茶店の経営者は、栄治の高校時代からの親友、田嶋吾郎。コーヒーを持ってきたのはウェイトレスか。馴染みなのだろう、栄治とごく自然に笑みを交わしていた。

あの女は、栄治に好意を持っている。直感的にそう感じた。少し厚めの唇が嫌らしかった。でも、栄治はあの女に興味がない。根拠はないが、そう感じた。

スーパーに着いたら、まず弁当のおかずになりそうなものをカゴに入れる。薄切りの豚肉、鶏《とり》の胸肉、鮭《さけ》の切り身、プチトマト、コンブの佃煮《つくだに》。梅干もうなかったし、削り節や卵も買わなければ。あとチーズ。それから朝食用の食パンも。マーガリンはまだあったが、ジャムはどうだったろうか。ブルーベリージャムが安い。これを一つ買っておくか。サラダ油も少なくなっていた。でもちょっと高い。今日はやめておこう。

会計を済ませたら、また自転車を飛ばして帰宅。以前、のろのろ走っていたら変態男に腕を摑《つか》まれ、危うく乱暴されそうになった。あのときは、いったん力を抜いて観念した振りをし、相手が油断したところで両目に親指を捻《ね》じ込み、視覚を奪ってから、たまたま近くに転がっていた角材で滅多打ちにしてやった。自分でも、あれは少しやり過ぎだったと思っている。でも途中では止められなかった。お前みたいな変態に姦《や》られて堪《たま》るか。そう心の内で叫びながら、何度も何度も打ち据えてしまった。

帰ったら、肉や魚をパックし直して冷蔵庫に。だがその前に、どうしても一服したくなってしまった。

二階の自室にいき、鍵付きの引き出しを開ける。マルボロのライト・メンソールと使い捨てライター、それと携帯灰皿を取り出す。フタ付きの、臭いの漏れないタイプだ。あえて照明は点《つ》けず、ベッドに腰掛けてカーテンと窓を開ける。紫色の空。遠い工場地帯の黄色い明かり。ひんやりとした風が頬に心地《こ こ ち》好い。隣家も、その向こうのアパートも窓に明かりを灯《とも》してはいるが、こちらを直接覗《のぞ》くような位置関係にはない。村川さんのお嬢さん、窓開けてタバコ吸ってたわよ、などと噂《うわさ》される心配は、たぶんない。

親指でヤスリを弾《はじ》き、火ごとタバコの先を両手で囲う。

大きく、口を膨らませて溜《た》める。それを、今度はゆっくりと肺に取り込んでいく。存分に味わったら、部屋に臭いがこもらないよう、注意深く外に吐き出す。震えるようなメンソールの喉越しとは対照的に、ニコチンのもたらす気だるさが全身に広がっていく。リラックス。養母のいない生活は確かに不便だが、家でタバコが吸えるようになったのは大きな利点だ。

そう。この生活を不便に思うことはあっても、決して寂しいとは思わない。人間、どうせ最後は一人なのだ。ならば、一人でいる時間を如何《い か》に有意義に過ごすか。そう早めに考えを切り替えた方が利口というものだ。

夕飯の支度と食べている間はＮＨＫのニュース。八時台に入浴を済ませ、九時前のニュースが終わったらテレビを消し、一時間は新聞とネットで情報収集。特に新聞の社会面は念入りに。だが残念ながら、例の事件の続報はなかった。

十時頃からはまたニュース。与党の内部分裂、首相降ろしと安全保障の話題が中心で、ここでも例の事件の続報は扱われなかった。

調布のスーパーの駐車場で遺体が発見されてから一週間が過ぎた。警察は果たして、犯人の目星をつけているのだろうか。

高木清彦、由利岳彦。

二人のどちらかが犯人だとして、今その犯人は何をしているのだろう。高嶋有加子、中村初美に続く獲物を物色しているのか。それとももう、すでに手に入れてしまっているのか。ひょっとしたら、高嶋有加子以前にも被害者はいたが、発見されていないだけという可能性もある。どちらにせよ、犯人は目的を達するまで犯行をやめない。やめるわけにはいかないのだ。

そもそも警察は、高嶋有加子と中村初美、二つの殺人事件が同一犯によるものであることを把握しているのか。分かっているのならばいい。これだけ惨忍な犯行だ。逮捕されれば、犯人が極刑を免れることはないだろう。

だがもし、一方だけの強姦《ごうかん》殺人しか罪に問われなかったらどうなる。それだと極刑は難しい。おそらく無期懲役、二十何年かで出てきてしまう。それでは駄目だ。娑婆《しゃば》に出てきたら、奴はまた必ず殺《や》る。確実に息の根を止めなければ、奴の犯行は阻止できない。

何かないか。二つの犯行が同一犯によるものであると、警察が把握しているかどうかを確かめる方法はないのか。

一つは、親指の切断だろう。ひと口に切断といっても、使用した刃物から部位の固定のし方、力の入れ具合、いろいろな判断材料があるはずだ。警察はどう見ているのか。

あと、生理というのが考えられる。

犯人が女を殺すのは、女が生理を迎えたからだ。目的を達成できず、再度同じ女で試みる時間の無駄を嫌って殺したのか、あるいは失敗のショックで逆上して殺したのかは分からないが、殺される前に、女に生理がきていたことだけは間違いないだろう。

栄治に確かめてもらおうか。

彼なら、警察官の知り合いもいるに違いない。

12

民代の連絡先等は彼女が依頼にきた日に、すでに聞いてあった。

自宅は学芸大学駅の近く、目黒区鷹番《たかばん》二丁目。学校は新宿区高田馬場《たかだのばば》、都立育応《いくおう》高校。

それと、自宅と携帯の電話番号、メールアドレス。

事務所のデスクにつき、自分の携帯電話に入力したそれらを、栄治はずっと眺めている。なんだろう、この奇妙な感覚は。胸の内に、ふわふわと羽毛が舞い上がるような焦燥感は。

むろん、いまさら女子高生相手に恋心を抱《いだ》くなどということはあり得ない。そういう目で民代を見ていないことは、自分自身に断言できる。だが、父親にとって娘は永遠の恋人、という言葉もある。そういうことなのだろうか。つまり自分は、すでに民代を、実の娘と認めているのだろうか。

東伸リサーチ時代の同僚がいっていた。母親には自分の腹を痛めて産んだという感覚があるが、父親にはそれがない。いつできたのかも、正直分からない。はいあなたの子ですよ、と病院で手渡されても、実感なんてものはまるで湧かない。ああそうですかと、他人事《ひとごと》のように思うだけ。疑う気はさらさらないのだが、さりとて確信するには至らない。ではどうやってその子が我が子であると確信するのかというと、成長過程で自分と似たところを見つけたり、日々の暮らしの中で、なんとなく共有するものが増えていき、いつのまにか、そう思うようになるのだそうだ。

そのわりには、と栄治は思う。一度しか会っていないのに、自分は民代を実の娘だと思おうとしている。少なくとも、そんなのは嘘《うそ》だと突《つ》っ撥《ぱ》ねることはしたくない。できることなら、自分と真弓の子であるという確証を得たいとすら思っている。

窓の外に目をやる。今にも降り出しそうな曇り空。机上に目を戻すと、デジタル液晶のテーブルクロックには「13：33」と出ている。日付は「5月17日　木曜日」。いま電話したところで、民代は授業中だろうから出られないはず。そもそも、学校に携帯電話を持っていっていいのかどうかも栄治は知らない。だが昨今の常識からいって、間違いなく持っていっているだろうとは思う。

どう、すべきか。

結局、高田馬場の育応高校前まできてしまった。対向二車線の道路をはさんで向かい側には緑地公園がある。最初はそこで待つのがいいかと考えたが、校門前には警備員らしき制帽制服の男が立っている。公園の木の陰から、しかも傘を差したままじっと下校する生徒の様子を窺《うかが》っている男がいたら、ものの五分で不審者がいると警察に通報されてしまうに違いない。

仕方なく、少し駅側に歩いた辺りで待つことにした。好都合にもコンビニエンスストアがあり、しばらくは立ち読みをしたり、店の前で缶コーヒーを飲んだりして時間を潰した。ときおり、目の前を通りかかる民代の姿を思い浮かべながら――。

突然会いにきたことを、民代は怒るだろうか。興信所の調査員に待ち伏せされて気分がいい人間は、たぶんあまりいない。だが自分は父親だ。完全に自覚するには至っていないが、少なくとも民代の方はそうだと主張している。父親が待つ分にはかまわないのではないか。いや、父親だからこそ、待ち伏せされたらウザいのか。そもそも、民代は授業が終わったらすぐに下校してくるのだろうか。部活が何かまでは聞いていなかった。ひょっとしたら、このまま夕方五時、六時まで待たなければいけなくなるかもしれない。だが仕事柄、待つこと自体はさして苦にならない。

三時四十分を過ぎると、ぱらぱらとブレザー姿の高校生が向こうの歩道を通っていくようになった。民代の特徴は完全に頭に入っている。ボブっぽい黒のショートヘア。背は百六十センチ前後。痩せ型。そういった意味では特徴がない部類に入るのかもしれないが、見間違いも、見逃しもしない自信はあった。プロという意味でも、暫定ではあるが、父親であるという意味においても。

そうこう考えているうちに、きた。意外と早かった。

栄治は再び傘を広げ、コンビニの軒下から出た。信号のない短い横断歩道を渡り、対岸の歩道に立つ。

民代は透明なビニール傘を差していた。

声を掛けるまでもなく、栄治の顔を認めただけで立ち止まる。友達と一緒ではなかったらしく、近くを歩いていた生徒はそのまま栄治とすれ違っていった。

「……やあ」

民代は一瞬、ほんのわずかに眉をひそめただけで、それ以上の不快は顔に表わさなかった。

「何か、分かったの？」

追い越していく生徒たちが、怪訝《けげん》そうな目を向けていくことなどまるで気にならない様子。むしろ、早くこの場所から移動したいと思っているのは栄治の方かもしれない。

「少し、話せるか」

すると口の端《はじ》を歪《ゆが》め、悪戯《いたずら》っぽく笑ってみせる。

「キホン、寄り道はしちゃいけないんだけど……でも、親と一緒だったらいいよね。どこにでも堂々と入れる」

そういって歩き出すが、ものの数歩でこっちを振り返る。

「あ、もしかして車？」

「いや、歩き。電車できた」

「そっか」

気のせいかもしれないが、その声は少し高く、再び歩き出した足取りは、それまでよりもいくぶん弾んで見えた。

ここにしよう、と民代が決めたのは、大通りから一本入った住宅街にある、ちょっと渋めの喫茶店だった。

「マックとか、スタバじゃなくていいのか」

「こういうとこの方が、コーヒーは美味しいでしょ」

またしても——感じやすいところを指先で弄《もてあそ》ばれたように、記憶の襞《ひだ》がピクンと震え、真弓の声が、言葉が、脳内に甦《よみがえ》ってくる。

ほら、パックの粉とかじゃなくて、ちゃんと自分のところで豆を挽《ひ》いてる、こういうお店のコーヒーの方が美味しいでしょ——。

民代は畳んだ傘を傘立てに突っ込み、さっさとドアを開けて入っていく。続いて栄治も中に入ると、まさにそうだった。

「いらっしゃいませ」

少し暗めの店内。カウンターにはコーヒーミルが何台も並んでいる。業務用の大型、手挽きハンドル付きの小型、いろいろある。漂う空気も仄《ほの》かに甘く香ばしい。

「二名様ですか……そちらのお席にどうぞ」

白い顎ヒゲを生やした男に、比較的明るい窓際の席を勧められた。

向かい合わせに座ると、すぐに男が水を持ってきた。

民代はこの店が初めてではないのか、メニューも見ずに「マンデリン」と告げた。

栄治は慌ててメニューに手を伸ばした。

「えっと、じゃあ……ブレンドを」

「かしこまりました」

前を見ると、民代が今にも噴き出しそうな顔で肩を震わせていた。

「なんだよ」

「んん……なんでもない」

中年男の慌て振りがそんなに面白いのか。箸が転んでも可笑《おか》しい年頃というやつか。

かと思うと、なんのきっかけもなく真顔になる。

「……ねえ。私、あなたのことをなんて呼んだらいいの？」

あなた、という言葉の発音が、やけに大人びて響く。

「なんて、って」

「曽根崎さん、栄治さん、それとも……お父さん？」

からかわれている。完全に。

「別に……なんでもかまわないけど、でも、お父さんはないだろ。実際、まだそうと決まったわけじゃない。少なくとも、君が日記を見せてくれるまでは」

「じゃあ、栄治さんにしよっか……いっそ、栄治、って呼び捨てにした方がいい？」

どうして真弓と同じ呼び方をしようとする。

「少しは年を考えろ。年上を敬えよ」

ふっ、と笑みを漏らす。

「……冗談だよ。普通に、曽根崎さんって呼びますよ」

だが正直なところ、栄治、と呼ばれてみたい気もしていた。弱みを握られる気がして、とてもそんなことは口に出せないが。

外はまだ雨が降っている。向かいの民家の外壁も、その玄関前に置かれている鉢植えも濡《ぬ》れている。真弓はときどき――。

「雨って、いいよね……なんか、落ち着く」

雨って、落ち着くから、好き――。

栄治は一瞬にして心を、ぐちゃぐちゃになるまで乱された。自分の考えを、民代が読み取ってその口から発したようにすら錯覚した。しかし、そんなことはあるはずがない。

「……それも、日記に書いてあったのか」

「え？」

「真弓も同じことをいっていた。気分が落ち着くから、雨が好きだって……そう、日記にも書いてあったんだろう」

民代の頬が、悲しげに強張る。それを見て初めて、栄治は自分が少し咎《とが》めるような、強い口調でいってしまったことに気づいた。こんな、年端《としは》もいかぬ子供に向かって。

「悪かった……別に、怒ったわけじゃないんだ」

民代はゆるくかぶりを振った。毛先まで艶《つや》やかな黒髪が、顎のライン上でしなるように揺れる。

「んん……書いては、なかったと思う。ただ、私も好きなだけ……親子だから、かな。似てるとこ、あるのかも」

「そうだよな。親子だもんな。……悪かった」

「いいよ、謝らなくて」

「いや、でも……大人気《おとなげ》なかった」

「だからいいって」

コーヒーが運ばれてきた。それぞれに小さなミルクポットが添えられたが、民代はそれをスプーンと共にトレイへと返した。栄治も倣《なら》って、同じところに返す。

「ご注文は以上で……どうぞごゆっくり」

下がっていく彼を見ながら、ひと口コーヒーをすする。同時に、それとなく店内の様子を確かめる。カウンターの一番奥の席にスーツ姿の男がいるが、その他に客はいない。他人に聞かれたくない話をするには悪くないシチュエーションだった。

ちょうどいいタイミングで民代が口を開く。

「で、どうだった。高木清彦」

「あ……うん」

こういう場合、結論からいってしまっていいものだろうか。いや、それは得策ではないだろう。

「その前に、一つ訊《き》いておきたい。君と高木清彦は、どういう関係なんだ」

「なんで今そんなこと訊くの」

「その……つまり、極めて近しい間柄だとするならば、この結果報告は君にとって、決して喜ばしいものではないだろうから」

キュッ、と民代の眉間に力がこもる。

「ひょっとして……死んだ？」

驚かすはずが、逆に驚かされてしまった。

「なんで、分かったんだ」

「いつ。いつ死んだの」

「四年ほど前だけど」

「死因は」

ショックを受けるかもしれないなどというのは、まったく見当違いの杞憂《きゆう》だったようだ。正直に答えて、一向に差し支えなさそうだ。

「……自殺。入院していた病院の屋上からの、飛び下りだそうだ」

民代は栄治から視線をはずし、何かを見極めようとするようにテーブルの端を睨んだ。

やがて、悔やむように下唇を噛《か》む。その表情が真弓に似ていないか、いつのまにか記憶と照らし合わせている自分がいる。

「ねえ……清彦に、付き合ってる女の人は、いなかったのかな」

この子には、本当に驚かされてばかりだ。

「いたよ。飯森美津恵さんという方だ」

「その人に、子供は？」

なんなんだ一体。

「……いるらしい。いくつくらいかは、よく分からないが」

するとまた、同じ表情でテーブルの端を睨む。

「なあ、なんでそんなことが分かるんだ。君と高木清彦は……」

しかし、遮るように民代がかぶせてくる。

「私、会いたい。その、飯森美津恵さんって人に会わせて」

「ちょっと待てよ。高木清彦の方は、死亡ってことで終わりじゃないのか」

「終わりじゃない。全然終わってない」

「由利岳彦の方はどうなるんだ」

「そっちも、続けてほしい」

「無茶いうなよ」

思わず溜め息が漏れた。

「……俺の体は一つなんだぞ。それに俺には、他にもこなさなきゃならない仕事がある。そっちはきちんと報酬を払ってくれる、ちゃんとした仕事だ。そういう仕事の合間を縫って、時間をやり繰りして高木のことは調べたんだ。なのに、死んだとなったら今度はその女だ、由利も続けろだ、それじゃ、いつまで経ったって終わらないじゃないか」

途中で気づいていた。語気が荒くなっている。女子高生相手に大人気ない物言いをしている。でも止められなかった。民代の表情が固まっていくのが見えていて、それなのに最後まで言い切ってしまった。泣く一歩手前まで彼女を追い込んでしまった。このまま何もフォローしなかったら、民代はたぶん泣き出す。涙を流し、息を詰まらせながら、それでも栄治しか頼れる大人はいないのだと訴えてくる——。

いや、そうはならなかった。直後に民代が作った表情は、栄治の予想とはまったく異なるものだった。

「……ごめんなさい。迷惑かけてるのは重々承知してます。タダ働きさせて申し訳ないとも思ってます」

開き直ったように、慇懃《いんぎん》に頭を下げてみせる。

「じゃあ、分かりました。お金はどうやっても無理だけど、でもその代わり、曽根崎さんが協力せざるを得なくなるような情報をあげる」

自分が、協力せざるを得なくなる――？

「なんだよ。どうせ日記だろう」

「日記は、とりあえず関係ない」

「じゃあなんだ」

「いま世間で騒がれてる、連続ＯＬ監禁殺人事件」

背中に、痺《しび》れにも似た寒気が広がっていった。

なんだ。なぜここで、殺人事件が出てくる――。

「……知らない、わけないよね？」

「知ってるよ。テレビだって観《み》てるし、新聞だって読んでる」

「だったら話早いじゃん。たぶん、あの事件の犯人が……清彦じゃないんだとしたら、
由利岳彦、なんだと思う」

この子は一体、何者なんだ。

「なぜそんなことが分かる」

「それはいえない。少なくとも今は」

「だったら信用できない。これ以上の協力もできない」

民代は顎を上げ、まるで見下すような目で栄治を見た。

「……曽根崎さんが協力してくれないことで今日、どこかでまた若い女の人がさらわれ

て、監禁されて両手の親指を切断されて、何日も何日もレイプされた挙句、惨《むご》たらしく殺されるとしても？」

　今日、誰がさらわれるかはともかく――。

「おい、両手の、親指を切断、ってなんだ。そんなこと……」

「そう、まさにそれ。私は、警察がまだマスコミに隠している情報をいくつか握ってる。中には、ひょっとしたらまだ警察も知らないことも含まれてるかもしれない」

　にわかには信じ難いが。

「……そんなに、いくつもあるのか」

「あるよ。でもそれを教えるかどうかは、曽根崎さん次第。曽根崎さんが協力を約束してくれたら、少しずつ教えてあげる」

「それにしたって、由利岳彦が……」

　ちょっと店員の立ち位置が気になり、声を小さくした。

「……犯人かもしれないいんだろう」

「そうだよ」

「そんな危険なことに、子供が首を突っ込むもんじゃない。警察に任せておけ」

「うん、できれば私もそうしたい。でも残念ながら、警察はあんまり当てにできない」

　こんな子供に馬鹿にされるほど、日本の警察は無能ではない。

「じゃあどうするつもりなんだ。犯人かもしれない由利岳彦を俺に捜させて、最終的に君はどうするつもりなんだ」

無表情のまま、首を傾《かし》げてみせる。

「分かんない。だって、たどり着いてみたら、岳彦も清彦みたいに、自殺しちゃってるかもしんないしね」

「それは警察に任せられない理由じゃないだろう」

「だったら確かめてみたら？　警察が由利岳彦の存在に気づいているかどうか。二人の被害者は殺されたとき、両方とも生理中だったことに気づいているかどうか」

両方とも——。

「なんだそれは。二人の被害女性は……」

「これも警察が発表してない情報の一つ。でもたぶん間違いない。被害者は二人とも、殺されたときは生理中だった。……っていうか、生理が始まったから殺されたんだけどね」

分からない。話の筋が、まったく読めない。

事務所に帰ってから、東伸リサーチの後藤に電話を入れた。

「もしもし」

『おお、栄治か。なんだ、また俺に説教されたくなったか』

申し訳ないが、今日はそういう冗談に付き合う気分ではない。

「社長、ちょっと頼みがあります。いま警視庁の捜査一課にいる人で、誰か知り合いはいませんか」

後藤は元警察官。それも警視庁本部の捜査一課で長年刑事をしていた、殺人捜査のスペシャリストだった。

『なんだ藪《やぶ》から棒に。本部の捜一？』

「ええ。できれば、ある程度のポストにいる方で」

『ヒラ刑事じゃ駄目、ってことか』

「はい。できれば、ですけど」

電話の向こうで、後藤が唸《うな》り声を漏らす。

『んん……元一課長の和田さんとは、確かに懇意にしてたけど、あの人はもうとっくに引退しちまったしな。現役っていやぁ、麻井くんならよく知ってるけど、彼は捜一っていっても、どっちかっていうと特殊犯畑か……』

呑気《のんき》にも、タバコに火を点ける音が聞こえてくる。

「まだ、他にも何人かいたでしょう。ほら、なんていいましたっけ。社長が、カズ、カズって呼んでた」

『ああ、尾木《おぎ》か』

「そうそう、尾木さんです」

尾木なら栄治も二、三回会ったことがある。好都合だ。

わざとか、やけにゆっくりと煙を吐く間が空く。

『……そうだな。奴なら今、ちょうど捜一に戻ってるんじゃなかったかな。階級も、そう、だいぶ上がったって聞いてる。少なくとも警部か、それくらいにはなってるはずだ』

警部といったら、なんだろう。本部なら係長クラスか。

「ぜひ、その尾木さんに連絡をとってみてもらえませんか。至急、伺いたいことがあるんです」

『なんなんだよ。お前、ああいうキナ臭いの、嫌いだったじゃないか』

「ええ。でも、そうもいってられない事態なんです。今回は」

『だから、なんなんだって。連中だって忙しいからな。こっちの都合だけじゃ、石っころ一つ動かしゃしねえぞ。特に捜一の人間は』

仕方ない。ある程度はこちらも餌を撒《ま》いておく必要があるだろう。

「それが、社長もご存じでしょうか……例の、連続ＯＬ監禁殺人事件について、妙な情報を仕入れたんです」

『なに？』

初めて後藤の声に力がこもった。

釣れた――。そう、栄治は確信した。

13

とある住宅機器販売会社の取引内容に虚偽がないかを調べるため、栄治は中野区内にある照明器具メーカーの本社を訪れていた。

「……ご協力、ありがとうございました。失礼いたします」

電話がかかってきたのは、その本社の玄関を出た瞬間だった。ディスプレイには東京二十三区内の固定電話番号が表示されているが、発信者の名前はない。栄治の携帯のメモリーには入っていない相手のようだ。

「はい、もしもし」

『曽根崎さんですか。帝都医大の大津です』

途端、終始苛立《いらだ》った表情を浮かべていた丸顔と、ソファにふんぞり返る小柄な白衣姿が思い浮かぶ。と同時に、ある種の緊張も覚えた。

「先日は、ありがとうございました。……あの、もしかして、飯森美津恵さんの件でしようか」

『ええ。面会者名簿、まだ残ってましてね。連絡先も分かったんで、電話しておきましたよ』

「それは、ありがとうございます。助かります」

で、どうだったのだろう。湯川不動産のときのように、使われておりません、ではなかったことを切に願う。

『飯森さん、会ってもいいっていってましたよ』

するりと、上半身にわだかまっていた緊張が抜け落ちていく。

「ああ、よかった……そうですか。よかった」

『とりあえず、あなたのこの番号をお教えしておきました。そのうち、彼女の方からかかってくるんじゃないですか』

他人の厚意を疑いたくなどないが、実は大津は美津恵に電話などしていないのではないか、という疑念が湧いてしまった。

「……飯森さん、お元気でしたか」

『は？　元気かどうかまでは分かりませんが、話した感じは、別に普通でしたよ。なんでですか』

「以前と変わった様子はなかったですか」

『いや、そこまでは分かんないな。以前ったって、何度か高木さんの病状についてお話ししただけですからね。正直、今じゃ顔もよく思い出せませんよ』

実に自然な受け答えだった。少なくとも芝居臭さはなかった。また、新しい情報が加わることで、逆にもとの記憶が揺らぐのはよくあることだ。大津は美津恵の声を聞いて、かえって頭にあった印象とズレを感じてしまったのかもしれない。それで、顔が思い浮かばなくなった――。とはいえ大津は精神科の教授。そこまで計算して芝居をしているという可能性もなくはないが、そうまでされたらもはや脱帽だ。甘んじて騙《だま》されるしかないだろう。

「そうですか……わざわざ、ありがとうございました。お手数をお掛けしました。飯森さんの連絡、待ってみます」

『ええ、そうしてみてください。……じゃあ』

それから事務所に帰るまで、栄治の携帯は一度も鳴らなかった。ようやく玄関のところで鳴ったと思ったら、得意先からの依頼の電話だった。月末の二、三日でできそうな仕事だったので、引き受けると返事をして切った。

美津恵からかかってきたのはその日の夜、ちょうどグリーン・ペイジでオムライスを食べているときだった。

「はい、もしもし」

『曽根崎さん……で、いらっしゃいますか。私、帝都医大の大津先生から、連絡先を伺った、飯森と申します』

遠慮がちな口調。でも落ち着いており、好感が持てる話し方だった。

「はい、私が曽根崎です。わざわざご連絡ありがとうございます。本来であれば、こちらからご連絡差し上げなければならないところを」

カウンターにいる吾郎がちらりとこちらを見たが、それ以上の興味は示さなかった。美冴は奥の厨房《ちゅうぼう》で洗い物をしている。

『大津先生からは、高木清彦さんのことで何か、お調べになっていると伺いましたが』

正直、今のところ栄治が美津恵に会わなければならない理由はない。ただ民代が会いたいといっている以上、何かしら理由をつけて場を設ける必要はある。

「はい。私、高木清彦さんの所在調査をしておりまして……もちろん、高木さんがお亡くなりになっていることは、大津先生から伺って存じておりますが、そもそもの症状ですとか、その他の生活の様子などは、もっと近しい方からお伺いしたいと思いまして」

『あの、それは……彼のご家族が、そのように望んでおられる、ということでしょうか』

高木清彦には家族がいないもの、と思い込んでいたが、美津恵にはその心当たりがあるのだろうか。それとも、所在調査の依頼をするくらいだから、きっと家族だろうと勘を働かせただけだろうか。

「申し訳ございません。こちらからお願いをしておいて、こんなことを申し上げるのは大変恐縮なのですが、調査業者には守秘義務がございまして、ご依頼主については、少なくともこの段階ではお教えすることができないんです」

『あ、そうですよね……すみません』

いい人過ぎる。こういう人だからこそ、清彦のアパートの退去手続を代行したりするのかと、変に納得してしまう。

「それで、どうでしょう。一度、高木さんについてお話を伺わせていただくわけにはいきませんでしょうか。飯森さんのご都合がいい日に、ご都合のいい場所までお伺いしますので」

しばし、考えるような間が空く。

『……じゃあ、明日の日曜でしたら、私の方は、大丈夫です。うちの近くの、喫茶店かどこかで、かまいませんか』

「ええ、それはもう。ちなみに、お住まいはどちらで」

『練馬《ねりま》区の、光が丘《ひかりおか》です』

光が丘といえば、大きな団地があることで知られた街だ。ということは、飯森親子も団地住まいなのだろうか。

民代の都合が分からない不安はあったが、とりあえず午後二時に、光が丘駅近くの喫茶店で会う約束をした。

美冴のいるところで、民代に電話をするのはなんとなく気が引けた。手早く食事を済ませ、事務所に戻ってから改めて携帯を手にする。

「……ああ、もしもし。曽根崎です」

『なに、もう警察に確認とれたの？』

あっちはいま食事中なのか、声が変にこもっている。

「いや、その話じゃない。飯森美津恵さんの方だ。君、明日の午後は空いてるか」

『何時頃？』

「二時に光が丘。練馬区の」

『うん、大丈夫。必ずいく』

この意気込み。一体どう解釈したらよいのだろう。

「なあ。もう一度訊くが、なんでいまさら飯森美津恵に会う必要があるんだ。君が犯人じゃないかと疑っているのは、由利岳彦の方なんだろう」

短い咳払《せきばら》い。しばし間が空く。

「おい」

『……それは、もしかしたら、由利岳彦に繋《つな》がる手掛かりを、飯森美津恵さんが握ってるかもしれないから』

なるほど、そういうことか。

「だったら、俺一人だっていいじゃないか」

『なに、そんなに私を美津恵さんに会わせたくないの？』

「おかしな言い方をするな。大体な、興信所の人間が関係者と話をしようってときに、女子高生を同席させる理由がどこにあるっていうんだ。変だろう、どう考えたって。どう説明しろっていうんだ」

ああ、と民代が馬鹿にしたように合の手を入れる。

『そんなの、見習いとかいっときゃいいじゃん』

「漫画じゃあるまいし、女子高生に見習いをさせる興信所がどこにある」

『大丈夫だって。素人は興信所がどんなもんかなんて知りゃしないって』

お前こそ素人だろう、といいたいのをぐっと呑《の》み込む。

「それにしたって……」

『っていうか、美津恵さんには子供がいるんでしょう？　その子の相手をさせようと思って、うちの若いのを連れてきました、こう見えても二十代なんです、とかいっとけば分かんないって』

自分がどれくらい子供っぽい外見をしているか、自分では分からないのだろうか。

『とにかく明日、私はいくから。待ち合わせはどこ』

美津恵が指定してきた喫茶店の場所を伝える。

『……うん、分かった』

「本当にこれだけで分かるのか」

『あとでネットで確認するから大丈夫。じゃあね』

なるほど、それはそうだ。


しかし翌日、待ち合わせの喫茶店に現われた民代は意外なほど大人びた恰好をしていた。白いシャツに黒のスーツ。少なくとも、就職活動中の大学生くらいには見える。

「……どうしたんだ。そんなの、持ってたのか」

「へへ。いいでしょ？　朝イチで買ってきたの。あとで領収書渡すから、経費で返してね」

「おい」

ふざけるな、といおうと思ったところで店のドアが開き、三十半ばくらいの女性が入ってきた。見れば、小さな女の子と手を繋いでいる。

栄治が立ち上がると向こうも気づき、遠慮がちに視線を合わせてくる。たぶん飯森美津恵だろう。

　会釈をしながら近づいていく。

「あの、失礼ですが、飯森さんでいらっしゃいますか」

「はい、飯森美津恵です。お待たせいたしました」

「いえ。こちらこそ、ご足労をお掛けして申し訳ありませんでした。お電話頂戴いたしました、曽根崎です」

　とりあえず名刺を渡しておく。

「どうぞ、こちらに」

　振り返ると、民代は栄治のすぐ後ろにきていた。柔和な表情で、美津恵に会釈をする。

「ああ……今日は、うちの若いのを連れてきました。たぶん、お嬢さまがご一緒と思いましたので、退屈なさらないように、遊び相手でもさせていただけたらと」

「まあ。お気遣い、ありがとうございます」

　美津恵が疑問を持った様子はなく、ごく自然に四人で席に着いた。民代の思い通りに事が進むのは決して愉快ではなかったが、それを可能にしているのは民代自身の、いわば「芝居」である。そういった意味では多少感心もした。

　民代は早速、向かいに座った娘にメニューを差し出している。

「はい、なんでも好きなもの頼んでね……あ、その前に、お名前訊いていいかな」

あまり人見知りをしない子なのか、無邪気な笑みを浮かべて民代を見上げる。

「飯森アヤナですッ。六歳ですッ」

「おっ、元気いいねェ。いいお返事だねェ。お姉ちゃんはねぇ、民代っていうの。よろしくね。アヤナちゃんは何がいいかな。パフェとか、いろいろあるよ」

喫茶店というよりは、どちらかというとフルーツパーラーに近い趣の店だ。明るい雰囲気で、そのせいか何組も家族連れが入っている。メニューを見ると、確かにパフェ類が充実している。

「じゃあ……これ」

「ん、イチゴパフェか。いいなぁそれ。じゃあ、お姉ちゃんもそれにしちゃおっかな」

結局、イチゴパフェを二つ、美津恵と栄治はコーヒーをオーダーした。

まず、栄治から切り出す。

「本日はお休みのところ、お時間を頂戴しましてありがとうございました」

隣で民代も、倣って頭を下げる。なかなか上手いではないか。

「いえ……私でお役に立てることであれば、いいんですが」

とはいえ、最初から由利岳彦のことは持ち出しづらい。

「では、あの……いきなりの質問で恐縮なんですが、高木清彦さんがお住まいになっていた、江東区東砂の部屋の退去手続を代行されたのは」

「はい、私です」

「それで、不躾《ぶしつけ》なことをお訊きしますが、高木清彦さんとは、どういう……？」

美津恵は小さく頷き、隣に座るアヤナに目をやった。

「この子の父親は、清彦さんです」

「あ、そう、でしたか……」

そこにコーヒーが二つ運ばれてきた。

テーブルに伏せるようにして、民代が話しかける。

「アヤナちゃん、私たちのはまだだね。もうちょっと待ってね」

「うん」

だがしかし、それ以上の話は子供の手前、なかなかしづらかった。美津恵の仕事、アヤナの保育園、光が丘という住環境。そんな当たり障りのない話題がしばらく続いた。

やがて、パフェを食べ終えた民代がアヤナに提案した。

「ねえ、お姉ちゃんとさ、そこの公園で遊んでこよっか」

民代が指差したのは、店の真向かいにある児童公園だ。

美津恵は一瞬だけ頬を強張らせたが、

「お母さま、よろしいでしょうか。この席から見える範囲で、決して危なくないように、注意いたしますから」

そう民代にいわれ、美津恵も表情をもとに戻す。

「すみません。……じゃあ、よろしくお願いします」

よし、いこう、とアヤナに手を伸べる。アヤナも嫌がらず、民代の手を握って椅子から下りる。身を屈《かが》め、アヤナの顔を覗き込みながら歩いていく民代は、幼稚園の先生とか、何かの指導員のように見えなくもなかった。

「お若いのに、しっかりしていらっしゃるんですね」

確かに。今日の様子だけを見ればそういう印象になるだろう。

「いや、ああ見えて、もうけっこういい年なんですよ」

「そうなんですか……そうは、見えませんけどね」

まだ美津恵は、二人の後ろ姿を微笑《ほほえ》ましげに見つめている。

「すみません。さきほどのお話ですが」

美津恵は浮かべた笑みを恥じるように、真顔になって姿勢を正した。

「はい……清彦さんの」

「高木さんとは、つまり、ご結婚を考えていらしたわけですか」

「ええ、まあ……。私の方が、四つも年上なんですけど、それでもいいと、清彦さんは、いってくれたんです」

「お付き合いは、どういったきっかけで」

「レンタルビデオ店のバイトで、一緒になったんです。まだ、清彦さんが十九とか、それくらいの頃です」

「その頃の、高木さんの健康状態は」

「至って普通でした。調子が悪くなり始めたのは、私が……アヤナを身籠った直後くらいです」

「というと、七年前くらい」

「そう、ですね」

つまり、四、五年は普通に交際していたわけだ。

「とても、優しい人でした。ご存じかもしれませんが、彼、児童養護施設で育ったんです。……だから、っていうのも、あると思うんですけど、子供ができたこと、すごく喜んでくれました。結婚しようって、すぐにいってくれて。私も、もう両親ともおりませんし、清彦さんとだったら、上手くやっていけるんじゃないかって、思ってたんですけど」

一つ、気になる言葉があった。

「すみません。高木さんは、児童養護施設で育ったんですか」

「ええ、そう、聞いてましたけど」

「その施設、どちらかお分かりになりますか」

「えっと……北区の、ワカバ園、だったでしょうか。赤羽《あかばね》の辺りだと、聞いてますけど」

ちょっと、あとで調べてみる必要がありそうだ。

「そうですか。赤羽の……すみません。それで、体調が悪くなっていって」

「ええ……四ヶ月、くらいしたら、もう仕事も満足にできない状態になってしまって。それで、入院して……病状はよくなるどころか、悪くなる一方で。私も、お腹《なか》がどんどん大きくなるものですから、満足にお世話もできなくて。でも、すっきりと目が覚めていて、話したり立って歩いたりできる時間もちゃんとあったんです。そんなとき、必ず彼はいいました。絶対に元気になるから、みっちゃんも、絶対に元気な子を産んでくれって……」

しかし、高木清彦の病状は回復しなかった。

「お子さんが生まれるの、そんなに楽しみにしていたのに、なぜ高木さんは、自殺なんてしてしまったんでしょう」

さすがに美津恵も、これにはつらそうな顔でかぶりを振る。

「分かりません。ひょっとしたら、もっと病状が悪化して、目が覚めなくなってしまったら、私の負担になるから……そういうことなのかなって、考えた時期もありましたけど、でもそれだったら、彼ならそういってくれたと思うんです。負担になるのは嫌だから、って。なのに最後まで、子供だけは産んでくれって……死ぬつもりだったら、そんなことといわないと思うんですよね。どんなに苦しくても、可能性が低くても、子供のために元気になろうって、彼なら、そう考えたと思うんです」

しかも、わざわざ屋上まで上っての、飛び下り自殺――。

*

小さく、柔らかな手を握って歩く。さっき、六歳だと聞いた。ということは、保育園年長だろうか。それとも小学一年だろうか。

気をつけてね、と声を掛けながら横断歩道を渡る。だが車の往来はほとんどなく、店から見ているであろう飯森美津恵が心配しそうなことは何一つ起こらなかった。

「何して遊ぼうか」

「んー、ジャングルジムッ」

「よぉーし……あ、でもお姉ちゃんスカートだから、上まで登れないや。じゃあ、アヤナちゃんが登って、お姉ちゃんが下から捕まえるのにしよっか」

「うんッ」

しばらくは、そんなことをして遊んでいた。無邪気な子供と、優しいお姉さん。そんな芝居を、お互いにしていた。

やがて、

「……あーあ、疲れた」

そういってアヤナは、ジャングルジムの天辺《てっぺん》に座った。私にはどうやっても届かない、安全地帯。

私は彼女を見上げながら、できるだけ自然に訊いた。

「ねえ、アヤナちゃんの名前って、漢字でどう書くの？」

ん？　とこっちを向いたときの顔が、ウサギの縫い包《ぐる》みみたいで、とても可愛い。だが、

「色彩のサイに、奈良のナ」

この答えはいただけない。こんな単純な手に引っかかってどうする。

でも、これでもうこっちも芝居をする必要がなくなった。

「へえ……よく習ってもない漢字のこと、分かるね」

急にこっちが声を低くしたのもあるだろうが、彩奈の目に怯《おび》えの色が差した。

「えっ、お、お母さんが……そういうふうに、いつも、いってるから」

「いいよもう。そんな下手《へた》な芝居しないで。分かってんだから、あんたの正体。あんたが何者かってことは、この私が一番、よく知ってんだから」

すると、怯えの色が一転、訝《いぶか》る色に変化した。表情も、さっきまでの無邪気な笑顔が思い出せなくなるくらい、大人びて見える。

「正体、って……誰だ、お前」

そう。この口調、この表情こそが、この子の正体なのだ。声そのものは低くしようがないが、それでも中身が入れ替わってしまったのではないかというほどの変貌振りだ。

オカルト映画の一場面を見ているようで、正直気味が悪い。

「誰だ、か……私に覚えがないってことは、真二郎《しんじろう》は、やっぱり岳彦の方、ってことだね」

「おい、訊いてるのはこっちだ。答えろッ」

「怒鳴るのはよしなよ。他人が聞いたら何事かと思うでしょう」

私にいわれて、初めて周りに目を配る。まだまだ、経験が足りないといわざるを得ない。

「……ま、安心しなよ。このことはあんたのお母さんにはいわないし、あんたの今の生活が壊れるようなこともするつもりないから。その代わり、白状しな。由利岳彦は、今どこにいる」

歯を喰《く》い縛り、私を見下ろしながら睨みつける目など、とても六歳の女の子のものとは思えない。飯森美津恵が見たら、卒倒してしまうのではないだろうか。

「……その前に答えろ。お前は誰なんだ」

「私？　私は民代って、さっき教えたじゃない。……でも、名前なんて本当は、あってもなくても同じ……でしょう？　私たちには」

まだ薄い眉毛の間に力がこもる。どうやら、こっちのいうことはちゃんと理解しているらしい。

「……わたし、たち？」

「よく聞き逃さなかったね。褒めてやるよ……そう、私たち。私もね、あんたと同類なんだよ」

だから、分かったらさっさと岳彦の居場所を教えろ。

14

話題は、途中から美津恵の娘、彩奈についてになっていた。

あの子はまだ小学校入学前だというのに、いつのまにか自分の名前は漢字で書けるようになっていたし、掛算や割算も初歩的なものなら理解している。母子家庭で家計は苦しいから、むろん塾になど通わせていないし、かといって自分も仕事で忙しく、勉強を見てやる時間はない。なのにどうしてだろう。彩奈はびっくりするくらい頭がいいんです——美津恵は、実に嬉しそうにそう語った。その合間に、由利岳彦という名前に心当たりはないかと訊いてみたが、まったく知らないといわれてしまった。嘘をついているようにも見えず、栄治もそれ以上粘ることはしなかった。

気になったことといえば、民代に連れられて戻ってきたときの、彩奈の様子だ。店を出ていったときとは打って変わって、やけにしょんぼりとしている。民代は「ジャングルジムで足をすべらせて、ちょっと、ヒヤッとしちゃっただけだよね」といっていたが、それにしてはひどい落ち込みようだった。

本当に怪我《けが》はしてないのか、と栄治は訊いた。

「はい、どこもぶつけてませんし、ほんと、ちょっとズルッてなっちゃっただけなんですけど……でも、すみません。私の不注意でした」

美津恵も彩奈の全身を検《あらた》めたが、特に怪我も汚れの類《たぐい》もないようだった。

「大丈夫です。なんともなってないみたいですし……この子、もともとちょっと、臆病なところがあるんで……彩奈、そんな顔してたら、お姉ちゃん困っちゃうでしょう……もう、本当にすみません。せっかく遊んでいただいたのに」

お陰で、最後は妙な雰囲気になってしまった。じゃあね、またね、と民代が頭を撫《な》でても、彩奈は固まったまま。別れ際に手一つ振ることなく、光が丘団地の方に帰っていった。

なんとも、気まずい空気だけが残った。

警視庁捜査一課のオギノと名乗る男から電話があったのは翌日の夕方だった。たまたま栄治は郵便局にいっており、戻ってから留守電メッセージを聞いたのだが、最初は「オギ」の聞き間違いかと思った。だが、話し振りがやけに他人行儀だし、声も別人のように低い。恐る恐る折り返しかけ直すと、やはりまったくの別人だった。

『もしもし、オギノです』

「さきほどお電話いただきました、新栄社の曽根崎と申します」

『ちょっと、お待ちください』

少し場所を移るような間が空いた。

『……失礼しました。東伸リサーチの後藤さんからのご紹介ということで、尾木から連絡先を聞いたのですが』

「はい」

どういう伝わり方をしているか分からないので、自分から下手なことはいわないよう心掛けた。

少し待つと、相手の方が続けた。

『……なんですか、連続ＯＬ監禁殺人について、何か情報をお持ちなのだとか』

「その前に、なぜ尾木さんではなく、オギノさんがお電話をくださったのでしょうか」

『それは、単に尾木がこの件の担当ではないからです。この案件は、私が管轄する係が担当しています。それで尾木が、私に話を振ってきたと。それだけのことです』

ということは、このオギノも係長クラスと考えていいのだろうか。

「分かりました。では、近々どこかで、お会いできますか」

『電話では、何か不都合でも』

あるといえばある、ないといえばない。ただやはり、面と向かって話すのと、顔が見えない電話とでは情報の質が違ってくる。特に今回は、こちらが情報を提供するのが目的ではない。いくつか確認したいことがある。キーワード一つひとつに、相手がどういう反応を示すのか。そういうことの方がむしろ大事だった。

「大変失礼ですが、お電話をいただいただけでは、オギノさんが本当に警視庁の方なのかどうか、私には判断がつきかねますので」

振り込め詐欺云々《うんぬん》を持ち出すまでもなく、オギノはそれだけで納得してくれた。

『分かりました。では明後日、これくらいの時間にお会いできますか。場所は、新宿で』

「承知いたしました」

五月二十三日、午後四時。新宿三丁目にある老舗《しにせ》コーヒー専門店の二階で会うことになった。

栄治がその店の二階に着いたのは待ち合わせの十分前。

五分ほどして、階段を上がってきた背の高い男が、ちらりと栄治の方を見て頭を下げた。年の頃は栄治とさほど変わらない、五十前後。周りにそれらしい男がいなかったのもあるだろうが、なぜひと目で栄治と判断したのかは謎だった。

「曽根崎さん、ですか」

「はい。新栄社の、曽根崎です」

名刺を交換する。警視庁警視、荻野康孝。捜査第一課第四強行犯捜査の管理官となっている。

「手帳もご覧になりますか」

「ええ。念のため」

何年か前に撮影したものなのだろう。身分証の写真、制服を着てかしこまっている荻野は、今より少し若く見えた。

すぐにウェイトレスがきて、荻野がブレンド、栄治がカフェオレを頼むと、しばし探り合うような空気が二人の間に生じた。

先に切り出したのは荻野の方だった。

「では、単刀直入に伺いますが、例の、ＯＬ監禁殺人について、どういった情報をお持ちなのでしょうか」

決して逸《そ》らさぬ目。反応を見られているのは、この段階ではむしろ栄治の方だった。

「はい……でもその前に、一つ確かめておきたいことがあります。私もこの事件には人並みに興味を持っておりますので、発表されている情報はおおむね頭に入れてきたつもりです。その上で、あえてお尋ねします」

まだ荻野は目を逸らさない。そこから読みとれるものは何もない。

「高嶋有加子さん、中村初美さん。二人の被害女性の遺体には、何か共通点があったんじゃないですか」

依然、その表情に変化はない。

「それは、たとえばどういう」

「たとえば……体の、ある部分が二人とも、欠損していたとか」

それでも無表情を崩さない。しかし、それが逆に答えであるともいえた。マスコミに公表されていない情報、しかも二つの遺体の同じ部位が欠損していたと聞いて、何も反応しない方がむしろ不自然というものだ。

「……ある部分、とは？」

「どうなんですか。共通する欠損はあったんですか」

栄治は、もう少し焦らされるかと思ったが、

「ええ。ありましたよ」

荻野はあっさりと頷いた。

「そうですか……やっぱり」

「曽根崎さん。どこの部位か、はっきりといってみてください」

トレイにコーヒーを載せたウェイトレスが近づいてくる。荻野もそれを背中で察したか、それ以上続けて訊くことはしなかった。

「ご注文は以上でよろしいでしょうか……失礼いたします」

充分にウェイトレスが遠ざかってから、栄治は答えた。

「……両手の、親指ではないですか」

初めて、荻野の顔に反応らしい反応が見られた。微《かす》かに眉をひそめ、訝るような、不快そうな表情を作る。

「情報源はどこですか。マスコミですか」

やはりそうなのか。民代は、この情報を一体どこから――。

「いえ、マスコミではありません。もっというならば、捜査員から漏れ伝わってきた、というのでもないはずです」

「じゃあ、なんなんです」

栄治がわずかに首を振ると、それだけで荻野はまた表情を険しくした。

「……守秘義務、ってことですか」

「ええ。でも損はさせないつもりです。情報はまだあります」

「ほう。なんでしょう」

「二人の遺体には、さらなる共通点があったと思われます」

また荻野は無表情に戻した。黙ると、自然とそうなる癖がついているのかもしれない。

「お聞きしましょう」

「二人の被害女性は、殺害時……両方とも、生理中だった」

表情こそ変わらなかった。だが目の焦点が、栄治の脳内を探ろうとするように深く、鋭いものに変わったのは確かだった。

「曽根崎さん。あなた、場合によっては二、三日、お仕事を休んでいただくことになるかもしれませんよ」

脅《おど》すつもりか。ということは、警察はこの情報も把握していて、あえて公表していなかったということか。

「勘違いしないでください。私は犯人から聞いたわけでも、犯人と知り合いなわけでもありません。これは、いわゆる『秘密の暴露』とは意味合いが異なるものと、ご理解いただきたい」

初めて、荻野が目を逸らした。そして目線の先にある、少し冷めてしまったかもしれないコーヒーに手を伸ばす。砂糖をスプーン一杯だけ入れ、二、三回掻《か》き回す。

「……情報源は、明かせないんですか」

「ええ。でもそれは、犯人逮捕にはあまり関係ないかもしれません」

「なぜそうと言い切れるんです」

「言い切りはしませんが……まあ、そこのところはご勘弁願いたい。私は何も、このネタで小遣い稼ぎをしようと思っているわけではありません。あくまでも、捜査に協力できたらと思ってきただけです。いわば、これは私の善意によるものですので、その点、ご理解ください」

栄治もカップをとり、ひと口飲んだ。やはり少し冷めている。冷めたカフェオレは、たぶん冷めたコーヒーよりもずっと不味《まず》い。

ふいに荻野が灰皿に目をやった。どうぞ吸ってください、と栄治がいうと、いえ、と荻野はかぶりを振った。いかにもヘビースモーカーといった感じなのに、吸わないのか。ちょっと意外だ。

そんな荻野が、一つ溜め息をはさむ。

「……これは、聞き流していただいて、一向にかまわないことなんですが」

「はい。なんでしょう」

「イケガミシンジロウという男を、曽根崎さんはご存じですか」

少し考えたが、まったく心当たりはなかった。今回の件に絡む人物にも、過去に関わった中にも、そういう名前の者はいない。

「……いえ」

目を上げ、かぶりを振ると、異様に粘っこい荻野の視線とぶつかった。正直、やられた、と思った。迂闊《うかつ》にも気を抜いており、完璧に反応を盗まれていた。嘘をついたわけではないので不都合はないが、やはり、刑事というのは侮《あなど》れないと思った。

そんな栄治の心理まで読み取ったか、荻野がふと苦笑いを浮かべる。

「過去にね、今回とよく似た事件があったんですよ。監禁した女の親指を両方切断して、数日間にわたって暴行した挙句、首を絞めて殺害。そのとき被害女性が生理中であったことも、当時の検死記録にちゃんと残っている」

「その犯人が……イケガミ、シンジロウ？」

荻野が、二度小さく頷く。

続けて栄治が訊く。

「ひょっとして、そのイケガミが、今回の犯行を？」

それには、大きくかぶりを振る。

「いや、それはあり得ない。イケガミは、もう三十年以上も前に死亡している。事件直後に逮捕され、拘置所内で死亡。末期癌《まっきがん》だったらしい」

「なぜ、そんなことを私に」

苦笑いのまま、小首を傾げる。

「さあ、なんででしょうね。急に、あなたに投げてみたくなった。……私はね、今回の犯行が、イケガミ事件の模倣犯である可能性を、疑っているんです。目的は、まだよく分かりませんが」

荻野が何を考えているのか。それは、現段階では栄治も分からないとしかいいようがない。ただ、親指切断と生理中の話をしたときのような、警戒で凝り固まった態度でなくなったのだけは分かった。しかしそれも、刑事特有の芝居である可能性は否定できない。

「曽根崎さん。もし、今後も何か気づいたことがありましたら、ご連絡ください。夜と朝は会議で飛び回ってますが、これくらいの時間でしたら、少しは抜けてこられます。上手いこと解決したら、そのときは、一杯奢《おご》ります。私も、探偵という職業には興味がある」

彼にペースを握られていることは承知していた。声色、表情、あるいは、間。そういったもので、こちらの心証すらある程度はコントロール可能なのだろう。

いいだろう。イケガミシンジロウのネタに見合うものを、こちらも提供しようではないか。

「荻野さん……高木清彦、由利岳彦。この二つの名前が捜査線上に浮かんできたら、注意してください。犯人とどういう関係にあるのか、あるいは犯人そのものなのかも、私には分かりませんが、何かしら関係がある可能性が高い。今のところ、私に分かるのはそれだけです……あと、高木清彦は四年前に死亡しています。ですので、高木が犯人ということは、イケガミ同様ないと思われます」

荻野はメモ帳を出し、漢字を確かめながら二人の氏名を書き取った。年はと訊くので、三十一歳と答えた。

ありがとう。その短い礼の言葉が、彼の人柄を如実に表わしているように感じた。


飯森親子に会った日以降、今日で丸四日、なぜか民代とは連絡がとれなくなっていた。携帯にかけても電波が届かないところにいる。届いても留守電サービスになってしまう。自宅の固定電話にもかけてみたが、やはり誰も出ない。そうなると、自分が親かどうかは別にしても、やはり心配になってくる。

あの日、新宿で別れたあとに何かあったのではないか。携帯電話の使い過ぎを養父母に咎められ、取り上げられたとかならまだいいが、何かもっと不測の事態が起こったのではないかと考えると、いても立ってもいられなくなる。

書類仕事を午前中に片づけ、午後一番で港区内の中堅医薬品メーカーに報告書を持参し、なんとか三時半には、また育応高校付近に着いた。雨こそ降っていなかったが、なんとなく前回同様、コンビニの軒下で民代がくるのを待った。

だが、三十分待っても四十分待っても民代は現われなかった。少しずつ場所を変えながら、ときには校門前を素通りしながら、ブレザー姿の通行人の中に民代の顔を捜した。ときおり携帯に連絡も入れてみた。連絡がほしい、とメールも打った。ひょっとして、と考えて事務所の留守電もチェックした。しかし、民代の声を聞くことも、メールの返事がくることもなかった。

何を焦っているのだろう。自分でも腹立たしく思う。荻野に会ったあと、自分でも調べてみた池上真二郎の事件について報告したい、という用向きは一応あった。でもそれだけでないことは、自分自身よく分かっていた。むしろ、会いたい。無性に民代の顔が見たい。それだけのような気もしている。

五時まで待って諦めた。だが事務所のある池尻大橋には戻らず、さして意識するでもなく渋谷で東横線に乗り換え、学芸大学駅に向かった。自宅までいけば会えるかもしれない。仮に会えなくても、家にいることさえ確かめられればいい。何かの都合で電話に出られないだけで、また明日かけたら、普通に「もしもし」と出るだろう。その程度の希望でよかった。いつもそばにいることはできないが、その気になればいつでも会える。そんなふうに思いたかった。

学芸大学駅を出て、都内にはありがちな道幅のせまい商店街を歩く。ドラッグストアや惣菜屋《そうざいや》、寿司屋《すしや》、和菓子屋。もう少し駅から離れると米屋、酒屋、花屋。やがて、徐々に商店の数は少なくなっていき、代わりに二階家の民家が増えてくる。村川宅もそんな中の一軒だった。

分厚い屋根瓦。少々古ぼけたモルタル吹き付けの外壁。周りのレンガ調の家や、タイル貼りの家には少しずつ明かりが灯り始めているが、村川宅にはまだ一つも点いていない。そのまま六時半まで近所を歩きながら待ってみたが、村川宅の窓はすべて暗いままだった。いったん駅に引き返し、ゆっくり食事をしてからもう一度見にいってみたが、それでも変化はなかった。


事務所に戻ったら、屋内階段の途中にちょこんと民代が腰掛けている——。そんな光景も想像してみたが、あまり現実的ではない気がした。携帯電話で連絡がとれないのは壊してしまったからとか、理由は様々考えられるが、民代にはそもそも名刺を渡してある。訪ねてくるくらいなら、まず栄治の携帯に連絡を入れるだろう。

案の定、二階へと続く階段に民代の姿はなかった。グリーン・ペイジに顔を出す気分でもなく、栄治はそのまま事務所に上がった。

鍵を開け、ドアを引き、すぐ右手にある照明のスイッチをオンにする。天井のあちこちで蛍光灯が瞬《またた》き、白く明かりが整うと、どういう手を使ったのか忍び込んだ民代が、応接セットのソファに寝転んでいる——。そんな妄想もにわかに生じたが、現実のソファはいつも通りの空っぽだった。

一つ溜め息をつく。やけに疲れた。人捜しには慣れているはずだが、この疲労感は如何《いかん》ともし難い。

デスクまでいき、ポケットの中身を出して並べる。携帯電話、手帳、多機能ボールペン、デジタルカメラ、単眼鏡、ポケット地図、財布と名刺入れ。軽くなった上着を脱ぎ、椅子の背もたれにかける。コートハンガーも部屋の隅にあるのだが、そこにいくまでが億劫《おっくう》だった。

もう一度溜め息をつきながら、椅子に腰掛けた、そのときだった。

マナーモードにしたままの携帯が急に震え始めた。

民代――。そう願いながら手に取ったが、小窓に表示されていたのはまったく別の名前だった。

荻野康孝。昨日の今日で、一体なんの用だろう。

二つ折りのそれを開き、左耳に当てる。

「はい、もしもし」

『曽根崎さんか。あんた、本当は高木清彦が何者か分かってて、昨日私にこの名前を摑ませたんだろう』

いきなり何を言い出す。

「ちょっと、待ってください。なんのことですか」

『知らないっていうのか。あんた、本当に知らないで私を呼び出したのか。違うだろう。本当は知ってたんだろう』

昨日の、終始落ち着いた態度の荻野はどこにいってしまったのだろう。まったくの別人ではないかと疑いたくなるほどの興奮振りだ。

「なんなんですか。さっぱり分かりませんよ。高木が、本当は何者だっていうんですか」

ようやく、荻野がひと呼吸置く。

『……本当に、知らないのか』

「ええ。何を仰《おつしや》っているのか、さっぱり見当もつきません」

『あんた、あのあと池上真二郎について調べてみたか』

「ええ。新聞の縮刷版と、その手の資料をちょっと当たっただけですが」

『それじゃあ、分からなかったかもな……いいか、池上には犯行当時、女房がいた。とはいってもほとんど別居状態で、女房はしばらく知人の家に身を寄せていたらしいが、やはりきちんと話し合おうと思い、一大決心をして戻ってきた……ところが、あろうことか真二郎は家に別の女を連れ込んでおり、しかもその女の首を絞めて殺した直後だった。あんたの読んだ記事に書いてあったかどうかは知らないが、その事件の第一発見者であり、警察に通報したのは、他でもない……池上の女房だ』

知らなかった。記事にあったのは、池上の家族が通報したという記述だけだったと思う。

『真二郎は逃げたがまもなく逮捕され、女房は拘置所内の真二郎に離婚届を突きつけた。真二郎はこれに署名、押印し、離婚は無事成立した。この池上の元女房、ハルミの旧姓が、高木だ』

池上真二郎の元女房が――高木？

『さらにいうと、ハルミは当時妊娠していた可能性が高い。そう解釈できる記述が面会記録の備考にも、裁判記録にも残っている。これは私の想像だが、ハルミがわざわざ話し合いをしに戻ってきたのは、真二郎の子供を身籠っていることが分かったからなんじゃないかと思う。おそらく、旧姓に戻ったハルミはどこかで子供を産んでいる。だとすると……その子はちょうど三十一歳』

思わず、栄治は生唾を飲み込んだ。

『高木清彦は、殺人犯、池上真二郎の息子という可能性がある』

そんな――。

15

胸といわず腹といわず、細かい虫が何十匹も体内を飛び回っているかのようだった。栄治は鍵と携帯だけ摑んで席を立った。それで虫から逃れられるわけでもないのに、事務所を出て、鍵を掛け、屋内階段を急ぎ足で下りた。

行く当てはなかった。民代とは連絡がとれない。この件について他に相談できる相手もいない。ただ徒《いたずら》に、口の中で荻野にいわれたことを反芻《はんすう》している。

高木清彦は、池上真二郎の息子である可能性がある——。

どういうことだ。

三十年以上前に死んだ殺人犯、池上真二郎は自殺でこそなかったが、身籠った元妻を残して死んだ。つまり、池上は高木清彦を残して死んだと考えられる。その高木清彦は、飯森彩奈を残して自殺した。さらにいうならば、真弓も民代を残して自殺した。

これらの事象に、何か繫がりはあるのか。

栄治はビルから一歩出て、幅のせまい一方通行の車道に立った。目の前を流れるのは目黒川。水音はまるでしない。川沿いの並木は大島桜。花はすでに散り、今は葉だけになっている。枝葉が作り出す黒々とした闇の隙間に少しだけ、対岸のマンションの明かりが透けて見えている。

ぽつりと、頬に当たるものがあった。

雨――。

民代に会いに、学校までいった日以来か。傘を取りに戻るのは面倒だった。そこまでして出かけたいわけでもない。

目を左手に移す。グリーン・ペイジはすでに「CLOSED」のプレートを出し閉店していたが、明かりはまだ半分ほど点いていた。ならば扉は開いている。店の出入り口はここしかない。シャッターさえ開いていれば中に吾郎か美冴、必ずどちらかはいるはずだった。

誰かのそばにいたい。誰かと一緒にいたい。切実に思った。相談なんてできなくてもいい。生きている誰かと、勝手に死んだりしない誰かと、空間を、時間を、共有したい――。

いつものように扉を開ける。カウベルが鳴るより早く、カウンター席に座っていた吾郎がこっちを向く。

「おや、お客さん。もう閉店だぜ」

いいながら、右手のロックグラスを上げてみせる。すぐに美冴が、エプロンで手を拭きながら厨房から出てきた。

「お帰りなさい……栄治さんも飲む？」

ひょいと美冴がカウンターの陰から取り上げたのは、白いラベルに七面鳥が描かれた、細長いウイスキーボトルだ。

「ワイルドターキー、十二年。開けたの」

「そう……じゃあ一杯、もらおうかな」

「ロックでいい？」

「うん」

吾郎と一つ空けてスツールに腰掛ける。向かいの棚にあるグラスはどれも綺麗《きれい》に磨かれ、落とし気味にした店の明かりを金色に跳ね返している。

「はい、どうぞ」

分厚い底の、バカラのロックグラス。客用ではない。三人で飲むときにだけ使うグラスだ。同じそれを、吾郎と静かに合わせる。美冴が出した小皿にはミックスナッツ。この時間に飲むときは、たいていこのスタイルだ。

「遅かったじゃねえか、今日は。珍しく張り込みか」

「まあ、そんなとこだ」

不覚にも、民代と会えなかったことをまた思い出してしまった。

実は今いるこの空間と、民代が暮らす世界とは繋がっていないのではないか。そんなことまで考えてしまう。だが、だとしたら自分は一体何を調べている。何を迷っている。

何を怖《おそ》れている。

「あ、お兄ちゃん。やっぱり右側のコンロのスイッチ、あれおかしいよ。メーカー呼んだ方がいいって」

美冴は吾郎のことを、営業中は「店長」、プライベートではいまだに「お兄ちゃん」と呼んでいる。

「おかしくねえよ。お前の押し方が悪いんだろ。こう、グッと押して、それから少し浮かせるんだって教えたろ」

「点けるのにコツがいるって時点ですでにおかしいでしょ。絶対に壊れてるって。ガスなんだから危ないよ」

自分とは関わりのない会話を、聞くともなしに聞いている。程よい疎外感と、確かな安堵感《あんどかん》。

しかし、そこに付け入るように、また黒い影が忍び寄ってくる。

清彦は、池上の息子である可能性がある。これは一体、何を意味しているのか。

「そういやぁよ、栄治。また最近、美冴目当ての客を一人発見したんだよ」

「やだもう。やめてよそういうの」

しかしどちらにせよ、二人はもう死んでいる。一連のＯＬ監禁殺人事件には関わりようもない。

「栄治、聞いてっか。こう、前髪をだらっと垂らしてよ。オタクっぽいっつーのか、なんか、根の暗そうな野郎でさ」

「そんな、そこまでいうほど不気味じゃなかったよ。会計のときとかは、わりと普通だったし」

どうすべきか。これ以上、高木清彦について調べる必要はあるのだろうか。一方、由利岳彦の情報は何一つ摑めていない。調べようにも手立てがない。

「なんだ美冴。お前、さては、まんざらでもねえな」

「やめてってば。そんなわけないでしょ。……栄治さん、相手にしないでよ、こんな酔っ払い」

あと調べられるとしたら、飯森美津恵がいっていた、清彦が育ったという児童養護施設か。確か、北区赤羽辺りにある、ワカバ園。

「栄治さん……どうしたの？　気分でも悪いの？」

「よせ、ほっとけ美冴。どうせまた、どっか別世界にいっちまってんだ。こいつぁ昔から、ひでえ妄想癖持ちなんだよ」

明日、赤羽にいってみるか。

北区はその名の通り東京の北部に位置し、眺め的にも埼玉の一歩手前といった雰囲気の地区である。中でも北端部にある赤羽は、その象徴的な繁華街といえるかもしれない。駅東口を出て、商業ビルに囲まれたバスロータリーを向こうに渡る。もうワンブロック先までいくと、アーケード商店街の入り口が見えてくる。ゲートには「ＬａＬａガーデン」とロゴが打ってあるが、栄治のポケット地図には「スズラン通り商店街」と載っている。まさかとは思うが、違う商店街なのだろうか。

いや。近づいてみると「ＬａＬａガーデン」の右横に小さく「スズランＳＴ．」と入っている。アーケードの中を歩き始めると、チェーン店の看板にも「スズラン通り店」とある。間違いではないようだ。

ファストフード、ドラッグストア、スーパーマーケット、青果店、メガネ屋にパチンコ屋。途中からなぜか右側が中学校になる。商店街に面している学校というのは、どうなのだろう。わりと珍しいのではないだろうか。

ときおり、手にした地図を確認しながら歩き続ける。

児童養護施設「若葉園」は、スズラン通りを抜けて交差点を渡り、さらに二百メートルほどいった辺りにあった。

一見したところ、建物は小振りなマンションといった体《てい》だが、手前の開けたスペースには公園のように遊具がいくつも設置されている。いや、公園というよりは保育園の園庭か。砂場やジャングルジム、動物を模したバネ付きの乗り物など、ひと通りそろっている。

入り口は敷地を左に回り込んだところにあった。

社会福祉法人、若葉園。入り口脇にある受付は、まさにマンションの管理人室といった造りだ。

小窓の枠にあるブザーを押すと、すぐその小部屋に初老の男性が入ってきた。

「恐れ入ります。今朝《けさ》ほどご連絡させていただきました、新栄社の曽根崎と申します」

「はい、承っております。そちらからどうぞ」

小柄で白髪頭の男は相好《そうごう》を崩し、受付横の扉を示した。

「失礼いたします」

中に入り、そこでまた男と礼を交わす。室内は小さな教員室といった様子で、彼の他にもう一人、職員らしき年配女性がいた。

「園長をしております、吉村でございます」

白髪の男性と名刺を交換する。やはり児童養護施設と保育園が併設されており、吉村は両方の園長を兼任しているようだった。

「どうぞ、こちらに」

子供に威圧感を与えないようにという配慮だろうか。応接用のテーブルは楕円形《だえんけい》をしており、勧められた四本脚の椅子は可愛《かわい》らしいパステルピンク、隣はレモンイエローという配色になっている。

「保育園も、併設されているんですね……そのわりには、静かですが」

金曜日の午後一時半。子供がいないということはないと思うが。

「ちょうど今、園の方はお昼寝の時間でして。これで小学校にいっている子らが帰ってくると、また賑《にぎ》やかになります」

「なるほど」

年配の女性がお茶を淹《い》れてきてくれた。

吉村がひと口飲むのを待って、栄治は切り出した。

「今日お伺いしましたのは」

「ええ、高木清彦くんについて、でしたね」

「はい。それで……いきなりこんな話題で恐縮ですが、園長は、彼が四年前に亡くなったことは、ご存じですか」

柔らかく垂れ下がった瞼《まぶた》、いかにも人の好《よ》さそうな吉村の目が、にわかに大きく見開かれる。

「清彦くんが、四年前に……いえ、存じませんでした」

「そういう連絡は、こういった施設にはこないものなのでしょうか」

「それは、卒園生、それぞれの事情によりますでしょうか。こういった施設の出身であることを隠して暮らしている子もいれば、それこそ、タイガーマスクじゃありませんけれど、何かというと子供たちへのプレゼント持参で、遊びにきてくれる子もいます。清彦くんは、あまりまめに連絡をくれる子ではありませんでしたが……そうですか、四年も前に」

お茶を淹れてくれた女性は、吉村の背後の事務机に座っている。彼女も清彦を知っているのか、眉をひそめ、伏し目がちにしていた。

「……亡くなったのは、病気ですか。それとも、事故か何かですか」

栄治は一瞬迷ったが、隠す理由は特にないと判断した。

「飛び下り自殺でした。精神疾患があったのは分かっているんですが、それが理由かどうかは、結局のところ、よく分かっていないようです」

自殺、と呟《つぶや》き、吉村は深く溜め息をついた。

「そんなことになる前に、一度でも、相談にきてくれたらよかったのに……いつだって、話し相手くらいにはなったのに……可哀相《かわいそう》に。きっとそういう話のできる相手が、身近にいなかったんですな」

「いいえ、それがですね、高木清彦さんには、結婚を約束した相手がいたんです。その女性は、実際に高木さんとの間に子供を儲《もう》けています。今はお一人で、立派にそのお子さんを育てていらっしゃいます」

ぽかんと、吉村が口を開ける。

「あ、そうでしたか……いやしかし、だったらなおさら、なぜ自殺なんて」

それには、かぶりを振るほかない。

「そのお相手の女性も、自殺の動機には心当たりがないようでした。むしろ、自殺するような人ではなかったと」

吉村がゆるく頷《うなず》く。

「……清彦くんは、大人《おとな》しい、気持ちの優しい、いい子だったんですよ」

一般的に、こういう施設には何歳くらいまでいられるものなのだろう。十八歳だとすると、清彦の卒園は十三年前になる。

「あまり連絡はしてこなかったと伺いましたが、清彦さんのことは、よく覚えていらっしゃるんですか」

「ええ、まあ……彼にはちょっと、変わった事情がありましたからね」

ひょっとしてそれは、父親が殺人犯であるということだろうか。

「それは、どういう？」

「ああ、彼には、双子の兄がいたんですよ」

違った。しかし「双子」と聞いて、すぐにピンとくるものがあった。

「すみません。それはもしかして、由利岳彦さんという方ではないですか」

何かが晴れたように、吉村は表情を明るくした。

「ええ、そうです。ご存じでしたか」

「いや、知っているといっても、お名前だけなんですが……ということは、由利岳彦さんのもとの名前は、高木岳彦さんということですか」

「その通りです」

年が同じで、名前に「彦」が共通している。もっと早く気づくべきだったのかもしれないが、しかし気づいたところで確認のしようはなかった。果たして、民代はこのことを知っているのだろうか。

「それで、清彦さんの変わった事情というのは、どういったことなんでしょう」

吉村はまた表情を曇らせ、一つ頷いた。

「清彦くんが、というより、兄の岳彦くんの方なんですが……彼は、この園始まって以来の、大天才少年でしてね」

大天才?

「それは、どんな」

「もう、なんでもと申し上げていいでしょうな。この園にきたのは、四歳かそれくらいの頃でした。お母さんが、交通事故で亡くなられまして。でもその時点で、岳彦くんは自分の名前を漢字で書けましたし、自分のだけではなくて、清彦くんの名前までよく書いてあげていました。読み書きはむろん、数字にも強くてですね。教えたわけでもないのに、小学校に入る頃には、掛算も割算もできてました。大人と話していても、たいていのことは理解してしまう。本当に、不思議な子でしたよ」

飯森彩奈のことを思い浮かべずにはいられなかった。美津恵もまた、教えもしないのに彩奈は掛算も割算もできてしまうと自慢していた。

「でも、清彦さんはそうではなかった、ということですか」

「ええ。一卵性だったんでしょう、見た目は瓜二《うりふた》つなんですが、中身はまったくといっていいくらい違っていて、清彦くんの方は普通でした。普段の生活でも、岳彦くんが何かと世話を焼いてあげてましてね。岳彦くんは生活態度も、絵に描いたような優等生でした」

吉村は、頷きながらひと呼吸置いた。

「……まあ、こういう施設ですから。里子に、というお話は何よりおめでたいことなんですが、あの二人に関していうと、少々気持ちは複雑でした。何しろ一人は天才児。こういってはなんですが、もう一人は凡人です。由利さんというのはなかなか裕福なご家庭で、岳彦くんのことを大変気に入っておられたんですが、でも、いきなり二人も引き取るのは難しいと仰られた。ま、お子さんに恵まれなかったご夫婦ですから、子育てには当然のことながら不安がある。無理もないところでしょう……なのでこちらも、きっと二人は二人で、離れたくないというだろうから、この話は破談になるものと諦めていたんです。ところが」

微かに吉村が首を傾げる。

「どういう話を二人でしたのか、そこのところは分かりませんが、急に岳彦くんが、由利さんの家にいきたいと言い出し、清彦くんもそれでいいと言い出したんです。弟思いの岳彦くんのことですから、てっきり、清彦くんも一緒じゃなきゃ駄目だというと思っていたんですが……ただ、あとから聞くと、二人の事情は、我々の認識とは少々違ったようでした」

「というと」

「残された清彦くんが、あとになって妙なことをいうんです。いつか、兄ちゃんが迎えにきてくれる、って……そうはいっても、彼らは双子ですからね。年の離れた兄弟ならいざ知らず、同じ年ですから。仮に岳彦くんに将来、経済的余力ができたとして、でもその頃には、清彦くんだって一人前でしょうからね。変なことをいうなと……普通だったら、子供同士の話ですから、ドラマかマンガの台詞《せりふ》を真似《まね》たんだろうくらいに思えるんですが、しかし、それをいったのは岳彦くんですからね。ちょっと、彼らしくないなと。そんなふうに当時、疑問に思ったわけですよ」

そして、清彦は自殺した。民代の話を信じるならば、生き残っている岳彦の方が、連続ＯＬ監禁殺人事件の犯人ということになるが。

「園長は、由利岳彦さんが今どこにお住まいか、ご存じですか」

吉村は、薄い色の唇を真一文字に結んだ。

「んん……里子に出した当時の書類を探せば、当時の由利さんのお宅は分かるかもしれませんが、おそらく転居されていると思います。何年かは年賀状もいただいていたんですが、その後はこちらがお出ししても、戻ってくるようになってしまいました」

「岳彦さんが養子に入ったのは、何歳のときですか」

「六つか、それくらいの頃だったと思います」

二十五年前か。

「園長。大変恐縮ですが、なんとかその、当時の由利さんのご住所を調べていただくわけにはいきませんでしょうか」

そこからたどっていけば、現住所に行き当たる可能性もある。

「はあ……まあ、調べてみるのは吝《やぶさ》かでないのですが、必ずお知らせするというようには、お約束しかねます」

「ええ、それでもけっこうです。よろしくお願いします……すみません、いただきます」

ようやく栄治は湯飲みを手にとった。案の定、だいぶ冷えてしまっている。

しかし、彩奈といい岳彦といい、それを高木の家系というべきか、池上の家系というべきかは分からないが、ひょっとして天才が生まれやすい血筋なのだろうか。

「園長は、この施設に何年くらいお勤めなんですか」

「もう、三十……四十年近いですな。昔はもっと小さなね、ちょっと大きな民家程度の施設だったんですが、二十年前に建て替えて、五年前にも全面リフォームをしましたんでね。そんなに、古い感じはしませんでしょう」

ややや天井が低い印象はあるものの、確かに外観も中も綺麗だった。古びた感じはまったくない。

それにしても、四十年近いキャリアの中での、二十五年前か。

「その間でも、特に岳彦さんは印象深いお子さんだったと」

すると吉村は、口を尖《とが》らせて小さく頷いた。

「確かに岳彦くんは天才でしたし、印象深い子でした。しかし唯一無二かというと、そうでもない」

「……それは？」

「なんというんでしょうね。こういう施設には、ときおりそういう子がやってくる巡り合わせになってるんですかね。実は十何年か前にも、岳彦くん並みの天才児が当園に入ってきたんですよ。その子は、女の子でしたがね」

一本の針が、こめかみを右から左に、貫いていく――。

「それは、なんという名前の子、でしたか」

「石本民代ちゃん、といいましてね」

なぜここに、民代が――。

「その子はひょっとして、のちに、村川さんというお宅に、養女にいったのでは」

「おや、それもご存じでしたか。そうです、その民代ちゃんです」

清彦が園を出ていったのが十三年前だと仮定すると、民代が五歳のときにここに入園していれば、二人は顔見知りだったことになる。

「ということは、高木清彦さんと、石本民代さんはある時期、ここで一緒に暮らしていたんですか」

「いや、ちょうど入れ違いだったんじゃなかったかな。民代ちゃんがここにきたのは、六つかそれくらいで。もとは別の施設にいたんですが、こっちにいるはずの親戚を捜したいからといって、わざわざ自分の意思で、当園に移ってきたんです」

果たして、六つの子にそんな手続きができるものだろうか。

吉村が続ける。

「ただ、民代ちゃんの場合は、岳彦くんほどあからさまではありませんでしたけどね。それでも、ここぞというときに驚くような働きをみせる。勉強も抜群にできたし、周りの子の面倒見もよかった。一度なんてね、ビー玉を飲み込んで、窒息しそうになった子の口の中に指を突っ込んで、背中をバンバン叩《たた》いて、大人が駆けつける前に、吐き出させてくれましてね。それも、ここにきてまもない頃ですよ。しかも相手は、自分より体の大きな男の子で。お医者さんも驚いてました。こんな小さな子がしたとは思えない、完璧な処置だったと……そう、民代ちゃんの場合は、天才というより、大人だった気がしますね。ふとしたときに見せる表情も、妙に大人びていた印象があります」

民代。お前は一体、何を——。

16

彩奈から無理やり訊《き》き出した岳彦の住所を、ずっと見張っている。

いや、ずっとといったら嘘《うそ》になる。

JR中央線の、高円寺《こうえんじ》と阿佐ケ谷《あさがや》のちょうど中間辺りの住宅街。住所でいうと阿佐谷南二丁目、エスポワール阿佐谷二〇二号室。コンクリート打ちっ放しのため、外観が異様に四角い。辺りには二階建て、三階建てのマンションが多く、張り込みに適した物陰などはほとんどない。それでなくとも、昼間から住宅街をうろうろしている女子高生は奇異な目で見られる。結局、周辺を歩き回り、ときどき近所の喫茶店で休憩をして、最後にもう一度二〇二号室の明かりを確認して、終電で家に帰る――そんなことを、ここ数日繰り返している。

学校は休んだが、母には心配をかけたくなかったので月曜と水曜には見舞いにいった。そんな飛び石的な、いい加減な張り込みで岳彦を見つけられるのかは甚《はなは》だ疑問だったが、今はこれ以外に手段がないのだから仕方ないと、何度も自身に言い聞かせた。

栄治からの電話にはあえて出なかった。岳彦の住まいは分かったのだから、あとはもう自分一人でなんとかできる。いや、しなければならないと思った。いつからか着信のバイブレーターが苦痛になり、電源を切ってしまった。

今夜もまた一人、不毛な素人張り込みを続けている。

夜も十時になると、酒の入ったサラリーマンとよくすれ違うようになる。こっちに見覚えがなくても、向こうは夜の住宅街をうろつく女子高生を記憶に留《とど》めているかもしれない。酔いで理性が働かなくなり、不埒《ふらち》な行為に及ぼうとする者がいないとも限らない。そう簡単に姦《や》られるものか、と思いはするものの、力比べになったらやはり不利なのは女の方だ。なのでできるだけ、酔っ払いを見たら角を曲がるよう心掛けている。

それにしても、岳彦は戻ってこない。

むろんドアチャイムくらいは鳴らしてみた。だいぶノックもしたし、ドアに耳をつけて中の様子を窺《うかが》ってもみた。やはり留守のようだった。それとなく郵便受もチェックしたが、新聞も郵便物も溜《た》まっていなかった。

電気メーターはどうだろうと思いつき、今日になって確かめにいった。透明なカバーの中で、円盤はごくゆっくりと回っていた。しかし考えてみたら、どれくらい回っていると在宅、どれくらいで留守と判断できるのかという基準を知らなかった。馬鹿馬鹿しくなり、また周辺を歩き始めた。

何千回も繰り返した疑問を、また頭の中に巡らせる。

岳彦は今、どこにいるのか——。

奴《やつ》はもうすでに二人殺している。つまり二度とも失敗だったということだ。当然、今は三人目を物色中のはずだ。あるいはもう女を確保して、またどこかに監禁しているのかもしれない。その可能性は決して低くない。だとしたら、ここに戻ってくることを期待して張り込みを続けていても無駄ではないのか。

腕時計を見ると、十一時を少し回っていた。十二時ちょっと過ぎには高円寺の駅に着いていなければならない。終電を逃したらタクシーになるが、無駄な出費はできることならば控えたい。まあ、そうまでして帰らずとも、ひと晩中張り込みをしても別にかまわないのだが。

ふいに何かが、ぽつりと肩に当たった。

雨だった。あいにく傘は持ってきていない。仕方なくカバンで頭だけ隠して、最寄りのコンビニエンスストアまで走った。案外激しい降りで、着く頃には全身ずぶ濡《ぬ》れになっていた。

そうまでなって、初めて気づいた。

濡れて腿《もも》に張り付いたプリーツスカートのポケットを、剝がすようにしながら右手を捻《ね》じ込む。しばらく電源を入れていなかったので、携帯電話の存在そのものを忘れていた。

何度か電源を入れようと試みたが、どんなにボタンを長押ししても画面は黒いままだった。まるで反応がない。悔しくなり、地面に叩きつけたい衝動にも駆られたが、乾けばまた使えるようになるかもしれないと思い直し、なんとか短気をやり過ごした。

連絡できないとなると、不思議と無性に会いたくなる。あんなに電話に出なかったくせに、自分から連絡できないとなると、ひどく不安になる。

栄治——。

私はもう、あなたを頼らないと決めたのに。

昨夜《ゆうべ》の雨が祟《たた》ったのか、今日は朝から妙に体がだるかった。でも、それに一体どんな不都合があるだろう。そうでなくとももう何日も学校は休んでいる。岳彦の部屋の張り込みにもあまり意味を見出《みいだ》せなくなっている。一日置きという決まりからすると今日は母の見舞いの日だが、二日や三日はいかなくても大丈夫なように、いつも着替えは多めに届けている。明日でもまだ間に合うはず——そんな怠け心がさらに体を重くする。むしろ、気持ちの上で限界にきているのは、栄治のことだった。

会いたいという思いが、自分で抑えられなくなっている。

決して魅力的とは言い難い、むしろぎこちないとすらいえる笑みが、今は愛《いと》しく思えて仕方ない。ひょろりと細長い、だが今の自分には充分大きな背中が懐かしい。低く張りのある声、馬鹿丁寧な言葉遣いにときおり交じる、あの感情的な物言いが聞きたくて堪《たま》らない。体臭に至っては、もうなんと表現してよいのかも分からない。スーツのウールと、ワイシャツの綿と、男の汗が混じり合った、逞《たくま》しい匂い。そんな、栄治にまつわる記憶のすべてが脳内で熱に変換され、甘く意識を濁らせていく。

駄目だ。これ以上、寝てなどいられない——。

シャワーを浴び、牛乳をコップ一杯、一気飲みして体を強制的に覚醒させ、クリーニングしてある予備の制服に着替えた。

こんな時間に会いにいったら、栄治はなんというだろう。父親面をし、なぜ学校にいかないのだと怒るだろうか。それとも、何日も電話に出なかったことを咎《とが》めるだろうか。

それでもいい。怒鳴られても、睨《にら》まれてもいいから、会いたい——。

正直、自分でもよく分からなくなっている。岳彦を見つけ出して、これ以上の凶行を阻止することが目的なのか。それとも、岳彦捜しはもはや口実で、自分は単に栄治に会いたいだけになっているのか。

おそらくその両方なのだろうが、明らかに今、比重は栄治に傾いている。それは、認めざるを得ない。

机に置いておいた携帯電話を手に取る。また電源ボタンを長押ししてみたが、やはりうんともすんともいわない。もうしばらく放置しておいた方がよさそうだ。

一階のリビングに下りて、固定電話の前まできて、だが栄治の携帯番号が分からないことに初めて気づく。

馬鹿だなと思いながら部屋に戻り、通学カバンの中からパスケースを出した。少し角がヨレてしまった名刺を抜き出し、じっと見つめる。浮き彫りも社名のロゴもない、シンプルなデザインが栄治らしい。しかし、もう一度リビングに下りようとして、途中で足を止めた。

連絡は、あえてしなくてもいいのではないか。いきなり訪ねていって、栄治の驚く顔を見てやるというのはどうだ。そう、この前のお返しだ。下校途中で待ち伏せされた、あのときの仕返しをしてやろう。

そう思いつくと、妙に気分は軽くなった。

東急東横線、東急田園都市線と乗り継いで池尻大橋まできた。

駅を出て、しばらくは国道に沿って東に歩く。頭上には首都高速が通っており、その日陰のせいで通りは昼間でも全体的に暗い。陰気な街という印象が拭えない。

大橋という交差点で右に折れ、首都高速の桁下《けたした》から逃れる。道路といわずビルといわず、この辺はやたらと工事現場が多い。巨大な金属同士がぶつかり合う音、チカチカと瞬《また》く溶接の火花、野太いエンジンの回転音、さらに排気ガス。やはり体調が悪いのだろうか、この場にいるだけで脳細胞が押し潰されていくような錯覚を覚える。

少し歩を速め、川沿いまで出た。決して綺麗とは言い難いが、それでも流れる水を見たら少し気分は落ち着いた。本当はもっとましなルートがあるのだろうが、初めてくるとき、携帯で調べて最初に出てきたのがこの順路だった。次くるときは、もう少し早くこの川沿いに出られるようにしよう。

二、三十メートル先、左手の建物のドアが開き、サラリーマン風の男たちがぞろぞろと出てきた。あそこが喫茶店グリーン・ペイジ、栄治の事務所はその二階だ。

店の前までいき、小さな黒板に書かれたメニューを読む。本日のランチは、大葉入り和風ハンバーグ、サラダ、ライス、コーヒー付き。栄治の好きそうなメニューだ。ひょっとしたら食べにきているかも、と思って覗《のぞ》いてみたが、店内は思いのほか暗く、よく分からなかった。かといって、女子高生が一人で入るのも気が引ける雰囲気だ。

諦めて左手の階段を上り始める。幅のせまい、わりと急な階段だ。照明は点《つ》いておらず、外からきた者にはやけに暗く感じられる。新栄社の入り口は上りきって折り返した廊下の奥にある。二階にあるドアはその一つだけだ。

昭和臭漂う、重そうな鉄製のドア。ちょうど顔の高さに仕掛けられたインターホンのボタンを押す。軽やかな電子音が鳴り、だが何秒待っても応答はなかった。もう一回押してみたが、やはり出ない。留守か。

そう、思ったときだった。

「……あの、曽根崎さんだったら、お留守ですけど」

ビクリとして振り返ると、女が一人、階段の手摺《てすり》に手を掛けて立っていた。濃い緑色のエプロンをしている。グリーン・ペイジのウェイトレスか。そう、前回ここにきたとき、コーヒーを運んできた女だ。

「そうですか……」

それだけいって、お辞儀くらいはして、すれ違って階段を下りていこうと思った。だがなんのつもりか、女は自ら二、三段下り、立ち塞がるようにしてこっちを見上げた。

「なんですか」

「いえ、何か御用があるようでしたら、お伺いしておこうかと思いまして。あとで、曽根崎さんにお伝えしておきますから」

決して嫌味な言い方ではなかった。表情も柔和で、そういった意味でいえば好感が持てる方だろう。でも、だからこそ気に喰わなかった。

「そんな……喫茶店のウェイトレスさんに、言伝《ことづて》なんて頼めませんよ」

こちらの敵意が伝わるように、意識して低い声でいった。子供だと思って舐《な》めてると痛い目にあわすよと、言外に匂わせたつもりだった。

だが、駄目だった。

「じゃあ、せめてお名前だけでも。それだけでもお伺いできれば、ここまでいらしていただいたこと、ちゃんとお伝えできますから」

鈍いのか、それとも底意地が悪いのか。

「けっこうです」

一段足を下ろしても、まだ女は動こうとしない。

「何よ。どいてよ」

「どうして？　どうして名前もいえないの」

ようやく女が声色を変えてきた。私の方が大人、子供は大人のいうことを聞くものよ、とでもいいたげだ。

「だから、ウェイトレスに名乗る義務なんてないっていってるの」

「私はウェイトレスとして訊いてるんじゃなくて、ここの大家として訊いてるの。曽根崎さんは一人で仕事をしてるから、留守にするのはよくあることなの。そういうときは私がお名前だけでも伺っておくんです。いつもそうしてるんです」

大家、ということはこの女、田嶋吾郎の家族、嫁か。いや、確か吾郎には妹がいた。そうだ、この女は田嶋美冴だ。そうに違いない。なぜ今まで気づかなかったのだろう。

それなら、こっちにも考えがある。

「へえ、そうなんだ……でも、栄治はそんなことひと言もいってなかったよ。留守だったら下のオバサンに言伝しとけなんて、一度もいわなかった」

「栄治、って……」

自分がオバサン呼ばわりされたことよりも、栄治を呼び捨てにしたことの方がショックなのか。

「大体、オバサンは栄治のなんなの。恋人？　それともただの大家？　別にどっちでもいいけど、そもそも私の名前なんて訊かなくたって、前に依頼にきた女子高生っていえば通じるでしょ。それともなに、この興信所には、そんなにしょっちゅう女子高生が依頼にくるわけ？　そんなはずないと思うけどね。現に私が依頼にきたとき、栄治は一番最初に年を訊いたしね。それだけ、十代の依頼人ってのは珍しいってことなんじゃないの」

女の、ぽってりと厚い唇が、言葉を失って震え始める。悔しいのか。悲しいのか。だったら言い返してごらん。なんでもいいから。

「とにかく、オバサンの世話になんかならなくたって連絡くらいとれます。名刺もらってるから、携帯番号だって知ってるし。……今日は、たまたま会いたくなったからきただけ。いきなりきて、栄治の驚く顔が見たかっただけ。そんだけなんだから……もういいでしょ、どいてよ」

それでも女はどこうとしない。力ずくなら負けないとでもいうのか。それとも足がすくんで動けないのか。

「ほら、どいてってば」

「あなた……」

もはや泣く寸前といった目で睨《ね》め上げる。

「さっきから、栄治、栄治って、馴《な》れ馴《な》れしく……なんなの。何様のつもり。依頼人なら依頼人らしく、わきまえるべきものがあるでしょう」

ほう。それを訊くか。

「なに。私が誰か、知りたいの」

「……え？」

「私が栄治のなんなのか、知りたいんだ」

もはや頷くことも、かぶりを振ることもできないのか。

「いいよ、教えてあげる」

何を想像したのかは知らないが、女の顔が怯《おび》えたように歪《ゆが》んでいく。同時に、自分の中のサディスティックな感情が極限まで肥大化していくのを感じる。この女を傷つけたい――その衝動を抑えようとしない自分がいることに、奇妙な喜びすら感じる。

「私の名前は、村川民代。でもこれは、村川家に養女に入ったから……もとの名前は、石本民代。生みの母親の名前は、石本真弓。そして父親は、曽根崎栄治……私はね、血と血で繫《つな》がった、正真正銘、栄治の娘なんだよ」

本当は、女が泣き崩れるところを笑いながら見下ろしてやるつもりだった。石本真弓が栄治とどんなふうに愛し合ったか、事細かに説明してやってもよかった。だが――、

「あっ」

階段下の出入り口で、人が動くのが目に入った。たまたま通りかかったのではない。今までそこにいて、こっちの話を盗み聞きしていて、だがそれに落ちがついて、納得して立ち去ったような影の動きだった。

誰だ。

「ちょっとどいてッ」

片手で押すと、女はいとも容易《たやす》く壁に体を寄せた。最初からこうすればよかったのかもしれないが、いまさら気づいても遅い。

駆け足で階段を下りきり、影が向かった右の方を見る。あれか。黒っぽい柄物のシャ

ツに黒っぽいスラックス。ぼさぼさに伸ばした髪。背は栄治と変わらないくらい高い。

あろうことか、男は一度、こっちを振り返った。

思わず息を呑《の》み、踏み出そうとした足を、いったん止めてしまった。

岳彦――。

なぜお前がここにいる。なぜお前が、私たちの話を盗み聞きしていた。

「あいつッ」

ようやく足が動き出した。すると向こうも姿勢を低くし、全力で走り始めた。

「待てッ」

追いつけるのか。それはやってみなければ分からない。一応、脚力には自信がある。五十メートル走なら学年でも三本の指に入る。しかもこっちの方が若い。今日のところの、若干の体調不良は否めないが、やってやれないことはないと思った。

それよりも、あれは本当に岳彦なのか。そのことの方に不安はあった。

かつて若葉園で見た写真が唯一の手掛かりだった。それも餅つきのときに撮ったスナップ写真の、十八歳の頃の清彦を見たことがあるというだけだった。でも、おそらく間違いない。いま奴は全力で逃げ始めている。それが何よりの証拠だ。

見つけたぞ、岳彦。私はお前を、ようやく見つけ出したぞ。

17

そろそろ暇《いとま》を告げようか、という頃になって、栄治はようやく思い至った。

「園長。さきほど、清彦さんと岳彦さんの見た目は瓜二つ、と仰いましたね」

「ええ。その時々で、膝小僧をすりむいているのが清彦くんだとか、絆創膏《ばんそうこう》をしているのが岳彦くんだとか、何か目印がないと、我々でも間違ってしまうくらいでした。よくよく見ればホクロの位置とか、ごく小さな違いはありましたが、一人ひとり、パッと見ただけでは、まず分かりませんでしたね」

それだけ似ていれば、清彦ので充分だ。

「お願いばかりで恐縮ですが、清彦さんのお写真……それも、できるだけ新しいもので、はっきりと顔の分かるものは残っていませんでしょうか」

吉村がまた首を捻《ひね》る。

「たいていの写真は、その子が園を出ていくときに、記念に渡してしまいますし、ネガもあまり整理していないので、見つかるかどうか分かりませんが、それも……ええ、探してはみます」

由利家の住所と併せて、くれぐれもよろしくお願いしますと念を押し、栄治は若葉園をあとにした。

しかし、そうなると別の可能性も考えられた。

栄治は歩きながら飯森美津恵に連絡を入れた。

『はい、もしもし』

「飯森さんですか。新栄社の曽根崎です」

『はい……その節は、どうも』

「こちらこそ、先日はお休みのところ、ありがとうございました。すみません、今、ちょっとだけよろしいですか」

『ええ。大丈夫です』

向こうもどこかを歩いているのだろう。背後に車の音が聞こえる。

「ありがとうございます……飯森さん、ひょっとして、清彦さんのお写真なんて、お持ちではないですか」

するとなんだろう。息を呑むような間があり、美津恵はしばし黙り込んだ。

「すみません。何か、お気に障りましたか」

『いえ……あの、清彦さんの写真は、去年くらいに、すべて処分してしまったんです。

彩奈にいわれて』

「彩奈ちゃんに？　なんでまた……」

思わず迂闊《うかつ》な訊き方をしてしまったが、美津恵はむしろ恐縮したように話し始めた。

『私も、何も全部処分しなくても、とは思ったんですが、彩奈が、どうしてもって……この前もお話ししましたけれど、彩奈は、ちょっと特別な子なんです……親の私がいうのも、なんなんですけど』

「ええ、分かります」

『あの子は、ちゃんと分かってるし、ちゃんと覚えてるんです。清彦さんが父親だということも、彼が亡くなったんだということも。私も、これからはずっと、一人で彩奈を育てていかなければならない、悲しんでいる暇なんてない、そう思って、気を張ってやってきたつもりです。でもやはり、どこか弱いところを見せてしまっていたんでしょうか……急に、パパの写真は処分しようって。パパの分も、私がママを支えるから、一緒にがんばるから、もうパパのことは忘れようって』

去年というと、彩奈はまだ五歳。確かに、その年頃の子供の台詞にしては立派過ぎる。

『あっ、でも……』

ブンッ、とエンジン音が、美津恵の語尾を掻《か》き消す。

「なんですか、残っているのがあるんですか」

『いえ、私の手元にはないんですが、もしかしたら、帝都医大の大津先生のところには、あるかもしれません』

また、応接室のソファにふんぞり返る小さな白衣姿を思い出す。

「それは、どんな写真ですか。なんといえば、見せてもらえるでしょう」

『清彦さんの病気は、何しろ原因不明でしたから、かなりいろいろな治療法を試していたんです。催眠療法も、何度か試みたと伺いました。たぶん、そのときのものだと思いますが、ビデオや写真をいくつか見せていただきました』

催眠療法中の映像、か。

「それは私がお訪ねして、見せていただけるようなものなのでしょうか」

『それは、私には分かりませんけれど……でもビデオ自体は、横たわっている清彦さんが、先生の質問に、ただぼんやり答える、という程度のものですから、別に見ていただいてもかまわないとは思います』

「それ、顔ははっきり映っていましたか」

『わりと、はっきり映っていたんじゃないかと思います。私も、あまりよくは覚えていませんけれど』

しかし、あの大津が快く見せてくれるかどうかは疑問だ。

「飯森さん。大変申し訳ありませんが、その件について、飯森さんから大津先生に頼んでいただくわけにはいきませんか。私はこれから、帝都医大に向かいます。少ししたら、私からも大津先生に連絡を入れてみます。ですので、その前に」

『分かりました。お役に立てるか分かりませんけれど、私からも、連絡を入れてみます』

立ち止まり、改めて礼をいうと、珍しく美津恵からかぶせ気味に切り出してきた。

『あの、私からも一つ、お訊きしてよろしいでしょうか』

「はい、なんでしょう」

『曽根崎さんは、清彦さんの、何を調べていらっしゃるんですか』

ここまで頼み事を聞いてもらって、いまさら守秘義務もないだろう、と栄治も思った。

「はい……実は、現段階ではもう、清彦さんについての調査ではなくなってきています。むろん、四年前にお亡くなりになっていることもありますが……ご記憶でしょうか。先日私は、由利岳彦という名前をご存じないかと、お尋ねしました」

ええ、と美津恵が小さく答える。

「その、由利岳彦というのが、清彦さんの、双子のお兄さんなんです。今は彼の消息を追っています」

『清彦さんに、兄弟が？』

「ええ。やはり、ご存じありませんでしたか」

『はい、まったく。そんなことは清彦さん、ひと言も……でもどうして、清彦さんのお兄さんを』

「すみません。これ以上は、現段階では」

連続殺人犯かもしれないなどと、とてもではないがいえない。

『そうでしたね……分かりました。大津先生には、すぐお電話してみます』

もう一度、よろしくお願いします、といって電話を切った。

由利岳彦が、犯人でなければいい――栄治は初めて、そんなふうに思った。


乗り換えの池袋《いけぶくろ》駅に着いたところで、大津に連絡を入れた。

『ええ。飯森さんから、連絡はいただいてます。どうぞ、いらしてください……ご依頼のものは、用意しておきますから』

なんとなく、様子が以前とは違って感じられた。

「何卒《なにとぞ》、よろしくお願いいたします」

美津恵がどういう頼み方をしたのかは分からないが、でも見せてくれるというのだから、栄治に不服はなかった。

帝都医大にはそれから二十分ほどで着いた。

受付で名前を告げると、前回と同じ応接室に通された。まもなく大津はノートパソコンとファイルを一冊抱えて現われたが、実際に相対してみても、やはり様子が違っているように感じられた。不遜な態度は鳴りをひそめ、何か考えているのか、肩をすぼめて俯《うつむ》いている。そもそも小さな体が余計に小さく見える。

「お忙しいところ、お時間を割いていただき、申し訳ありません」

「いや……いいですよ」

こっちを見もせず、真向かいに座ってノートパソコンをテーブルに据える。

「とりあえず、映像を観《み》ていただいて、役に立ちそうな場面があれば、それを画像に落として、メールか何かでお送りします。それとも、メモリーカードか何かお持ちですか。でしたらすぐ、それにコピーして差し上げます」

「メモリーカードは……この、携帯に入ってるのしか」

「ああ、だったらＵＳＢで直接繋いで、流し込んじゃいましょう。それとも、プリントアウトした方が……そう、その方が早いですね。そうしましょう」

協力的なのは大変嬉《うれ》しいが、やはり様子の変化が気になる。しかし、だからといって「何かありましたか」と訊くのも変だ。そういう間柄ではないし、それをきっかけにまた態度を変えられても困る。

「じゃあ、早速。ご覧いただきますか」

パソコンはすでに起動状態にあり、モニターには映像を再生するためのソフトが立ち上がっていた。

大津がタッチパッドでカーソルを操り、再生を開始する。

まもなく画面には白っぽい半円形が映し出された。

《どうぞ、お掛けになってください》

大津の声がし、ギュッと革が鳴るような音がして、人の顔が大きく映り込んできた。左斜めからのアップだ。さっきの半円形は、リクライニング式ソファのヘッドレストだったようだ。

「これが、高木清彦さんです」

「はい……」

細面の、わりとのっぺりした印象の顔だ。決して美男子とは言い難いが、垂れ気味の目が優しそうではある。どことなく、彩奈に似ているような気もする。

「すみません、これを一枚」

「了解……」

大津が再びタッチパッドを操り、今の場面を画像に切り出す。

すぐに再生を再開させる。

《高木さん。では今日は、催眠療法を試してみましょう》

治療中の大津の声は、さすがに丁寧で優しそうだった。むろん、今の様子とも違っている。

《よろしいですか。では、ここをじっと見てください》

画面にはほとんど清彦の顔しか映っていないので、大津が何をしているのかは分からない。

「一応、この顔もお願いします」

「はい……」

画像を切り出し、再度映像を流し始めると、すぐに清彦の目はとろんとし始めた。深く落ちていきます、という大津の言葉に導かれるように、清彦の意識が沈んでいくのが見ていても分かる。

ふいに、現実の大津がこっちを向く。

「通常はね、ここで、意識を過去に導いていくんですよ。いわゆる、年齢退行というやつです。とはいっても、人間の意識なんていい加減なものですから。その記憶が正しいかどうかなんて、簡単には判別できない。むしろ、本人がどう思い込んでいるのか、そういうことの方が、重要なんです」

「はい」

「ですが、ここではあえて、過去には導いていません。前にもお話ししましたが、高木さんは、ある種の意識障害を患《わずら》っていました。長い長い失神みたいなもので、脳波を調べてみても、どうも夢を見ているのとも違っていた。なので、その意識障害の最中に、高木さんが何を見ているのか、ここではそれを探ろうとしています。むろん、催眠で意識障害そのものを作り出せたかというと、甚だ疑問ではありますが、それでも、非常に興味深い結果が得られましたよ」

清彦の顔写真はすでに確保できている。栄治の目的は半ば達成されたも同然だったが、今はむしろ、この治療内容に強く興味を惹《ひ》かれていた。

「それは、どういう結果ですか」

「ええ。もう少し待ってください」

パソコンの中の、声だけの大津が繰り返し清彦に語り掛ける。何が見えるのか、どこにいるのか、そんなことをしつこく尋ね続ける。

やがて、白く乾いた清彦の唇が、ほどけるように動き出す。

《……お母さんに、抱かれて、ます……》

《お母さんと、どこにいますか》

清彦の母ということは、高木ハルミか。でもそれでは、結局、年齢退行ではないのか。

《人が、たくさん……》

《外ですか、どこかの室内ですか》

《中、です……みんな、座って……》

《それは、あなたが知っている人ですか。知らない人たちですか》

《知らない……知らない……》

《お母さんの他は、知らない人、ですか》

《知らない……》

人が大勢いるところで、ハルミと二人でいるのか。でも、だとしたら岳彦はどこにいる。ハルミといるということは、時期的には若葉園入園前のはず。当然、岳彦も一緒に暮らしていたはずだ。

《他に、何か見えますか。物でも、壁でも、天井でも》

しばらく清彦は黙っていた。

《高木さん。他に何か、見えませんか》

《……テレ、ビ……》

《ほう、テレビが見えますか。何が映ってますか》

またしばらく間が空く。

《テレビ、何が見えますか。面白いですか》

《人……女の、人……》

《それは、どんな人ですか。どれくらいの年の人ですか》

清彦は少し、眉間に皺《しわ》を寄せた。

《どんな服を着てますか》

《……ピンク》

《その人は、何をしていますか》
《……女優》
いきなり職業を答えるとは思わなかった。
《その女優さん、誰だか分かりますか》
《……あ……あ……》
《うん、知っている女優さんですね》
《……あ、あり、アリムラ……》
《アリムラ、何さんかな》
《……アリムラ……キワコ》
有村喜和子。あの、恋多き女といわれた大女優か。すると観ているのはドラマだろうか。
《有村喜和子さんは、何をしてますか》
《……喋《しゃべ》ってる……》
《どんなところで喋ってますか》
《……テーブル》
《有村さん、一人だけですか》
《一人……一人で、喋ってる……カメラの、フラッシュ……笑って……左手、指輪……

結婚……》

ドラマじゃない。記者会見だ。有村喜和子の結婚発表会見だ。

その後も清彦は、ぎこちなくではあったが大津の質問に答え続けた。よほど印象的だったのか、笑顔、指輪、フラッシュという単語が何度も出てきた。

「……ま、こんなところです」

また大津がパッドに触れ、映像をストップさせる。

「これが約四年前、高木さんが自殺する、ふた月ほど前の映像です。この頃になると、なかなかこちらの診療スケジュールと、高木さんが覚醒している時間とが合わなくなっていまして。看護師から急に呼び出されて、高木さんの目が覚めました、早く早くって、慌てて駆けつけて診療室に連れていくようなあり様でした。この日が、まさにそうでした」

年齢退行はさせていないのに、実際は年齢退行だった。訊き出した内容といえば、母に抱かれながら有村喜和子の結婚会見を観た思い出。これの一体どこが、興味深い結果だというのだろう。

そんな栄治の怪訝《けげん》を見透かしたか、大津はにやりと頬を歪めた。

「だからなんだ、という顔をしていますね」

それは皮肉にも、今日初めて見る大津らしい表情といえた。

「いえ、そういうわけでは……でもこれでは、実際は、年齢退行なのでは」

大津は、短くかぶりを振っただけで話題を変えた。

「曽根崎さんは、芸能には詳しい方ですか」

「いや、そうでもないです。まあ、有村喜和子は、さすがに知ってましたが。かなりのベテランですし」

「そうですか。私はそういったことに、とんと疎い方でして。有村喜和子の顔もうろ覚えでしたし、何歳くらいで結婚したのかも、まったく知りませんでした」

苦そうに口を結び、一つ頷く。

「……で、この日のことに戻りますが。この日は飯森さんが、お子さんを連れて見舞いにいらしていた。ところが珍しく、そのとき高木さんがシャッキリと目を覚ました。せっかくの機会だから、飯森さんと話をさせてあげたいというのもあったんですが、こっちの都合もあるので、今すぐ催眠療法を試させてくれないかと、お願いしたんです。飯森さんは、快くご承知くださった。ちょうど子供も寝てしまいましたし、と、胸に抱いたお子さんの背中をぽんぽんと叩いて……不思議なもんですね。曽根崎さんに頼まれて探した面会者名簿を見ていたら、いろいろな記憶が甦《よみがえ》ってきたんです」

大津は傍らに置いていたファイルに手を伸ばした。

「これが、その面会者名簿です。そしてこれが、飯森さんが面会にいらした日」

付箋《ふせん》を貼ったページを開き、ある行を指し示す。そこには確かに、飯森美津恵の名前と連絡先が書いてあった。

「四年前の、二月三日です。それと、ここ」

そういって大津が示したのは、さきほど停止させた治療映像、その右下にあるタイムカウンターだ。

「……ね？　同じ年の、二月三日となっているでしょう。時刻は十四時二十二分」

「はい、確かに」

「じゃあ、次です」

大津はいったんパソコンを自分向きに直し、またパッドを弄《いじ》ったり、何やら打ち込んだりし始めた。

「インターネットってのは、実に便利なものですね。昔だったらどうやっても調べのつかなかったことが、今はものの数分で分かってしまう。怖《おそ》ろしいといえば、実に怖ろしい」

言い終え、再びこっちにパソコンを向ける。

「この館内は無線ＬＡＮが入ってましてね。いや、ペースメーカーを含む医療機器への影響はまったくありませんので、ご心配なく」

別にそこまで心配したりはしない。

「曽根崎さん」

「はい」

「これはトリックでもなんでもなく、いま私が検索して、ネット経由で出したページです。これを見てください」

それは「フリー百科事典」という名の、非常に有名な総合情報サイトだった。栄治もちょっとした調べ物に便利なので日頃から使っている。いま表示されているのは「有村喜和子」のページだ。

「ここです」

大津が示したのは「私生活」の欄だ。

「この人は俗にいう、恋多き女というやつなんですね。この恋愛遍歴を見ると、確かに凄《すご》い。野球選手、映画監督、俳優、歌手、政治家……ありとあらゆるジャンルの男たちと浮名を流している。しかし、よく読んでください。熱愛発覚、破局、同棲《どうせい》発覚、破局……なかなか、結婚にまでは至っていない」

本当だ。栄治の記憶の中では、有村喜和子は何度も結婚と離婚を繰り返した女というイメージになっていたが、実際はそうでもなかったらしい。

「結婚してるのは、この年の二月の一度だけなんですよ。翌年には離婚してますがね」

それは奇《く》しくも、清彦が催眠療法を受け、美津恵が見舞いにきたのと同じ、四年前の二月と記されていた。

「これは、どういうことですか」

「驚くのはまだ早いですよ」

大津はまた別のページに進み、何やら検索を始めた。

「そうそう、これです」

表示されたのは、これまた有名なユーザー投稿型の動画サイト。タイトルは「有村喜和子　結婚会見」となっている。欄外の備考に書かれた日付はやはり四年前、しかも二月三日となっている。

「どうです」

なんと映像の中の有村喜和子は、薄いピンクのジャケットを着て、立て続けにフラッシュを浴びながら、それでも笑顔を絶やさず、誇らしげに左の薬指にはめた指輪を報道陣に向けていた。

そして画面の左上に表示されている時刻は、十四時七分。

「大津先生、これは一体、どういうことなんです」

「正直いうと、私にも分かりません」

そういって以前のように、ソファの背もたれにふんぞり返る。

「……ただ、科学や常識といったものを度外視してよいのなら、この事象はこんなふうに解釈できる。……四年前の二月三日、高木清彦氏は、私の催眠療法を受けている間に放送されていた有村喜和子の結婚会見を、何者かの意識を借りる形で観た。断っておきますが、治療をしていた部屋にテレビはありませんでした。仮にあったとしても、絶対に点けたりはしません」

それは、確かにそうだろう。

「その、何者か、というのは」

「それは私にも断言できません。しかし、あえていうとするならば……私の曖昧な記憶を、ごく都合よく解釈するとするならば……私が催眠療法を終え、いや、カルテによると、実際は高木さんの反応がなくなってしまったので中断せざるを得なくなっただけなんですが、診療室から出て飯森さんを呼びにいくと、彼女は待合室のベンチに座っていました。膝に子供を抱えて、一緒にテレビを観ていた」

なんだ——。

栄治は両方のこめかみに、何か冷たい塊が生じるのを感じた。

「曽根崎さん。実は私も、この治療は失敗していて、高木さんは年齢退行をしてしまったのだと、つい最近までは思っていました。だがどうも、そうではなかったようですね。彼はこのとき、実母の膝に抱かれて観たテレビの思い出を語ったのではなく、この治療とまさに同時刻、飯森美津恵さんの膝に抱かれてテレビを観ていた、あの子供が見たこと、聞いたこと、感じたことを、語っていたんじゃないですかね」

「それは、つまり……」

「テレパシー、マインドリーディング、ひょっとしたら、チャネリング……あまり超能力には詳しくないので、どう呼ぶのが相応《ふさわ》しいかは分かりませんが、これはどうも、図らずもそういう事象が現実に起こり得ることを証明してしまった、極めて貴重な資料なのではないかと、私は思うんですがね」

高木清彦は、ある種の、超能力者だったというのか。

18

川沿いの道を走り始めた岳彦を追いかける。

すぐにマズいと思った。思いのほか息が切れる。足はさほど重くないが、右肩に掛けたスクールバッグが邪魔で、体育のときみたいには上手《うま》く走れない。その点、岳彦は手ぶら。すでに突き当たりの、大通りの立体交差まで出ている。一瞬だけ左右を見回し、右に曲がっていく。この勝負、こっちの方が分が悪いのか。

同じ突き当たりに至って右を見る。かろうじて次の角を右に曲がっていく後ろ姿を確認することはできた。

口を閉じ、乾いた舌を潤す。バッグをできるだけ背中に回し、左手を大きく振ってバランスをとる。ローファーも踵《かかと》がぱかぱかして走りづらい。脱ぎ捨てることも考えなくはなかったが、すぐ靴下越しにアスファルトを蹴る痛みに思いが至り、そのまま走り続けた。

岳彦の消えた、陽《ひ》の当たらない角をまた右に曲がる。軽トラックと鉢合わせし、危うくぶつかりそうになったが、向こうも減速していたのでなんとか避《よ》けきった。詫《わ》びる間もなくさらに走り続ける。すれ違う通行人が怪訝そうに目を向けたが、かまっている余裕はない。

ビルとビルの間の道。だいぶ離されてしまったが、それでもまだ岳彦の背中は通りの先にあった。次の四つ角では曲がらず、岳彦は碌《ろく》に左右も見ずに直進していく。駄目か。このまま引き離されてしまうのか。

追いつきたい。捕まえてその邪《よこしま》なる魂を封じ込めたい。

諦めたい。今すぐこの場に倒れ込んでしまいたい。

相反する思いが頭の中で縺《もつ》れ合う。しかし、諦めるという選択はあまりに重い。ここで見失ったら、次にいつ見つけられるか分からない。もう永久に発見できない可能性だってある。それは許されない。絶対に諦めてはならない――。

いや、大丈夫かもしれない。この直線に入って、むしろ距離は縮まり始めている。向こうは思ったほど走りに強くないのかもしれない。もう少し、もう少しだけ粘れば、奴はおそらく音《ね》を上げる。何しろ、若さの利はこっちにある。負けるわけにはいかない。

民家の多い一画に差し掛かり、次の四つ角が見えてきた。いや、正面は道ではない。駐車場だ。つまりT字路。次に奴が曲がるのは右か、左か。

しかし、意外なことに岳彦は直進。そのまま駐車場に入っていった。近くまでいくと、青い看板が見えてきた。三十分二百円、最大二千五百円と書いてあるコインパーキング。奴はここまで車できたのか。それとも苦し紛れに逃げ込んだだけなのか。どちらにせよ、このまま迂闊に踏み込むのは危険と思われた。四輪駆動車ならこの程度の車止めは乗り越え可能だという。その勢いのまま向かってこられたら、生身のこちらは太刀打《たちう》ちのしようもない。しかも駐車場の敷地は、左手のマンション裏側まで折れて続いている。死角は奴に味方する。細心の注意が必要だ。

駐車場出入り口で立ち止まり、息を整える。右手、横向きに停《と》まっているのが六台。正面、こちら向きに停まって見えるのは四台。看板の上に設けられた表示板には「空車」と出ているが、ここから見える空きスペースは右手の一ヶ所のみ。ほぼ満車状態といっていい。

車両とある程度距離をとりながら、一台一台見ていく。一番手前、白いワンボックスの運転席には誰も乗っていない。次の黒いセダン、三台目の白いセダンの運転席も空だった。一台分の空きをはさんで白いワンボックス、これも無人。隣のシルバーのミニバン、フロントガラスの反射で中が見づらかったが、でもなんとか、無人であることは確認できた。一番奥まった角に、斜めに停まっている赤いスポーツカー。内装が真っ黒なのか、これも中の様子が分かりづらかったが、目を凝らすと運転席に人影はなかった。左隣、こちらに正面を向けている黒いセダン。続いて白い軽のワンボックス、黒い四輪駆動車、白い軽トラック、シルバーのトラック。最後はガンメタリックのセダン。

おかしい。どの車も、運転席に人はいない——。

L字に曲がった敷地の角に立ち、全体を見渡す。周囲は背の高いコンクリート塀で囲われており、左奥の方は直接隣の建物の壁になっている。完全なる袋小路。ここから抜け出すのはさほど容易ではないように思われた。

とすると、岳彦は車両の死角にひそんでいるのか。あるいは運転席ではない、後部座席か荷台にもぐり込んだのか。

改めて一台ずつ見直していく。ガンメタリックのセダンと、シルバーのトラックの間。息を殺し、足を忍ばせ、ゆっくりと進んでいく。セダンの後部座席は何かの箱が載っているだけ、トラックの荷台には数本の鉄パイプとロープと、やはり段ボール箱があるだけだった。

車両後ろ側、コンクリートの塀際まで進んでみる。ここから見る限り、赤いスポーツカーの停まっている突き当たりまで人影はない。そうこうしているうちに表から逃げられる可能性もなくはない。ときおり出入り口の方も見ながら後部座席の確認を急ぐ。

白い軽トラックの荷台は濃い緑のシートで覆われていたが、周りはきちんとゴムバンドで荷台のフックに固定されていた。この中に人が隠れることは、少なくとも一人では不可能だろう。

その隣の黒い四輪駆動車。リアウィンドウも後部座席のそれもスモークが貼られており、一見しただけでは内部の様子が分かりづらい。近寄って、両手で庇《ひさし》を作り、ガラスに額を寄せた。

その瞬間だった。

カラララッ、と何かが鳴り、それが鉄パイプの、しかもアスファルトの表面を勢いよく引っ掻く音だと気づいたときには、遅かった。

「……ンアッ」

右のくるぶしに、骨ごと薙《な》ぎ払われるような激痛が走る。衝撃が脳天まで突き抜け、痺《しび》れにも似た怖気《おぞけ》が背中に広がり、脳細胞がカッと熱を帯びる。右側に大きく体勢が崩れ、何かにすがろうとしたが、四駆のボディにそれらしい突起はなかった。だが、とっさに広げた左手が隣の軽トラックの荷台に掛かった。尻餅はついたが、かろうじて地面に頭を打ちつけるのは免れた。しかしそれによって、図らずも四駆の車体の下を覗き込む恰好《かっこう》になった。

岳彦――。

のっぺりと長細い、青白い顔がそこにあった。車体の下で横向きに縮こまっている。長めの髪を地面に広げ、悪戯《いたずら》っ子のように歯を喰い縛り、笑いを堪《こら》えている。

「……ばーか」

白い拳が目の前に現われると同時、顔面の中心が陥没するような衝撃に見舞われた。思わず目を閉じ、荷台を掴《つか》んでいた左手も離してしまった。

右足首は燃えるほど痛かったが、本能的に両手で顔を覆ってしまった。それがいかに無防備な状態か、冷静に判断することなど不可能だった。地面を伝って衣擦《きぬず》れも聞こえてきたが、手をどけて状況を確かめようなどという気力は持ちようもなかった。

再び鉄パイプが地面を搔く音が聞こえ、思わず身を硬くしたが、意外にもそれは背後、どこかの地面に甲高い音をたてて落ちた。

「そうか……お前が、そうなのか」

殺してやる。そう叫んで嚙《か》みついてやりたい思いは頭の隅に小さくあるだけで、決してそのように体は動かない。

頭の近くに気配を感じた。同時に髪を鷲掴《わしづか》みにされ、そのまま強引に引き起こされた。一瞬だけ白い光が手の間から覗いたが、まだ自らその覆いを解くことはできない。

「清彦から、聞いてはいたけどよ……そうか。そういうことか」

その「清彦」が誰を意味するのか一瞬理解できなかったが、深く考える前にまた殴られた。真横から、耳と頬骨の辺りを。悲鳴をあげたが、それも自らの手の中に響いただけで虚《むな》しく消えていく。

「ほら、立てよ……手間、掛けさせんなよ」

岳彦も息を切らしている。だいぶ苦しそうではあるが、それでもこっちの不利は否めない。

「立て、立てってッ」

ようやく顔から手を離し、左右の車体に摑まりながら左足一本で立ち上がった。まだ目は開けられない。鼻が折れているのかもしれない。涙があとからあとから溢《あふ》れてきて、何度瞬《しばたた》いて絞り出しても視界の歪みも滲《にじ》みも晴れない。

ピピッと電子音がし、四駆のドアが開く音がした。髪を摑まれたまま、内部に引きずり込まれる。

視界が暗くなったのは分かったが、座席の高さなどは分からず、腹や膝、終《しま》いには激痛の足首もどこかにぶつけた。自分の口から漏れる無様な悲鳴、女々しい泣き声を、どこか他人事《ひとごと》のように聞いている自分がいる。

後部座席に、横向きに寝転ばされた。思いのほか広い。シートを倒し、フラットにしているのかもしれない。こいつは、こうやって何人もの女を拉致してきたのか。

岳彦が覆いかぶさってくる。体だけは奪われまいと胸の前で腕を組んだが、そのときは、ただドアが閉まっただけだった。

また一段と車内が暗くなったことを認識する。

「さて……どうして、くれようか。だいぶ、予定も狂っちまった」

いきなり、腹筋と内臓が押し潰されそうになった。膝を押しつけられているのか。吐き気が込み上げてきたが、あいにく出すものは何もない。

「あいつがよ、情けねえ声で電話してきて、訊くんだ。兄ちゃん、何やったんだよ、男の探偵と若い女がきて、兄ちゃんと俺のこと、根掘り葉掘り訊いてった、兄ちゃんが女を殺したって本当かよ……ってな。誰だ、そんな馬鹿なことという奴は、どこのどいつだ、って訊いたら、野郎、丁寧に教えてくれたぜ。新栄社の、曽根崎栄治。もう一人の女の方は、民代。むろん、俺は女を殺してなんていない、とんだデタラメだって笑ってやったけどな」

そうか。彩奈が、こいつに喋《しゃべ》ったのか。

「お前が、その民代なんだろ。なんでも、俺たちと同類だそうじゃないか。どういう筋だ。え？　いつから俺たちを追ってる。さっき、母親は石本真弓とかいってたな。曽根崎が生きてるってことは、そっちの筋ってことか。あ？」

いえるか、そんなこと。

「本当はよ、その曽根崎って探偵がどんな野郎か、下調べするだけのつもりだったんだよ。なかなか帰ってこねえから、下の喫茶店で暇潰ししたりよ。そうしたら……なんだよ、いい女がいるじゃねえか。ちっと年はいってそうだが、腰なんか、キュッと細く締まっててよ。尻も、ピュッと持ち上がっててよ。ありゃいいぜ」

下の喫茶店の女。美冴のことか。

「ああいう女がよ、やめて、赦してって、泣き叫ぶのを見ながらよ、ぶん殴って、ひん剝《む》いて、犯してやること考えるとよ、もう、今からほら、こんなだよ」

腰骨が軋《きし》むほど体重がかかる。またがって股間を押しつけているのだろうが、ただ重いだけで、その硬さまでは分からない。

「ところがよ、ついさっきだよ。お前、店の前のメニューをじっと見て、中も覗き込んでたろ。それをよ、あの女も、中からじーっと見てたんだ。薄汚《うすぎたね》え野良猫でも見るような目でよ、睨みつけてた。で急に、店長ゴメンって、店を出てった。まだランチの客が何人もいるのにだ。お前を追っかけて、二階の事務所にいく階段を上がってった」

そういうことか。

「あれだな、あの女は完全に、その曽根崎って男に惚《ほ》れてるな。それをよ……お前も意地が悪いよな。私は栄治の娘です、なんてよ。でも、嫌いじゃねえぜ。そういうの」

また岳彦が体重をかけてくる。だが今度はスカートの中、脚の間に指先を捻じ込んでくる。膝を合わせて抵抗を試みるが、思いきり声もあげてみるが、岳彦が意に介するはずもない。

「もうこうなったらよ、二人まとめて面倒見てやるよ。俺にとっても、その方が好都合だしな。どうせイクのはどっちか片一方だ。可能性は倍あった方がいい」

ふいに重圧が失《う》せ、体の自由が戻ったが、それもほんの一瞬だった。

「……お前はしばらく、ここで大人しくしてろ。そのうち、お仲間を連れてきてやっからよ」

勢いよく何かを剥がす音がし、すぐ両手首に何かが巻きつけられた。ガムテープだ。何重にも巻いたのち、さらに両手も組まされ、指一本動かせないようグルグル巻きにされた。同様に口も、猿轡《さるぐつわ》の要領で髪の毛ごと巻いてから、口全体が隠れるまで重ねていく。最後は足首。ちょうど鉄パイプでへし折られた個所を中心に、きつくきつく巻いていく。それだけで気を失いそうになった。貧血のように、頭の芯がぼんやりと痺れてくる。

「逃げようなんて、思うんじゃねえぞ。あとでちゃんと、気持ちよくしてやっからよ」

そう言い終えると、岳彦はまた殴った。顔面を、首筋を、胸を、腹部を。完全に気を失うまで、執拗《しつよう》に――。

美冴は呆気《あっけ》にとられ、しばらく階段から動くことができなかった。

栄治に子供がいたなんて。しかも、あんなに大きな娘が。そしてあろうことか、その母親は、あの石本真弓。

知らなかった——。

*

美冴にとって栄治は、幼い頃からずっと、もう一人の兄のような存在だった。背が高くて、優しくて、吾郎のようにしつこくからかったりしない、いつだってきちんと一人前に扱ってくれる、大人の男。七つのときに父親を亡くし、以後は吾郎が父親代わりだった。その反動だろうか、栄治にはむしろ憧れを抱《いだ》くようになり、その想《おも》いは年を追うごとに強まっていった。ときどきしか会えないというのも、異性として意識する大きな要因だったように思う。

また栄治の側にも、田嶋家に頻繁に出入りする理由があったのではないかと思う。どういう理由かは吾郎も知らないらしいが、栄治には両親ともおらず、高校卒業までは祖父と二人暮らしだったという。以後はアルバイトをしながら夜間部の大学を卒業し、就職。そんな栄治を美冴の母も可愛がり、ご飯くらいいつでも食べにいらっしゃいと、帰り際に必ずいって見送った。

栄治が東伸リサーチに勤め始めた頃、美冴はまだ中学生だった。探偵なんて、物語の中だけの存在のように思っていた。しかしそれに、栄治がなった。難事件を解決したり、悪の組織と対決したりするのかと思うとワクワクした。すぐに業務の大半は信用調査だと聞かされたが、それでも栄治に対する憧れは強まる一方だった。会うたびに張り込みや尾行の体験談をせがんだ。吾郎に早く寝ろと怒られても、もう一つだけ、あとちょっとだけと粘って栄治を独り占めした。本当は、仕事の話なんてどうでもよかった。ただ栄治の声を聞いていられれば、近くでその顔を見つめていられれば、美冴は充分に幸せだった。

それだけに、栄治に恋人ができたと知ったときはショックだった。当時すでに吾郎はグリーン・ペイジを始めており、栄治は何回か石本真弓を店に連れてきた。背の高い、スタイルのいい女性だった。豊かな長い髪も、そのカットも、化粧も服のセンスも、すべてが大人のそれだった。高校に入ったばかりの自分とは、女としての完成度が違い過ぎた。当時の自宅に戻り、自室で姿見の前に立ったときの絶望は、今でも胸に深い傷痕として残っている。クラスでも真ん中くらいの背。切り揃《そろ》えただけのおかっぱ頭。向こうがトレンディドラマのヒロインだとしたら、こっちはせいぜい『中学生日記』の脇役といったところだった。

悔しかった。悔しくて悔しくて、気が狂いそうだった。真弓なんて死んでしまえと思った。不思議と栄治を憎む気持ちにはならなかったが、それ以外はすべてぶち壊したい、滅茶苦茶《めちゃくちゃ》にして消し去りたいとさえ思った。

　だから、自ら不良グループの仲間になった。正確にいうと、暴走族だ。派手な化粧を覚え、大人にも負けない強さのようなものを身につけたいと思った。まもなく栄治が真弓と別れたと聞き、グループにいることの目的も見失ったが、そのときはすでに簡単には抜けられない状況になっていた。それについては結局、吾郎の手を借りることになった。吾郎がグループの先輩筋に話を通し、なんとか当時の総長の了解を取りつけ、大きな制裁を受けることもなく抜けることができた。ひょっとしたら吾郎がいくらか渡したのかもしれないが、それについてはいまだに訊いていない。

　しかしグループを抜けたからといって、何かが上手くいったわけではなかった。栄治はあまりグリーン・ペイジに顔を出さなくなっていたし、美冴もまた出入りしづらくなっていた。たまに近所で顔を合わせることはあったが、久しぶり、程度の軽い挨拶だけで、昔のように親しげに話し掛けられることはなかった。

　嫌われた。本気でそう思った。吾郎は「違う。栄治は真弓ちゃんとの別れから立ち直ってないだけだ」と説明したが、それもまたなんの救いにもならなかった。自分が真弓の代わりになどなれるはずがない。挙句、自分には「元暴走族」という暗い過去ができてしまった。素直に栄治と向き合うことなど到底できなくなっていた。

そんな気持ちにようやく変化が訪れたのは、大学に入った頃だったろうか。栄治のことを考えない時間も増え、同年代の男性との交際も経験した。大学卒業後、いったんは人材派遣会社に就職したが、二年後に先輩社員と結婚して退職。その間、栄治とは何度か顔を合わせていたし、結婚式にも出てもらった。おめでとうと、笑顔でいわれたときは本当に涙が出た。これで自分も幸せになれる。あのときの気持ちに嘘はなかった。

だが、あえなく一年半で離婚。上手くいかなくなった理由は多々あった気がするが、相手にいわせると、すべての原因は美冴のファーザー・コンプレックスにあるという。俺はお前のお兄ちゃんでも、父親でもないんだ。そう怒鳴られ、テレビのリモコンを投げつけられたときは本気で驚いた。自分がファザコンだなんて、一度たりとも思ったことがなかったのだ。ただのちのち考えてみると、どうもそれはファザコンではなく、いつのまにか自分は元夫と、栄治を比べていたのではないかと思うようになった。幼かった自分を、無条件に「よしよし」と可愛がってくれた栄治。同じ男なのに、どうしてこの人はこうも度量がせまいのだろう。どうして笑って「いいよ、いいよ」と自分を受け入れてくれないのだろう。そんなふうに、元夫を無意識のうちに卑下しているところは、確かにあった。

離婚後、しばらくは派遣社員をしながら一人で暮らした。だが母が亡くなり、その後に吾郎が実家をビルに建て直したのをきっかけに、地元に戻った。その頃には栄治も新栄社を立ち上げ、グリーン・ペイジの上に事務所を構えていた。不景気の影響で派遣の仕事も途切れがちになり、吾郎に、遊んでるんだったら店を手伝えといわれ、生活は今の形に落ち着いた。

こういうのを、自分は昔から望んでいたのかな――。

いつのまにか、そんなふうに思うようになっていた。吾郎がいて、栄治がいて、自分がいる。今はなくなってしまったあの実家の子供部屋で、よく二人に遊んでもらった。三人の関係は、今もあの頃のままのような気がする。

むろん、栄治が自分を女として見てくれないのは寂しいし、悔しい。けど、真弓はもういないのだ。栄治がいくらその想いを胸に秘め続けようと、所詮は実体のない記憶に過ぎない。栄治のそばにいて、身の回りの世話をし、食事を作り、酒を飲みながらその日にあったことを聞くのは自分だ。体の関係はないけれど、栄治の最も身近にいる女は自分だ。自分は栄治に愛されている。それは素直に感じられるようになった。栄治にとっては妹みたいなものなのかもしれない。でも、栄治だって男だ。間違いが起こることだって、あるかもしれない。実際、それっぽい雰囲気になったことだってなかったわけではない。キスなら、二度したことがある。二度とも酒が入っていたので、栄治は覚えていないかもしれないが。

それなのに、だ。

あの石本真弓との間に、娘がいたなんて。

ようやく階段を下りると、会計を済ませた二人連れの常連客と店の前で鉢合わせした。

「あ……ありがとう、ございました」

「どうしたの、美冴ちゃん。顔色悪いよ」

「いえ、なんでもないです……大丈夫です」

ちっとも大丈夫ではなかった。店に入ると、いきなり吾郎に睨まれたが、その険もほんの一瞬だった。

「……どうした。なんかあったのか」

栄治に娘がいることを、吾郎は知っていたのだろうか。もしそうだとしたら、自分は二十年近くも騙《だま》され続けてきたことになる。吾郎にも、栄治にも。

ただ、店内には食後のコーヒーを楽しんでいる客がまだ三人ほどいる。客の前で兄妹《きょうだい》喧嘩《げんか》を始めるほど、美冴ももう子供ではない。

「……なんでもない」

吾郎に背を向け、客のいなくなったテーブルを片づけにいく。窓際の席。ちょうどここにコーヒーを持ってきたとき、窓の外にいたのがあの娘《こ》だ。タミヨと名乗ったが、どういう字を書くのだろう。民世、民代、多未代、多美世。なんにせよ古臭い響きだ。栄治が名づけたのだろうか。それとも真弓か。どっちにしても最低のセンスだ。

皿を重ね、フォークとナイフをまとめる。だがグラスに手を伸ばしたとき、ズンと腹の奥が重たくなるのを感じた。おかしい。今日はまだ二十五日。そんなに早くくるはずがない。でもあの娘と話しているとき、胃がキリキリと痛むのは感じた。急に修羅場というか、極度の緊張状態に置かれたのは事実だろう。しかし、それは困る。そういう用意は何もしてきていない。店にも予備はない。

慌ててカウンターまで戻った。

「ちょっと、ごめん……やっぱ、調子悪い」

「ああ、いいよ。片づけはやっとくから。夕方でいいから、電話しろ。どんな具合か。なんだったら、夜は早じまいしちまうから」

「うん……もし駄目そうだったら、そうして」

吾郎が、食器棚の下に入れていたバッグを取ってくれた。代わりにエプロンをはずして渡す。今朝《けさ》は暖かかったので、上着の類《たぐい》は着てきていない。

「じゃ、あとよろしく。お疲れさま」

逃げるようにして店から出た。自宅はここから歩いて一分。それまでもってくれればいい。経験からいうと、まだ本番の痛みや出血が始まるまでには二、三十分ある。美冴の場合、そこからがけっこう苦しい。内臓を雑巾絞りされながら下に引っ張られるというか、無理やりぶら下がられて毟《むし》りとられるというか。とにかく痛みが激しい。幸い、医者に処方してもらっている薬がよく効くので、それさえ飲めばなんとかなると思う。

店の前の道を左にいき、最初の角を左。あとは真《ま》っ直《す》ぐ。距離にして百メートルかそこら。コインパーキングに面して建っている、三階建ての小さなマンションだ。

入って右手にある屋内階段を上がっていく。ワンフロアに三世帯あり、美冴の部屋は二階の一番奥だ。吾郎は一階の手前の部屋を使っている。

廊下を歩いている途中で、またキリリと痛みが差し込んできた。でもここまでくれば大丈夫。もうドアを開けて入るだけだ。

鍵を差し、抜くと同時にレバーを下げて引き開ける。瞬時に嗅ぎ慣れた芳香剤の匂いに包まれ、にわかに安堵《あんど》を覚えた。後ろ手で再び鍵を締め、スニーカーを脱ぐ。まず向かったのはベッドのある六畳間だ。それ用の下着を簞笥《たんす》から出し、トイレに向かう。一連の準備さえ済ませてしまえば、もう安心だ。薬を飲んで一、二時間じっとしていればいい。

実際、痛みが出始めたのはソファに座って三十分ほどしてからだった。でもそれもほんのいっときで、薬が効いたのだろう、まもなく治まっていった。

なんだか、妙に疲れた。あの娘に会ったのも、もう何時間も前のことのように思える。気分も落ち着き、いったん冷静さを取り戻すと、栄治に何一つ確かめもしないうちから一人でヤキモキしても仕方ないのかも、と考えられるようになった。今日、帰ってきたら訊いてみればいい。あの女子高生とは、本当はどういう関係なのか。もしそれで実の娘だというのなら、それはそれで受け入れよう。そうだ。彼女は確か、養女に入ったといっていた。ということは、娘だからといって一緒に暮らしたいとか、再び真弓が栄治の前に現われるとか、そういうことではないのかもしれない。とにかく、栄治の答え次第だ。栄治の、気持ち次第だ――。

そんなことを考えながら、ウトウトし始めたときだった。

玄関チャイムが鳴った気がした。空耳かと思ったが、目を開けてみると、インターホンのランプが緑に光っている。

なんだろう。宅配便だろうか。最近、通販で頼んでいたものなどあっただろうか。

19

帝都医大からの帰り道。栄治は電車の中でも、ずっと大津の見解について考え続けていた。

テレパシー、マインドリーディング、ひょっとしたら、チャネリング――。

清彦が彩奈の思考を読み取ったというのは、間違いのない事実なのだろうか。同じ病院内とはいえ、離れた場所にいた彩奈が観ていたテレビの内容を、清彦は同時刻に感知した。本当にそうなのだろうか。もしそうなのだとして、それは清彦と彩奈の間にだけ可能なことだったのだろうか。それとも、清彦はどんな人物の思考も読み取ることができたのか。その能力と、彼自身の自殺に因果関係はあったのか。

「これはどうも、図らずもそういう事象が現実に起こり得ることを証明してしまった、極めて貴重な資料なのではないかと、私は思うんですがね」

双子の間にある種のテレパシーが成立するというのはよく聞く話だが、親子でというのは珍しいのではないか。しかも、男親と娘。さらにいうならば、清彦は飯森美津恵が妊娠した頃にはすでに体調を崩しており、その後も病院に入りっぱなしだった。彩奈との間に親子と呼べるほどの関係を構築する時間も、生活体験もなかったはず。なのになぜ、清彦は彩奈の思考を読むことができたのか。

たとえば、美津恵と彩奈の間に同様の現象はなかったのだろうか。もしあったとしたら、超能力を持っているのはむしろ彩奈ということになりはしないか。だとすると、彩奈は年のわりに頭がいいのではなく、周りの人間の思考を読み取ることによって、大人並みの判断や計算を可能にしていたとは考えられないか。

いや、違う。催眠療法中に起こったのは、あくまでも清彦が彩奈の思考を読み取るという現象だ。彩奈が読み取ったのではない。しかし、行為の主体が逆である可能性もあるのではないか。つまり清彦が読み取ったのではなく、彩奈が清彦に思考を送っていた。そうは考えられないか――。

だが、そんなふうに栄治一人であれこれ仮説を立ててみたところで、答えなど出るはずもない。いつのまにかグリーン・ペイジの前まで帰ってきてしまった。

「……ただいま」

午後五時。時間が中途半端なせいか、店内に客は一人もいなかった。

「おう、今日はもう上がりか」

カウンターに座っていた吾郎がスポーツ新聞を畳む。メガネをはずし、眉間に皺を寄せて目頭を揉《も》む。

「ああ。外回りは、今日はもう終わりにした。……あれ、美冴ちゃんは？」

店内には見当たらない。奥の厨房《ちゅうぼう》にも気配はない。

吾郎が「ああ」と頷く。

「ちょっと、調子悪かったらしくてな。ランチまでやって、部屋に帰った。今日は奴も早上がりだ」

「なに、風邪《かぜ》でもひいたの」

「いや、ただの生理だろ」

栄治はわざと溜め息をついてみせた。

「だからよ、そういうことをいちいち口に出していうなっていってんだよ。デリカシーを持てよ」

吾郎は鼻で笑い、スツールから下りて背を向けた。

「……コーヒーか。それとも一杯やるか」

「一杯って、まだ夜があるだろう」

グリーン・ペイジのラストオーダーは、通常夜九時だ。

「美冴もいねえしよ。俺も、なんだかくたびれちまった」

「忙しかったのか、ランチのあとも」

代わりに栄治がカウンター席に陣取る。

「いや、逆。さっぱり客なんかきやしねえ。忙しけりゃ、それなりに気も紛れるんだけどな。暇ってのは、かえってしんどいもんさ。それとも、あれかな。ちょっと覗いて、美冴がいねえから客が入ってこねえのかな」

「それは、あるかもな」

向こうに回った吾郎がウイスキーのボトルに手を伸ばす。サントリーの「山崎」。

「いいよ、コーヒーで」

「そういうなよ。飲んじまおうぜ」

「あと、店どうすんだよ」

「閉めちまうよ」

「駄目だって、そんなの……」

ちょうどそこで出入り口のカウベルが鳴った。そら見ろ、お客さんだ、といおうとしたのだが、栄治はその奇妙な光景に、思わず口をつぐんだ。

グリーン・ペイジの出入り口は、木製の格子がはまったガラスドアだ。客がどんな風《ふう》体《てい》かは、入ってくる前におおよそ分かる。男か女か、年寄りか若者か、背は高いのか低いのか、太っているのか痩せているのか。だがその客は、想定されるそれらの分類のいずれにも当てはまらなかった。なぜなら、通常一人で喫茶店に入ってくることはないと思われる、小さな子供だったからだ。一応、女の子のようではあるが。

しかし、よく見ればその顔には見覚えがあった。

「……彩奈ちゃん？」

栄治はスツールから下り、彼女の方に向かった。ガラス越しに表を覗いたが、美津恵の姿は近くにない。

片膝をつくようにしてしゃがむと、ちょうど目線が同じくらいになった。

「彩奈ちゃん、一人なの？」

ぎこちなく、頷く。

「お家《うち》から、一人でここまできたの？」

もう一度、頷く。

光が丘からここまでくるのには一時間近くかかる。乗り換えも、最低でも一回はしなければならない。大人の感覚でも、決して近いとはいえない道程《みちのり》だ。それをこの子は、たった一人できたというのか。彩奈の知能が高いことは充分承知しているが、それにしても六歳の子が、という思いは否めない。しかも何があったのだろう。ひどく表情が強《こわ》張《ば》っている。

「よく、こんなところまでこられたね。お母さんには、なんていってきたの？」

それには、かぶりを振る。

「お母さんに、いってこなかったの？　駄目だよ、こんな遠いところまでくるのに、お母さんにいってないなんて。ちょっと待ってて。いま電話してあげるから」

「いいッ」

急に甲高い声でいい、彩奈は栄治を睨むように見た。カウンターにいる吾郎は、黙ってこっちの様子を窺《うかが》っている。

「いいって、そんなわけにはいかないよ。きっと心配してるよ」

「お母さんは、夜まで仕事だから大丈夫です。もし遅くなっても心配しないように、手紙も書いてきました」

まったく、どこまでできる子なんだ。

「……じゃあ、分かった。今は、電話しない。でも、なんで一人でこんなとこまできたの」

訊いてから、栄治も思い当たった。

「あの、もしかして、民代お姉ちゃんに用事だったら、今日はここにはいないんだけど」

「分かってます。民代さんに連絡がとれないから、ここまできたんです」

「連絡って……民代の連絡先、知ってるの？」

うん、と頷く仕草は、流暢《りゅうちょう》な丁寧語のそれに反して子供っぽい。

「この前、メモをもらいました」

「この前って、日曜日に会ったときに？」

「はい。公園で」

「なんで、民代は君に連絡先なんて教えたんだろう。携帯電話の番号かな？」

「はい。でも、何度かけても繋がらなくて」

それは栄治も同じだ。

「彩奈ちゃん。君は、民代とあのとき、初めて会ったのかい？」

「そうです。この前の日曜日が、初めてです」

「それで、なんで携帯番号なんか渡されたの？　お友達になろうね、ってこと？」

またかぶりを振る。

「じゃあ、民代が君に何か訊いたのかな。それのお返事をもらうために、番号を教えたのかな」

すると彩奈は、それまでじっと栄治に向けていた視線を、奥のカウンターの方に移した。聞き耳を立てている人がいる。だからここでは喋れない。そういう意思表示に見えた。そんなことまで、この六歳児は気にするのか。

「大丈夫だよ。ここのお店の人は、おじさんの友達だから。もし言いづらいんだったら、この上の、おじさんの事務所にいってもいいけど」

少し考えるような間を置き、彩奈は再び、栄治を真っ直ぐに見た。

「……由利岳彦の、居場所です」

「ハァ？」

無意識のうちに、栄治は彩奈の両肩を摑んでいた。

「君、由利岳彦を知っているのか」

彩奈にとって岳彦は伯父《おじ》。普通の家族、親戚なら知っていて当然だが、岳彦と清彦はそういう兄弟ではなかったはず。美津恵でさえ、由利岳彦の名前は知らなかった。

だが彩奈は小さく、それでいて確かに頷いた。

「今どこにいるのかも、知ってるのかい」

それは知らないらしい。いったんかぶりを振る。

「……住んでいたのは、阿佐谷南です。中央線の、阿佐ケ谷と高円寺の、ちょうど中間くらいのところです」

「今も由利岳彦は、そこに住んでるのかな」

「分かりません。でも、家の電話には出ないので、携帯にかけたら、日曜の段階では出ました。でもそのあとは、鳴っても出なかったり、電波が届かなかったりです」

あまりにきちんと答えてくれるので、つい質問攻めにしてしまうが、この子はまだ六歳なのだ、と自身に言い聞かせる。いかに頭がよかろうとも。

栄治は、一度唾《つば》を飲み込んでから、改めて訊いた。

「……日曜日に、電話が通じたとき、由利岳彦とは、どんな話をしたのかな」

彩奈はぐっと奥歯を嚙み締め、表情を険しくした。

「お母さんのところに、興信所の人がきて、高木清彦について、いろいろ訊いてったみたいだと……」

探偵ではなく、興信所。お父さんではなく、高木清彦。なぜこの子は、こういう言葉選びをするのか。

「それについて、由利はなんていってた？」

「興信所の社名と、その人の名前を私に訊きました」

「それは、教えたの」

「……はい」

答えながら俯き、すまなそうに肩をすぼめる。

「彩奈ちゃん、それ覚えてたの？　おじさんの名前とか」

「いえ……お母さんがもらった、名刺を見て」

栄治には、この小さな女の子が段々怖ろしいものに見えてきた。幽霊に憑依《ひょうい》されているとか、宇宙人に操られているとか。その姿形が変わらないこともなおさら、不気味さに拍車をかけている。

「話したのは、それだけ？」

「何人きたかも、訊かれたので……女の人と、二人でって」

「それで終わり？」

すると、今までで一番大きくかぶりを振る。

「……民代さんに、岳彦の電話番号と住所、教えたことも、民代さんから、岳彦のしたことについて、聞いたことも」

岳彦の住所、電話番号を民代に教えた、というのも問題だが――。

「民代から聞いた？　民代が、君に何をいったの」

思わず声を荒らげてしまった。ただごとではない雰囲気を悟ったか、吾郎もこっちに出てきて栄治の後ろに立つ。それをまた彩奈が気にする素振りを見せたが、栄治はかまわず続けた。

「彩奈ちゃん。民代は君に、何を喋ったんだ」

彩奈はきつく目を閉じ、初めて、泣き出しそうな表情を浮かべた。

「……岳彦が、何人も、女の人を、殺してる可能性が、あるって」

なぜ民代は、そんなことを——。

彩奈が続ける。

「そんなの、信じたくなくて……嘘でしょって、岳彦に訊きました。そうしたら、岳彦は……笑いながら、嘘に決まってるだろ、とんだデタラメだって、いいました。けど……私には、分かりました。嘘をついてるのは、岳彦です。いま起こってる、連続ＯＬ監禁殺人事件。あれの犯人は……」

ひと呼吸置き、決心したように発する。

「……由利岳彦、なんだと思います」

背骨から、小さな虫が一斉に這《は》い出してくるような寒気を覚えた。

由利岳彦は、彩奈からの電話によって、栄治と、民代の存在を認識した。しかも、連続ＯＬ監禁殺人事件との関連を疑う人間として、つまり敵として、栄治と民代を認知した。

そして民代は、彩奈から岳彦の自宅住所を訊き出した——。

栄治はポケットから携帯を取り出し、民代にかけた。だがやはり、電波の届かないところにいるとのアナウンスを聞かされただけだった。

彩奈が心配そうな目で見る。

「民代さん、出ませんか」

それには、頷かざるを得ない。

「……民代さん、あの勢いだと、岳彦のところにいったんだと思います。いっても、いないとは思いますけど。あんな事件を起こしたんならなおさら、部屋になんて帰らないとは思いますけど」

音もなく、自分のいる世界が歪んでいくのを感じた。

若葉園の吉村園長が、岳彦のことを天才と称していたことを思い出す。六つや七つの子供が大人と対等に話をするのは、驚きをもって賞賛すべきことである一方で、直面するとひどく気味の悪い現象でもあっただろう。そして自分は今、図らずもそれとまったく同じ状況に置かれている。

また園長は、村川民代にも似たような特性があったと語った。

岳彦、彩奈、そして民代。頭抜《ずぬ》けて高い知能を持つ三人のうち、岳彦と民代は明らかな対立関係にある。少なくとも民代は、岳彦によるこれ以上の凶行を阻止しようと動いていた。

しかし、この子はどうなのだ。

栄治は今一度、彩奈の肩を摑んだ。

「彩奈ちゃん。君は一体、どこまで知ってるんだ。何を知ってるんだ。由利岳彦と民代の間に、何があった。そもそも、君らはどういう関係なんだ。……なあ、知ってるんだろう、彩奈ちゃんッ」

普通、大人にここまで詰め寄られたら、たいていの子供は泣き出してしまうだろう。しかし彩奈は、到底その「普通」に納まる子供ではない。この状況でなお、挑むように栄治の目を見返してくる。

「……知ってます。あまり昔のことは分かりませんが、でも、なぜこんなことになっているのかも、民代さんと私たちがどういう関係にあるのかも、ある程度は説明できます。でもそれは、曽根崎さんがきちんと受け入れてくれるか、信じてくれるか、それ次第です。……それでも、いいですか。どんなことでも信じて、受け入れると、そう約束してくれますか」

正直、分からなかった。

自分は、頷いていいのか。そんな約束を、今ここでしていいのか。

20

彩奈の言葉に一ヶ所、どうしても引っ掛かる部分があった。

「その前に、一つ訊いておきたい。民代と、君たちの関係とは、どういう意味かな」

「ですから、それを曽根崎さんが信じられるのか……」

「そうじゃない。そうじゃなくて、民代は由利岳彦を、一連の事件の犯人だと思っている。これ以上犯行を重ねさせまいとしている。君も今、由利が犯人だといったばかりだ。でも、君の気持ちはどうなの？　由利は君の伯父さんだよね。その伯父さんが、もしかしたら警察に捕まることになるかもしれない。もしそうなるとしても、君は私たちに協力できるの？　伯父さんを捕まえようとしている私や民代、あるいは警察に、最後まで協力できる？」

意外なほど、彩奈は冷静に頷いた。

「……できます」

「もちろん、連絡先を知っていたくらいだから、君は由利に会ったことがあるんだよね」

「はい。あります」

「お母さんは、由利岳彦という名前も知らなかったみたいだけど」

「お母さんは、この件にはなんの関係もありません」

いいだろう。これ以上、この子を子供扱いして驚くことはするまい。

「じゃあ、ちょっとこれを見てくれるかな」

栄治は大津にプリントアウトしてもらった、高木清彦の顔写真をポケットから出して見せた。

「これは君のお父さん、高木清彦さんの写真だけど、由利岳彦は、この写真とどうかな。似てるのかな」

彩奈はじっと見ながら、何事か考えていた。

「……顔は、よく似てます。そっくりです。でも、岳彦はもっと髪を伸ばしていて、なんていうか……」

すると、急に後ろから「ちょっと」と吾郎が割り込んできた。

「それ、ちょっと見せてくれ」

ひどく慌てた声でいい、栄治の手から写真をひったくる。

「おい、なんだよ」

振り返ると、吾郎は怒りにも似た表情を浮かべて写真を凝視していた。

嫌な予感がした。

「お前、まさか……」

「知ってる。こいつ、最近よく、ここにきてた」

頭の中が、ピリピリと痛んだ。強烈な静電気で、髪の毛も逆立っていくようだった。

吾郎の顔から見る見る血の気が失せていく。

「今日も、きてた……そうだ、美冴が出ていくとすぐ、こいつもあとを追うように、会計をして、出てった……」

「それって、何時頃の話だ」

「ランチのあと……いや違う。美冴はまだランチの途中で、いっぺん抜けたんだ。急にゴメンっていって、誰かを追って外に出てった。そのあと、この男もすぐに……」

岳彦が、美冴を――。

「それから、美冴ちゃんと連絡は」

「そのときは、すぐ戻ってきた。でも調子が悪いっていって、またすぐに出てった」

「じゃあ、今は部屋にいるんだな?」

「そう、だと思う……そういやあいつ、連絡しろっていったのに、電話もしてこねえ」

吾郎はカウンターに入り、レジの近くに置いていた自身の携帯電話を取りあげた。

「栄治……お前さっきから、なんだか、やけに物騒なことばかりいってるけどよ……その、由利って男が……殺人犯っていうのは、間違いないのか」

それには、首を傾《かし》げる他ない。

「俺には、よく分からない。証拠とか、そういうレベルでの確証は、俺には何もない。ただ……」

民代はそう断言した。民代は実際、警察も驚くような非公開の情報をいくつも把握していた。それらを考え合わせると、民代が唱えた由利岳彦犯人説はあながち根拠のないものともいえない。しかし、いま吾郎に村川民代がいかなる少女かを説明するのは難しい。

「……くそ、出ねえッ」

耳から離した携帯を、吾郎は忌々《いまいま》しげに見た。

「部屋の、固定電話の方は」

「両方かけてみた。両方出ねえ」

吾郎は両手を腰に回し、エプロンを脱ぎ始めた。

「栄治、ちょっと留守番してててくれ。俺、美冴の様子見てくるわ」

「あ、ああ……」

「ただ、爆睡してるだけなんだと、思うけどな。でも、ちょっと心配だから」

「ああ、分かった。ここにいるよ」

カウンターを出た吾郎が、こっちに向かってくる。栄治も彩奈も、壁際に寄ってそれを避けた。

体当たりのようにして扉を開け、吾郎が出ていく。カウベルが激しく打ち鳴らされ、たまたま通り掛かったスーツ姿の男が、驚いた顔で店と吾郎の後ろ姿を見比べる。

やがて扉が閉まると、グリーン・ペイジは栄治と彩奈だけという、実に妙な状況になった。

彩奈が栄治を見上げる。

「美冴さんというのは、今の方の、奥さんですか」

「いや、妹だ。ひと回り年下の」

「じゃあ、かなり……お若いんですね」

いってから、彩奈は「すみません」と小さく頭を下げた。謝られたこと自体、栄治には不吉でならなかったが、今それで彩奈を責めたところでどうなるものでもない。

栄治は、一番近くのテーブル席に腰を下ろした。

「君も、座らないか」

「……はい」

頭を下げながら向かいの席に座る。もはやその仕草すら、小さな女の子のそれには見えなくなっている。

栄治は、ひと呼吸置いてから始めた。

「……君はさっき、由利岳彦と君と、民代の関係は、ある程度説明可能だといったね。そもそも君は、民代と私がどういう関係なのか、分かってるのかい」

「はい。曽根崎さんが、民代さんの、お父さんなんですよね」

「民代がそういったのか」

「いえ。でも、目元とか鼻筋とか、よく似てるなって、思ってたんで。たぶんそうなんだろうって、思ってたんですけど、違いましたか」

「いや、違ってない。民代は……私の娘だ」

むしろ、そうであってほしいと強く願っている。

でも、どうしてだろう。今はその顔すら、上手く思い出せない。

「……教えてくれ。君らには一体、どういう繋がりがあるんだ。由利岳彦と高木清彦が双子の兄弟で、北区赤羽の児童養護施設で育ったことは、私も知っている。岳彦が天才と呼ばれるほどの知能を有する一方で、清彦は普通の子供だったことも、二人がその養護施設を出てから、民代がそこに入ったことも、知っている」

意外にも、彩奈はそこで驚きを露《あらわ》にした。

「民代さんが、若葉園に？」

「ああ。本人には確かめてないが、吉村園長は、そういっていた」

「そう、ですか……園長が」

栄治は、三人の関係を解き明かすのに、若葉園は欠かせない要素だろうと思ったのだが、違うのか。

「……すみません。それについては私、全然知りませんでした。でもたぶん、民代さんは、それくらい前から私たちに興味を持っていたのだと……そういうことなんだと、思います」

「民代が若葉園に入ったのは六歳くらいのときだ。そんなことが……」

「年は関係ありません」

ぞっとするほど、彩奈の声は冷たかった。

「私たちに、年齢は関係ないんです」

「ああ……分かってる。岳彦と、君と、民代が、年齢以上の知能を有していることは」

「そうじゃありません。私たちは決して、特別頭がいいわけではありません。……もう、お気づきかもしれませんが、私は、飯森彩奈であると同時に、高木清彦でもあるんです」

すぐには、彩奈のいう意味が呑み込めなかった。

「……は？」

「ちなみに、民代さんのお母さんは、なんという方ですか」

なぜ今、そんなことを訊く。

「つまり民代さんは、その石本真弓さんと、曽根崎さんの間に生まれたお子さん、ということですね」

「……その、通りだ」

「ならば、民代さんに宿っている魂は、つまりその、石本真弓さんということになります」

「ちょっと待て、何をいってる。そんなことが……」

「あるんです」

彩奈の目は、一分の隙もない真剣そのものだ。

「理由とか原因とか、そんなことは何一つ分かりません。でも、あるんです。親の人格がそのまま子供に乗り移る、記憶も思考も、何もかも子供が引き継いでしまう、そういうことが、実際に起きてるんです。私たちには」

民代に、真弓の魂が、真弓の記憶が——？

「民代さんの場合は、まだ想像しやすいかもしれません。女親から、娘ですから。でも同じことが、私にも起こりました。男親である高木清彦の記憶が、娘である私に受け継がれた……だから、つまりこれは、何か特別な遺伝子が作用して起こったことなんだと、私は思っています。たぶん民代さんも、そう考えているはずです。むろん、岳彦も」

「石本、真弓……」

そう、いっぺんにいわれても困る。

「真弓が、民代で、高木清彦が、君で……さらに同じ特性を、由利岳彦も持っているというのか」

「その通りです」

「じゃあ、由利岳彦が受け継いだ人格というのは」

「……池上真二郎という男です。私たちの父親で、三十二年前に殺人事件を起こし、その翌年に東京拘置所内で死亡した男の人格が、岳彦には宿っています」

だから、なのか。だから岳彦は、池上とそっくり同じ方法で、女性を殺害しているのか。

「でも……ちょっと待ってくれ。清彦と岳彦は、双子の兄弟なんだろう。だったら、池上の魂は両方に宿るんじゃないのか」

彩奈は、少し視線をはずすようにして首を傾げた。

「ところが、そうはなりませんでした。それにはどうも、一定の法則があるようなんです。つまりこれは、単なる記憶のコピーや、性格の類似といった現象ではなく……そう、魂を受け継ぐというより、むしろ遺伝子を通じて、魂が別の肉体に乗り移る、といった方が、正しいのかもしれません」

分からない。その二つの違いが、まるで理解できない。

「……だから、なんで清彦に、池上の魂が宿らなかったのか、ということなんだが」

「ですから、乗り換えだったからです。魂は、たぶん分裂できないんです。妊娠して、細胞が分裂して、乗り物である体が二つできたとしても、魂はその一方にしか宿ることができない。つまり魂は、共有できない。そういうことなんだと思います。でもそれは、双子でなくても起こる現象です。現に、私も体験しました」

　彩奈がテーブルに身を乗り出してくる。

「曽根崎さんは、高木清彦がどういう最期《さいご》を迎えたか、ご存じですか」

　ようやく理解可能な話題になり、微《かす》かな安堵を覚えた。

「ああ。病院の屋上からの、飛び下り自殺だろう」

「その前に、どういう症状で入院していたかは」

「それは……重篤な意識障害に陥っていたと、担当の大津先生から伺ったが」

「まさに、それです」

　また分からなくなった。

「たぶんこれは、子供の脳の成長と密接に関係していることなんだと思いますが、なんにせよ魂は、いきなりは子供の体に移れないんです。子供の脳がある程度成長するまでは、いわば移行期間です。その間、魂は親と子の体を行ったり来たりします。それが清彦の陥った、意識障害の正体です。そして子供がある程度成長して、定住可能となったら、親の肉体を処分します。親子間ですら、魂は共有できないからです」

親の肉体を、処分――？

「だから……自殺？」

「はい。おそらく石本真弓さんも、最後は自殺されたのではないですか？」

その通りだが、あまりのことに、上手く頷くこともできない。

「私の場合は、特にそれが下手《へた》でした。自分に何が起こったのかも分からず、彩奈として見ている光景の意味も理解できず、一人で悩んでいました。代々……というか、魂の移行を何度も繰り返していれば、その頃合を見誤ることもないんでしょうが、私は何しろ初めてでしたし、突然岳彦が見舞いにきて、すべて説明してくれるまで、自分ではどうしていいのかまったく分かりませんでした。……その挙句に、上手く自殺しろ、ですから。かなり混乱しました」

そう、彩奈が言い終えたときだった。

胸のポケットで、携帯が震えた。

急いで取り出し、いつもより激しく感じるその震えを両手で押さえ込む。ディスプレイには「田嶋吾郎」とある。

「もしもしッ」

『栄治、いねえよ、美冴、どこにもいねえんだ』

そんな――。

21

慌てて店を出て、だが鍵の締め方が分からなかったのでシャッターだけ下ろし、栄治は彩奈と、吾郎の待つマンションに向かった。

美冴の部屋は二階の奥。ドアにロックは掛かっておらず、中に入ると、吾郎はリビングの中央に立ち尽くしていた。

「……吾郎」

一応、栄治も各部屋を検《あらた》める。寝室のベッドに乱れはなかった。クローゼットも開けて見てみたが、特に変わったところはなかった。浴室も使った形跡はなく、床も浴槽も乾いていた。脱衣場の洗濯機には下着らしきものが入っているだけ。キッチンのシンクは少し濡《ぬ》れていた。水滴の付いたガラスのコップが一つ、水切りカゴに伏せて置かれていた。

「栄治……これ、ここにあった」

吾郎が見せたのは携帯電話だった。テーブルには口を開けた小振りのハンドバッグがある。財布とハンドタオルらしきものが覗《のぞ》いて見える。

「鍵はどうした。お前がきたとき、玄関の鍵は」

「掛かってた。だからいったん俺の部屋にいって、合鍵で入った」

栄治は、警察官のように白手袋は携帯していない。仕方なくティッシュペーパーを使って、できるだけ内部を触らないようにしてバッグの中身を調べた。部屋の鍵は、見つからなかった。

携帯電話も財布も持たず、しかし鍵を掛けて外出するというのは不自然に思えた。小銭入れだけ持ってコンビニに、というケースもなくはないのだろうが、美冴が財布とは別に小銭入れを持っていたという記憶はない。

最悪の状況を想定することに、栄治はある種の罪悪感を覚えた。だが今その想定をしなければ、事態はさらに悪化する恐れがある。やはり、打つべき手はいま打たなければならない。

「……吾郎。警察を呼ぼう」

ヒゲに覆われた顎に、固く力がこもるのが見ていて分かる。

「いや……でも、もしかしたら」

「ふらっと帰ってくるかもしれない、大したことありませんでした、なんでもありませんでしたって……そうなったら、それでいいじゃないか。すみません、お騒がせしましたでいいじゃないか」

栄治は自分の携帯を出し、「一一〇」を押した。すぐに応答があり、『どうしました、事件ですか事故ですか』と訊《き》かれた。

「事件です。女性が、自宅から連れ去られました。ここ数日、周辺で不審人物が目撃されています。至急、捜査の方をよこしてください。お願いします」

確信ありげにいったのはわざとだ。続けて住所と行方不明者の氏名、自分の氏名、間柄を説明し、現地には兄がいるが、多少混乱しているので代わりに通報した、と付け加えた。

電話を切り、栄治は再び高木清彦の写真を取り出した。

「これはお前が持ってろ。必要な場合は、捜査員に提出しろ。ただしこれは、由利岳彦本人じゃない。あくまでもそっくりな顔の、双子の兄弟だと説明してくれ」

吾郎は不安げに、写真と栄治を見比べた。

「お前は、どっか、いっちまうのか」

「心当たりを捜してみる。あの子が……」

ずっと玄関にいる彩奈を目で示す。

「由利の住所を知ってる。とりあえずそこにいってみる」

「俺も……」

「駄目だ。お前はここで警察に説明しろ。さっきもいっただろ。美冴ちゃんはふらっと戻ってくるかもしれない。それはそれでいいんだ。でも、俺たちは由利を追わなきゃならない……いいな？　きちんと説明するんだぞ。それから警察がくるまで、これ以上部屋の中のものは弄《いじ》るな。自分が何を触り、何を動かしたか、最初はどうだったか、そういうことも警察に話せ」

一つ肩を叩《たた》き、栄治は玄関に向かった。おい、と心細そうな声が聞こえたが、あえて振り返ることはしなかった。

彩奈を連れて廊下に出る。

「……聞いての通りだ。これから由利の自宅に向かう。案内をお願いしたい」

彩奈は頷《うなず》き、水色のポシェットから何か出そうとした。

「いや、まだいい。車に乗ってから聞く」

栄治は彩奈を連れ、いったん事務所に車の鍵を取りにいった。その間、一度だけ彩奈に手を伸ばそうとし、だがすぐに引っ込めた。他人の子であろうと、六歳だったら手を繋《つな》いでやるのが自然だろう。でもこの子は違う。普通の六歳ではない。

この子には、二十七歳で亡くなった高木清彦の記憶と思考が受け継がれており、だからこそ大人並みの判断ができるのだという。

しかし、そんなことが果たして、現実に起こり得るのだろうか。

「……君、さっきの話なんだけど」

すでに彩奈を六歳児として扱えなくなっている自分。その一方で、やはりペテンに掛けられているのではと疑う自分。

横に並んだ彩奈が見上げる。

「分かってます。信じられないんですよね」

グリーン・ペイジの前まできた。左手の階段へと進む。

「……ああ。正直、君の話だけで、すべてを信じることはできない」

二階に着き、折り返して事務所のドア前までいく。

「せめて、民代の話が聞けたらいいんだが」

鍵を開け、中に入る。照明を点《っ》けると、無人の室内が今日はやけに寒々しく感じられた。

デスクの方に進むと、彩奈もあとから入ってきた。

「……曽根崎さん。私、もう一つ民代さんから、伺っていることがあるんです」

引き出しから車の鍵を取り、念のために白手袋もポケットに捻《ね》じ込んだ。

振り返ると、彩奈は探るように事務所内を見回していた。

「民代から？　何を」

「曽根崎さんは、民代さんのお母さんから、何か預かっているんじゃないですか」

パリン、と頭の中で何かが割れた気がした。仕切りがなくなり、急に風通しがよくなり、真弓と民代、彩奈が、一直線上に並んだように思えた。

「……カセットテープのことか」

「具体的には聞いてませんけど、たぶん、そうだと思います」

「それが、どうかしたのか」

「もし曽根崎さんの協力が必要な事態になったら、預けたものを開けるようにいえ、って。そうしたら、曽根崎さんはきっと信じてくれるから、って」

あれが、なんだというんだ——。

栄治は奥の居室に向かった。ドアを開け、ベッドの下に押し込んだ段ボール箱を引っ張り出した。古いアルバムや本、普段は使わないが、捨てられない思い出の品を詰め込み、この部屋に運び込んだ。あれも、この中に入れておいた。

あった。少しヨレた角封筒。中にはやや少女趣味の、赤いチェックの紙包みが入っている。手触りは、少しフカフカしている。でも振ってみると、カチャカチャと音がする。

「これか」

戻って彩奈に見せたが、彼女は首を傾げるだけだった。

十九年。封印し続けたこれを、民代のいないところで開けるのには躊躇《ためら》いを覚えた。

「……本当に、民代はこれを、開けろといったのか」

彩奈が、真剣な顔で頷く。

仕方ない――。

思いきってチェックの紙包みを破き、エアパッキンも剝《む》くと、中から昔懐かしい、四十六分録《ど》りのカセットテープが出てきた。ソニーのＨＦ。だが、よく考えたら再生するカセットデッキがない。去年くらいまでは生録用にポータブルのものを持っていたが、さすがにガタがきたので処分してしまった。

いや、一つだけ方法がある。

「……これは、車の中で聴こう」

栄治は彩奈の肩を抱き、廊下へといざなった。

＊

熱を持った頬が、わずかに風を感じた。薄目を開けると、足元の方が明るくなっていた。

ドアが、開いている――？

自分の置かれた状況を思い出すのに数秒かかった。顔面、胸部、腹部、右足首。全身のあらゆるところで激痛が大きく脈打っていた。しかし身動きはできない。両手両足の自由が奪われている。そう、自分は岳彦に襲われ、車の中に閉じ込められたのだった。

岳彦がドア口から覗いた。

「……ほら、どけよ。邪魔なんだよ」

ひと括《くく》りにされた足を押され、また激痛に悲鳴をあげたが、それも厚く重ねられたガムテープの中に響いただけだった。

無理やり寝返りを打ち、奥の方に身を寄せると、岳彦はやけに大きな荷物を車内に押し込んできた。毛布に包まれた、人？

そうだった。岳彦は田嶋美冴を拉致すると宣言してから自分を殴打し、気絶させたのだった。

「ちくしょう……意外と重てえんだ、この女。死ぬかと思ったぜ」

肉体を乗り継ぎ生き長らえる、邪《よこしま》なる不死の魂が何をいうか、とは思ったが、むろんそれも言葉にはならない。

埃臭《ほこりくさ》い毛布の塊はぴくりとも動かない。美冴も、何らかの方法で気絶させられているものと思われた。

岳彦は後部ドアを閉め、改めて運転席に座った。よほど苦労したのだろう。激しく息を切らしている。

「……あ、金払ってくるの忘れた」

ポケットをまさぐり、金があることを確かめた岳彦は再び車を降りていった。

奴《やつ》がいない間に何かできないか。外部への連絡とか、ガムテープを解くとか、美冴を起こすとか。でも、何一つ上手《うま》くいかなかった。手は指一本動かせない。足に至っては激痛のあまり、力を入れることすらできない。括られた両手で美冴を何度か押してみたが、覚醒する兆しはまったくなかった。息をしているのかどうかも定かでなかったが、この段階で岳彦が獲物を殺すことだけはないと思った。少なくとも、奴が目的を果たすまでは。

仕方なくガムテープを内側から舐《な》め、少しずつ隙間を作っていった。舌が届く範囲に唾液が行き渡ったら、今度は唇を使って、さらにその範囲を広げていった。殴られた頬が焼けるように痛かったが、泣き言はいっていられなかった。ここで諦めたら、美冴か自分、どちらかは確実に殺されることになる。そうでなくとも、二人とも両手親指を切断された上、何日にもわたって陵辱《りょうじょく》されることは避けられない。それが、岳彦の目的なのだから。そうやって女を妊娠させ、新しい肉体に乗り移ることだけが、奴の生き長らえる道なのだから。

車の下でモーターの作動音が聞こえた。電動の車止めが解除されたようだった。

まもなく岳彦は帰ってきた。なぜか咳《せ》き込んでいる。

「くそ……どいつもこいつも、重労働させやがって」

エンジンをかけ、勢いよく発進させる。後部座席の窓はスモークが貼られているため、あまり景色は見えない。フロントガラスや運転席側、助手席側の窓も、ここからではごく一部しか見えない。

　岳彦はどこに向かうつもりなのか。

　自分と美冴を、どこに連れていくつもりなのか。

＊

　事務所の近くに借りた月極駐車場に向かい、車に乗り込んだ。古い型の日産プリメーラだが、いまだに走りはすこぶるいい。

　お陰といってはなんだが、カセットデッキも当たり前のように搭載されている。ダッシュボードに据えつけたカーナビは、むろん後づけだ。

「じゃあ、さっきの住所を」

「はい」

　彩奈はポシェットからメモ帳のようなものを出し、阿佐谷南二丁目の住所を読み上げた。

「エスポワール阿佐谷というマンションの、二〇二号室です」

　番地まで打ち込み、間違いないことを彩奈に確かめてから、ルート検索ボタンを押した。首都高速を使うとかえって遠回りになるようだったので、一般道でいくルートを選択した。

エンジンを始動させ、サイドブレーキを解除すると、焦《じ》れたように彩奈がこっちを見た。

「……曽根崎さん」

「分かってる」

栄治が上着のポケットからカセットのケースを出すと、彩奈は「やります」とそれを引き取った。おそらく、いまどきの子供はカセットテープの扱い方など知らない。でも彩奈は知っている。それも魂が受け継がれていることの証左か。

彩奈がボリュームノブを捻《ひね》る。小波《さざなみ》のようなノイズが大きくなり、もう少し戻したところで、小さく咳払《せきばら》いが聞こえた。

《……栄治？》

テープ録音とカーオーディオという環境のせいだろう。一瞬、それが誰の声だか分からなかった。

《たぶん、ものすごく、お久しぶり……なんだよね》

だがふた言み言聞くと、それが記憶の中にある真弓の声と、ぴったり重なった。形のよい唇の動きも、強い光を放つ瞳も、あの豊かな髪も、まるで目の前にあるかのように思い浮かべることができた。

《ご無沙汰、してます……真弓です。今、あなたはこれを、どういう状況で聴いてるのかな。特に理由もなく、なんとなく開けて、聴いちゃってるのかな。それとも、何か必要に迫られて、聴くことになってるのかな……分からないけど、でも、今の私が想像するのは、誰かがあなたの前に現われて、私から預かったテープを聴くようにいって、それで、ラジカセに入れて聴いている、そんな状況。……違う？　ハズレ？　それとも合ってる？

もうちょっと詳しく想像すると、その誰かというのは、たぶん、あなたの子供。つまり、私と栄治の子。私は曽根崎栄治の子ですって名乗り出てきた、ちょっと生意気な子。たぶん、女の子。……違う？　私ね、生まれてくる子が女の子だったら、民代って名前にしようかと思ってるの。民代は、私のお祖母《ばあ》さん。私をとっても愛してくれた、大切な人。その名前を、もらおうかと思ってる。男の子だったら……ごめん、まだ考えてない。だから、一応生まれたのは女の子と仮定して、私の希望通り名前をつけられたってことにして、話します。

そんなわけで、いま栄治の隣には、民代という女の子がいる。いくつくらいかな……十歳くらいかな。もっと大きくなってるのかな。どんな感じの子ですか？　可愛《かわい》いですか？　美人さんですか？　それとも、栄治に似ちゃってブスかな……うそうそ。栄治に似たら、ブスにはならないよね。きっと、可愛く育ってると思う》

そこで真弓は、ひと呼吸置いた。

《……ごめん。冗談は、これくらいにしとこうか。今あなたがこれを聴いているということは、民代が隣にいるということは、つまり……あなたは私が、もうこの世にいないということを、知ってしまってるんだと思います。なぜそうしなければいけなかったのかも、民代から聞いていると思います。でも信じられないから、信じてもらえないから、民代はあなたに、このテープを聴くようにいったのだと思います。

ほんと、そう簡単に信じられることじゃないと思うけど、でも、全部本当なんです。民代は、私の心と、記憶を受け継いで生まれてきた、いわば、私の生まれ変わりなんです。姿形は違うけど、でも、あなたを好きになったことも、あなたと愛し合ったことも、全部忘れないまま、今を生きてるんです……だから、ごめんなさい。いつかまた、必ず会えるといったのは、そういう意味です。見た目は違うけど、私は私の心のまま、あなたに会いにいきます。そのことを、伝えたかった……でも栄治なら、分かってくれるんじゃないかな。民代の中にいる、私を見つけてくれるんじゃないかな……なんて、ちょっと虫がよ過ぎるか》

最初に、事務所を訪ねてきたときの民代を思い出す。浮ついたところのない、わりと真面目《まじめ》そうな子だと思った。強い目が印象的だった。高校生のくせに、柑橘《かんきつ》系は苦手だからコーヒーを、ともいっていた。

確かに、民代は初めから、いくつものヒントを栄治に投げ掛けていた。

《ごめんなさい……それがどんなに醜い欲望か、自分でも分かってるんです。一度きりの人生を必死に生きてる人たちに失礼だって、頭では分かってる。栄治と出会って、どんどん好きになって、この人と一緒に年をとりたい、一緒におばあちゃんになって、同じお墓に入りたい、そういう普通の気持ちだって、ちゃんとあったの……本当よ。この気持ちは嘘《うそ》じゃない。でもあるとき、急に怖くなったの……言い訳にしか聞こえないと思うけど、私たちは記憶を受け継ぐ過程で、そのたびに死も経験するの。だから、死がどんなに怖《おそ》ろしいかも、普通の人よりは分かる……このまま肉体と共に、心も記憶も滅んでしまったら……そう考えると、怖くて怖くて堪《たま》らなくなる。

愛する人を置き去りにして、自分だけ時間を飛び越えて生き長らえる。それがどんなに卑怯《ひきょう》なことか、そのために愛する人を利用することがどんなに罪深い行いか、分かってててやってるんです……ほんと、ごめんなさい》

さっきから、真弓は何回謝っただろう。一緒にいた頃、真弓はこんなに栄治に謝っただろうか。謝らなきゃならないようなことを、真弓は何かしただろうか。記憶にない。それくらい真弓は栄治を、深く受け入れてくれた。栄治も真弓を、丸ごと受け入れた。何かが喰《く》い違う前に、互いを許し合った。

《でもね……だからこそ民代は、あなたに会いにいったんだと思う。実をいうと、こういう特性を持った人間は、私たち親子だけじゃないの。他にもいる。全部で何人とか、そこまでは分からない。でも確実にいる。その一人が……池上真二郎。十三年前に殺人事件を犯している男です。真二郎は、その翌年に死にました》
なんだ。真弓は死ぬ前に、すでにこの状況を想定していたというのか。
《真二郎が、死ぬ直前に子供を儲《もう》けたことまでは、今の時点で分かってる。しかも、双子の男の子……ということは、そのどちらかに真二郎の心と記憶は宿っていると考えられる。殺人鬼の魂が、受け継がれている。……それだけじゃない。あの魂は、もっとずっと、ずっと昔から、同じことを繰り返してきている》
いつのまにか、真弓の声が変質していた。聞く者の腸《はらわた》を抉《えぐ》るような、低く硬い響き。性別も年齢も、時代をも超越した、怨念の塊のような言葉。
これが、真弓の本質だというのか。真弓の正体なのか。
《……奴は、死にたくないから、手当たり次第に女を犯しては、無理やり妊娠させる。そうやって自分の魂を次の体に移し替え、生き長らえようとする。皮肉なことに、ああいう輩《やから》に限って、滅多に女には生まれつかない。男に生まれ、何人犯してでも、殺してでも、自分だけは生き延びようとする、邪悪な魂……。
それだけじゃない。遠い昔、奴は私の愛した人までその手に掛けた。その人は私を女として愛し、私が生まれ変わってからは、すべてを理解した上で、今度は父親として私を愛してくれた。私の永遠ともいえる人生の中で、あんなにも一人の人に長く愛されたことはなかった。とても穏やかで、幸せな日々だった……でもある日、突如として奴が現われた。どうやって調べたのか、私が同族であることを突き止め、殺しにきた。また前世のように、私に悪行の数々を暴かれるとでも思ったのか……でもそのときも、あの人が守ってくれた。命を懸けて、私をそっと逃がしてくれた。

私が逃げたと知った奴は怒り狂い、腹立ち紛れにあの人を八つ裂きにした……まだ小さかった私は、それを竹藪《たけやぶ》の中から、震えながら見ていることしかできなかった……奴だけは絶対に、このまま放っておくわけにはいかない》

しかし、ひと息つくと、またもとの真弓が現われる。

《だから、栄治……あなたは直接関わらなくてもいい。ただ支えてくれるだけでいい。民代を私だと思って、民代の言葉を信じて、協力してあげてほしい。民代はたぶん、まだ子供だから、できることとできないことがあるんだと思う。勝手な言い分だってことは分かってる。勝手にいなくなって、勝手に産んで、勝手に自殺して……それで自分の子供だって信じて、中身は私だと思って手助けしてくれなんて、勝手過ぎるって分かってる。でも、私にはあなたしかいないの。この時代に、私を無条件に愛してくれたのは栄治、あなただけだった。生まれとか、過去とか、そういうことは何も訊かず、ただ私を愛してくれた。私の記憶のすべてを、あなたは愛してくれた……だから、もう一度だけ、同じ目で、同じ心で、今度は民代を愛してあげて。お願い……私は今も、あなたを

愛しています。変わらない心で、あなたを、愛し続けていますⅠ……》
栄治は今、自分がハンドルを操り、アクセルを踏んでいられることが不思議だった。体はカーナビに操られ、自動的に車を運転している。心は真弓と共に、過去でも未来でもない時空をさ迷っている。
そんなふうに、思えてならない。

22

二、三分、無録音部分を聴いたのち、彩奈がいった。
「……止めますか」

「ああ。止めてくれ」

栄治は真っ直《ま》ぐ《す》前を見たまま、短く答えて済ませた。

道は空《す》いている。いま自分は運転に専念したい。そう言外に匂わせたつもりだった。

だが本心をいえば、口にすべき言葉が見つからなかったという、それだけのことだ。

彩奈のいったことは本当だった。そう結論づけざるを得ない状況だった。己の人格と記憶が、遺伝子を介して実子に移行する現象は、現実にある。そういう人間が複数、この世には実在する。

しかし、だからといって今すべきことが変わるわけではなかった。殺人鬼、由利岳彦の凶行を阻止する。それが最優先だった。考えたくはなかったが、美冴がもし岳彦に拉致されたのだとしたら、なおさら急ぐ必要がある。指を切り落とされる前に、暴行を受ける前に、岳彦を発見しなければならない。

ふいに彩奈がフロントガラスを指差した。

「そこです。そこの、五階建てのマンション。その、二〇二号室です」

コインパーキングに停《と》めにいく余裕はなかった。マンションの出入り口前に停め、車を降りた。

幸いオートロックはなく、管理人も置かないスタイルのマンションだった。

「いこう」

彩奈を伴い、エントランスを通る。右手にステンレス製の集合郵便受があり、二〇二の箱を確認したが、口からはみ出している郵便物などはなかった。岳彦は最近帰ってきている。そう思いたかった。だが、郵便物など滅多にこない生活者もいる。新聞をとらない若者も増えている。それだけで何かを判断することはできなかった。

エレベーター脇に室内階段があり、栄治は二段飛ばしで駆け上がった。彩奈もまもなく追いついてきた。

五つ並んだドアの、手前から二番目。呼び鈴を鳴らしてみたが、応答はなかった。ドアノブを捻り、引いてみたが、当然のごとくロックが掛かっている。電気メーターを見上げると、回り方はすこぶる鈍い。留守宅の電気消費量と判断できた。

「本当は、こんなことしちゃいけないんだが……緊急事態だ。見なかったことにしてくれ」

「はい」

栄治は多機能ボールペンを取り出し、真ん中部分を捻って前後に分解した。本来は黒と赤と青に加え、シャープペンシルを搭載した四色ペンだが、栄治は青とシャーペン部分を取り外し、代わりにある道具を仕込んでいた。

平たくいうと、ピッキングツールだ。四本の平たい金属棒で、先端がそれぞれ違う形をしている。これを組み合わせて使うことによって、普通の家庭の玄関ドアなどは簡単に開錠できる。なぜペンに仕込んで携帯しているのかといえば、それは警察の職務質問対策だ。持ち物を調べられ、専用ケースなどに入れていたらすぐに見つかってしまう。見つかったら、特殊開錠用具所持の現行犯で任意同行を求められることになる。

むろん、今この状況を見咎《みとが》められたら、住居不法侵入で即逮捕だろうが。

カチン、とラッチが抜ける音がした。

「開いた」

「……すごい」

ツールを慎重に引き抜き、今度は白手袋をし、最初の指紋を拭き取りながらドアノブを捻った。そのまま引くと、今度は抵抗なくドアは開いた。

午後六時半。外はまだ少し明るいが、室内は完全に夜の暗さだった。何やら生臭いニオイを嗅いだ気もしたが、さほど強烈なものではない。とりあえず中に入り、静かにドアを閉める。続いて取り出したのはペンライト。ＬＥＤ電球を採用しており、細身ながらも明るさは充分だ。

さっと周囲を照らし、無人であることを確かめてから、改めて足元に向ける。サンダルと革靴が一足ずつ、スニーカーが二足。右手には背の高い玄関収納があるが、今は開けずにおく。

ライトを、徐々に前方へと向ける。左手は壁になっており、突き当たりの窓際まで続いている。開口部は三ヶ所。ドアが二つ、窓の手前は引き戸になっているが、クローゼットか居室かは分からない。バルコニーに出られるのであろう、掃き出し窓にはカーテンが閉まっている。

玄関から上がってすぐ右手にはキッチンがある。ちょうど玄関収納の裏側が死角になるが、そこには冷蔵庫があるものと思われた。

「君は、ここにいて」

「はい」

栄治だけ靴を脱ぎ、フロアに上がった。案の定、玄関収納の裏側には冷蔵庫があり、人が隠れられるようなスペースはなかった。キッチンは対面式、その向こうはリビング・ダイニングになっている。右側に小振りのテーブルと液晶テレビ、窓際には書棚が置かれている。

大きな乱れはないが、床には細々といろんなものが散らかっていた。ガムテープ、カッター、延長コード、書類カバン、固定電話。書棚の、本のしまい方も雑だった。そろえて並べることはせず、適当に詰め込み、さらに隙間に書類などを押し込んでいったのだろう。ひどく乱雑な印象を受ける。

手前のドアから検《あらた》めていく。一つ目はトイレだった。水垢《みずあか》が溜《た》まり、あちこちが斑《まだら》になっているが、特に異状はないように見えた。次のドアは脱衣場を兼ねた洗面所、入って右手のドアは浴室へと続いている。ここも清潔とは言い難かったが、かといって血塗《ちまみ》れとか、そこまで分かりやすい状況でもなかった。

引き戸の中はベッドルームになっていた。乱れた布団とシーツ。栄治はそこに初めて、岳彦の犯行の痕跡らしきものを発見した。

白いシーツのあちこちに、黒っぽいシミが点在している。特に頭側、枕の周辺に多い。ライトを近づけてみる。間違いない、血痕だ。だが一つひとつは決して大きなものではない。

再びリビングに明かりを向けると、テレビの手前の床が少し、変色していることに気づいた。その場にしゃがみ、つぶさに観察する。これも血痕だった。しかもかなり広範囲にわたっている。だが流れ出た血液を、そのまま放置したものではない。雑巾か何かで拭いて、でも拭き取りきれなかった。そんな残り方だ。

白手袋の指先でこすってみる。フローリングの溝部分から、ザラリと黒砂糖のようなものが取れた。完全に乾いている。詳しいことは分からないが、かなり古いものであるのは間違いなさそうだ。

栄治は玄関に戻った。

「……岳彦が、ここで犯行に及んだのは間違いなさそうだ。少なくとも、一人はここに監禁し、殺害したんだと思う」

「そう、ですか……」

改めて、暗い室内を見やる。

「血痕があったが、かなり古いものだった。一人目か、二人目か……死体の遺棄現場は、東大泉と調布市の柴崎だ。どちらとも、距離はここから十キロくらいある。なんともいえないな」

思わず、溜め息が漏れた。

「……ここじゃないとすると、あと、どこを捜したらいいんだ」

すると、彩奈が「あっ」と発した。

「なに、どうかした」

「あの……試しに、ここから電話してみるというのは、どうでしょう」

「ここから？」

こっくりと彩奈が頷く。

「公衆電話とか、非通知だったら警戒して出ないかもしれない。曽根崎さんの携帯番号も、ひょっとすると岳彦はチェックしてるかもしれない。でも、ここからの番号だったら、何事かと思って出るんじゃないでしょうか」

それは、どうだろう。

「かえって、怪しんで出ないんじゃないだろうか」

「でも今、岳彦は美冴さんという方を拉致してる可能性があるわけですよね。だとしたらたぶん、普通の精神状態ではないはず。少し興奮していて、冷静な判断ができなくなってるかもしれない」

「岳彦は、興奮しやすい性格なのか」

「普段はそうでもないんですけど、キレると見境がなくなるところはあります」

駄目でもともと、一か八《ばち》か。やってみるか。

「じゃあ……きて」

再びリビング・ダイニングに戻る。固定電話は確か、床に放置されていた。

「あったよ」

今一度、ペンライトを点けて照らしてみる。留守電機能はついているが、比較的古いシンプルなモデルだ。埃に塗れ、何かの汁でも飛ばしたようなシミもついていたが、留守電ランプは灯《とも》っている。使用に問題はなさそうだ。

「番号は」

「はい、待ってください」

また彩奈がポシェットからメモ帳を出す。栄治は横からそのページを照らした。

「……これです」

彩奈は目的のページを向けたが、栄治はあえて受け取らず、ハンカチで受話器を包み、それを彩奈に渡した。

「俺が押すから、番号は君が読み上げて。それで、もし出たら、今どこにいるのか、何をしているのかを訊いて。できるだけ穏やかに。ゆっくりと。なぜここからかけているのか訊かれたら、連絡がとれなくて心配だったから、大家さんに無理をいって開けてもらったっていえばいい。……できる？」

「はい。大丈夫です」

そう。この子は決して六歳の女の子ではないのだ。

「じゃあ、読み上げて」
○九○で始まる番号を彩奈が読み上げる。
まもなく、コール音が始まった。

出ろ、由利岳彦。出ろ――。

そう念じながら、栄治は彩奈が持つ受話器に耳を寄せ、長い長いコール音を聞いた。

岳彦、頼む。出てくれ――。

ふいに、そのコール音が途切れた。切られたのか、と一瞬思ったが、数秒待っても通話終了の音は聞こえてこない。

彩奈の、唾《つば》を飲み込む音がやけに大きく聞こえた。

「……もしもし、兄ちゃん？　俺だよ。清彦」

下手な芝居に思えたが、むしろこれが、彩奈の本質なのだろう。岳彦の、双子の弟としての人格。

『……なんだ、お前か。なんでお前、この番号からかけてんだ』

そう。普通はまず、それを疑問に思うだろう。

「あんまり、連絡がとれなくて、心配だったから、きてみたんだ。でも、留守みたいだったから、大家さんに相談して、開けてもらった……ごめん、勝手なことして」

『大家って、五階のジジイか』

「えっ……うん、そう」

ひやりとしたが、岳彦は彩奈の動揺に気づかなかったようだ。

『大家、一緒にいるのか』

「んーん、俺だけ。大家さんは外で待ってる……ねえ兄ちゃん、今どこにいるの」

『うるせえ。お前には関係ねえ』

「あるよ。あれからまた、曽根崎って興信所の奴がお母さんに電話してきてた。何いってたかは分かんないけど、でも……」

そう、彩奈がいいかけたときだった。

突如、女性の悲鳴が受話器から鳴り響いた。

『助けてッ。ト……』

すると、

『テメエッ』

急に向こうは騒がしくなり、すぐに電話は切れた。

無機質な、通話終了音が漏れてくる――。

彩奈が、不安げな顔をこっちに向けた。

「……もう一度、かけてみましょうか」

「ああ。やってみよう」

しかし、以後は何度鳴らしても、もう岳彦は応答しなかった。

彩奈が、静かに受話器を置く。

「……あの悲鳴、美冴さんでしょうか」

栄治も、ずっとそれを考えていた。だが、どうも美冴の声ではなかったように思う。むしろ、もっと若い、それでいて聞き覚えのある声。

「……まさか、民代」

彩奈が、えっ、と発して眉をひそめる。

「そんな、なんで民代さんが」

「分からない。でも、あいつはずっと岳彦を捜していた。ここにだってきたんだろう。ということは、偶然どこかで奴を見つけて、それで……」

栄治は自分の携帯を出し、民代の番号にかけた。だがやはり、電源が入っていないとのアナウンスが流れただけだった。

「やっぱり、出ない……」

そんなことは考えたくもなかった。民代まで、岳彦に拉致された可能性があるだなどと。だが、否定すればするほど、さっきの悲鳴が民代の声だったように思えてくる。泣き叫ぶ民代の顔に、さらに真弓のそれが重なり、脳内で暴れ狂う。

助けて。栄治、助けて――。

彩奈が、ハッと息を呑《の》む。

「あれ……ひょっとして、エンジン音が聞こえてたかも」

「それは、奴が車で移動中だったってことか」

何かを探すように、彩奈の目が暗闇をさ迷う。

「そういえば、助けて、のあとに、トダ、っていいませんでしたっけ」

そこまでは、栄治には聞き取れなかった。

「トダって、埼玉の戸田のことか」

彩奈が首を傾げる。

「分かりませんけど、でも、そうだとしたら岳彦は、もしかしたら、私たちの実家に向かってるのかもしれません」

戸田の、実家――？

「実家って、誰の」

「池上のです。実家といっても、実際に住んだことはありませんけど。母は事件後、都内に部屋を借りて住んでいました。北区の王子です。私たちもそこで育ちました。池上の家は売りに出していたんですが、何しろ殺人事件があった家ですから、なかなか買い手がつかなかったようです。それについては、母が交通事故で亡くなってから知りました。……というか、岳彦が若葉園の園長と相談して、たぶん由利のご両親に管理してもらうことになったんだと思います」

「その実家が、戸田にあるのか」

「いいえ、もうちょっと先の、さいたま市南区辻《つじ》というところです。昔の、浦和《うらわ》市の南端です」

あり得なくはない。岳彦が美冴と民代の二人を連れているのならなおさら、ラブホテルなど人目につきやすいところは利用しづらいはずだ。

「君、そこに案内、できるか」

「はい。いったことはありませんけど、住所は分かります。ちゃんとこれに書いてあります」

彩奈はポンと、メモ帳を軽く叩いてみせた。

＊

電話の直後、岳彦は車を路肩に停め、後部座席に乗り込んできた。

「……テメェ、余計なことぬかしやがって」

また殴られるかと思ったが、それはなかった。代わりに、せっかく舐めて剝がしたガムテープを巻き直されてしまった。しかも、剝がしたガムテープを口の中に丸めて詰め込むという念の入れよう。これではもう、舌も動かせない。舐めて剝がすことは不可能になった。それ以前に、ぎゅうぎゅうにテープを詰め込まれ、吐き気がして仕方ない。

「あんまり、手間掛けさせんじゃねえよ。こっちは、これから二人の相手をしなきゃならねえんだからよ。体力は、できるだけ温存しときてえんだ」

もうしばらく走らせてから、岳彦は再び車を停めた。「騒ぐんじゃねえぞ」と言い置き、エンジンはかけたまま車を離れる。どこにいったのかは分からなかった。

フロントガラスを覗いたところ、倉庫のような建物の壁が見えたが、住所や番地が分かるものはなかった。

甲高く、金属が軋《きし》む音が聞こえた。錆《さ》びた門扉を開けるような音だ。耳を澄ませたが、その後は何も聞こえなくなった。

さっきから、毛布がモゾモゾと動いている。くぐもった、嗚咽《おえつ》のような、呻《うめ》くような声も聞こえる。だが言葉をかけてやることはできなかった。それでなくとも、こっちは吐き気を堪《こら》えるのに必死だ。この状態で吐いたら、おそらく汚物が喉に詰まって窒息死してしまう。

岳彦が戻ってきた。運転席に座り、車をバックさせる。後ろ向きの姿勢がよくなかったのか、岳彦はまた激しく咳き込んだ。ひょっとして、どこか体を悪くしているのか。

車は古びた民家の玄関前に横づけされた。

ようやくエンジンを切って運転席から降り、門を閉めにいく。さっきと同じ音は聞こえたが、どんな門かは暗くて見えなかった。

まもなく、後部座席のドアが開けられた。

「……ほんじゃ、美冴ちゃんからだ」

担ぐのがつらくなったのだろうか。岳彦は、美冴の足首辺りに巻いたガムテープを解き、着物の裾を分けるように毛布の下の方を開いた。

美冴の、呻くような声が大きくなる。

「黙れ。いいから、黙ってこっちにこい……いうこと聞いてれば殺しゃしねえから。……そう、そのまま前にこい。ここに足、下ろせ。そこならつけるだろう。そうだ……馬鹿、こっちだ。こっちに足を出せっていってんだよ。……そう、そのまま立て。支えてやるから、こっちに頭を出せ……そうだ。立てるな？　あとは自分で歩けるな？　いいか、何度もいわせんな。俺に、手間掛けさせんじゃねえぞ。転んだらぶっ殺すからな……そう、そうだ。しっかり歩け。ちゃんと支えててやるから」

美冴はよろけながら、それでも岳彦に導かれて玄関に入っていった。裸電球か、オレンジ色の明かりが鈍く玄関の中を照らしている。もう、美冴の呻き声も聞こえない。

少しして、岳彦だけが戻ってきた。

「……こい、お前も美冴ちゃんみたいに、いい子にしろよ」

同様に、足のテープだけが解かれる。だが、利くのは痺《しび》れた左足のみ。右足はもはや感覚すらない。

「ほら、ケンケンだ。ケンケンしていけ」

右脇の下に腕を捻じ込まれ、不本意ながら岳彦に支えられ、玄関まで片足で跳ねていった。玄関周りを見る限り、相当古い日本家屋だ。戦前の建物といわれた方が、むしろ納得がいく。

いったん上がり框《かまち》に腰を下ろすと、あとは廊下を引きずられるまま、左手の和室に連れ込まれた。埃とカビのニオイがひどい。口を塞がれているため鼻だけで呼吸をしなければならず、余計そのニオイが応えた。

しかし、その部屋に美冴はいなかった。美冴は廊下をはさんで向かい側、やはり裸電球が灯った、茶の間のような部屋に転がされていた。

「……さてと。じゃあ、どうしようかな。美冴ちゃんと、民代ちゃん。若い方から順番に、ってのが普通なんだろうが、でもなんか、あいつは面倒くさそうだからな。素直な美冴ちゃんから、可愛がってあげるとするか」

岳彦がしゃがみ、その体に触れると、美冴は吼《ほ》えるような悲鳴をあげて身をくねらせた。

徐々に毛布による拘束を解かれ、自由を取り戻すに従って美冴の抵抗も激しくなっていったが、二、三発殴られると、それも途端に大人《おとな》しくなった。

少しして、岳彦が素っ頓狂な声をあげた。

「お前、生理じゃねえかッ」

23

急いで車に戻り、彩奈のいう住所をカーナビに打ち込んで走り始めた。

運転しながら、イヤホンマイクを使わずに通話することが交通違反であることは百も承知だが、今は車を停める時間が惜しい。

「君、荻野という人の番号を出してくれ」

携帯を渡すと、彩奈は何も訊かずに受け取った。

「荻野さん、荻野さん……荻野康孝さん、これですね」

「そうだ」

ご丁寧にも、通話ボタンまで押して栄治に返してくれる。だが最初の何回か、荻野は出なかった。そのたびに留守電メッセージを残しはしたが、ただ折り返しかかってくるのを待っているわけにはいかなかった。

五回目か六回目で、ようやく荻野が出た。

『……もしもし』

「荻野さん、曽根崎です。今ちょっといいですか」

『会議中だ。手短に頼む』

何が会議中だ、といいたいのをぐっと呑み込む。

「例の、事件の犯人です。やはりあれは、由利岳彦で間違いないとの確証を得ました。しかも由利は現在、二人の女性を拉致して埼玉県さいたま市、南区辻に向かっているものと思われます」

『ちょっと待て、何をいっている』

藪から棒はこっちも承知の上だ。

「詳しく説明している暇はないんです。女性が二人、また由利の毒牙にかかろうとしているんです」

『それを、なんであんたが知ってるんだ』

「ですから、それを説明している暇がないというんです。被害女性の一人は田嶋美冴、三十四歳。目黒署に、すでに行方不明事案としての届が出ているはずです」

グリーン・ペイジの最寄り駅は池尻大橋だが、住所は目黒区青葉台《あおばだい》になる。

「もう一人は村川民代、十八歳。都立育応高校の三年生です。私の……娘です」

荻野は数秒、考えるような間を置いた。

『……分かった。目黒署には私から問い合わせてみよう。しかし、娘の方はなぜあんたと名字が違うんだ』

「それもあとにしてください。とにかく、さいたま市南区辻……」

いいタイミングで彩奈が番地までいってくれる。それを復唱し、荻野に伝えた。

「とにかくそこに、誰か捜査員をよこしてください」

『分かった。できるだけのことはやってみるが、埼玉県警を動かすとなったら、やはりある程度の説明は必要だ。五分や十分じゃいかれないかもしれないぞ』

「だったら十五分できてくださいッ」

怒鳴りつけて切り、栄治は改めてハンドルを握り直した。

もう、どこをどう通ったのかもよく覚えていない。ただひたすら、カーナビの指示通りハンドルを切り、アクセルを踏んだ。
目的地まで、あと二百メートルというところまできた。二階建ての民家が多い地区だが、ときおり倉庫や工場のような建物も見受けられる。
《まもなく、右です》
細い路地に入り、何かの工場の壁に沿って突き当たりまでいく。
《まもなく、左です》
その工場の裏手までくると、アナウンスは《目的地付近です》と告げ、案内を終了した。

目的地付近といわれても、工場以外は民家ばかり。どれが池上邸なのか、まったく見当もつかない。ただ、比較的新しい外観の家が多い中で、一軒だけ、やけに古ぼけた日本家屋がある。

同じ家を、彩奈も見ていたようだ。

「あの家、中に車が停まってますね」

確かに。ほぼ廃墟《はいきょ》といっていい佇《たたず》まいにも拘《かかわ》らず、やけに背の高い、黒い四駆系の車が敷地内に入っている。

「岳彦がどんな車に乗っているかは」

「すみません。それは、知りません」

栄治は車を路肩に寄せ、ちょっと見てくると言い置いてドアを開けた。

「私もいきます」

「いや、君はここにいてくれ」

音をたてないようドアを閉め、その家の門前までいく。こっちに頭を向けて停まっているので、車種はすぐに分かった。トヨタのランドクルーザー。少なくとも、ここ五年くらいの間に発表されたモデルだ。栄治のプリメーラと比べたら、たぶん十年以上新しい。

ペンライトを出し、前輪下の地面を照らしてみる。すると庭の土に、くっきりとしたタイヤ痕が浮かび上がった。

この車は、まだここにきてまもない――。

後先考えず、門扉を乗り越えて入りたい衝動に駆られたが、ぐっと堪えた。こんなに錆びた門扉だ。揺すれば揺すったなりに、開ければ開けたなりに音がするに違いない。

栄治は周辺を見回し、ブロック塀に沿ってもう少し奥へと移動した。庭木などは特にない。塀は、ちょうど栄治の目の高さ。背伸びをすれば簡単に中の様子は確認できた。

家屋はランクルの向こうにある。玄関には明かりがあるが、ほんの電球一個という程度だ。それ以外に明かりはなし。縁側らしき開口部は雨戸で塞がれている。他の窓にも雨戸か、そうでなければ柵がはまっている。

栄治は、周囲に人の目がないことを確かめてから塀を乗り越えた。足音をさせないよう、慎重に着地する。何か蹴飛ばしたり、つまずいたりしないよう、足元を注視して進む。

ランクルの前まできた。ボンネットに手を当てると、まだ微かに熱が残っていた。ここにきてどれくらいだ。十分か。十五分か。

早くしなければ――。

玄関は引き違いのガラス引き戸。内部から見咎められないよう、姿勢を低くして接近する。別に侵入口があるのならば避けたいところだが、全部に雨戸が閉まっているのでは選択の余地もない。真ん前までいき、片膝をつき、両手で少しずつ、手前の戸を左に寄せる。

枠が緩んでいるのだろう。ガタガタとガラスが音をたてる。戸車《とぐるま》も歪《ゆが》んでいるのか。決して滑らかには開いてくれない。

隙間が空いてくるにつれ、変にカビくさい臭気が流れ出てくる。それと、何かをこするような音も。ザッ、ザッ、ザッ。一定のテンポで、絶えることなく、続いている——。否《いや》が応でも最悪の場面を想像せずにはいられなかった。カッと脳内が熱くなり、逆に顔面は痺れるほど冷たくなった。でもここで、冷静さを失ってはいけない。少なくとも、奴は刃物を使う。下手に飛び込んで、刺激して、誰かが刺されるような事態は避けなければならない。

しかし、

「……んおッ……おっ……おおぁ……」

男の呻く声と、パン、パン、と肌を叩くような音を耳にした瞬間、栄治の中で、何かが壊れた。

力一杯引き戸を横に押し、土間に飛び込み、土足のまま廊下に上がった。部屋は左右にある。右は戸襖《とぶすま》、左は障子。まず明かりのある右手の部屋を見た。

最初に目に入ったのは、皺《しわ》の寄ったジーンズの裾だった。続いて、剝き出しの下腹部。下着まで脱がされ、だが上半身はニットを着たままだった。両腕は胸の前で組んでいる。何かで縛られている。顔は、髪の毛に隠れていて見えない。それでも栄治には分かった。ニットの柄に見覚えがあった。

美冴ちゃん――。

身動きしないその体に寄り添い、意識を確かめたかったが、反対側の暗い部屋で何かが動くのを察し、慌てて振り返った。

それは、痩せた尻だった。細い脚だった。薄く毛の生えた脹《ふくら》脛《はぎ》だった。その足元には、大きく投げ出された、二本の白い脚。足首に絡まった下着。捲《めく》り上げられたスカート。見覚えのあるブレザー。

「由利……キサマ……」

ゆっくりと振り返ったその男を、栄治はいきなり殴りつけた。骨と骨とが激しくぶつかり合い、男は半端に長い髪を振り乱しながら、大きく体勢を崩した。大股を開き、だらしなく垂れ下がった性器を露《あらわ》にし、畳に倒れ込んだ。

「キサマ、キサマァーッ」

馬乗りになり、栄治はさらに顔面を殴りつけた。何度も、何度も。大きく振りかぶり、自分の拳が砕けるほどに力一杯、真上から打ち下ろすように、繰り返し叩きつけた。

笑っていた。あろうことか由利岳彦は、栄治に殴られながら、ずっと笑っていた。猥《わい》雑《ざつ》で、下劣で、邪悪な笑みだった。栄治はそれを消し去ろうと、いっそう力をこめて殴った。殴って、殴って、殴った。だが、できなかった。岳彦はその笑みを頬に張りつけたまま、気を失った。

それと引き換えに、栄治は正気を取り戻した。

「……た、民代……」

ざらつく畳を這《は》い、覆いかぶさるようにして民代の顔を覗き込んだ。一瞬、民代がどっちを向いているのか分からなかった。乱れた髪を除《よ》けても、そこに民代の顔はなかった。いや、それこそが変わり果てた民代の顔だった。額も両目も、鼻も唇も頬も顎回りも、原形を留《とど》めぬほど腫れ上がり、赤黒く変色していた。

「民代、民代ッ」

抱き起こし、臓物のように膨れた唇に耳を寄せた。かろうじて息はしている。両手はやはり胸の前で組まされ、ガムテープらしきものでぐるぐる巻きにされているが、出血は見られなかった。

ただ、あられもなく曝《さら》された両腿《りょうもも》は、無惨にも血に塗れていた。岳彦の行為の惨忍さが窺《うかが》い知れた。

栄治はスカートの裾を戻し、それを隠した。涙が、民代の喉元に落ちた。襟元に覗いた肌の白さが、無性に目に痛かった。

民代が、何事か呟《つぶや》いた。

「なんだ。民代、なんていった」

再び口に耳を寄せる。

「……美冴、さん……」

こんなになってまでも、お前は——。

「分かった……今、確かめる」

それでも、民代をこの部屋に残していくことはできなかった。開いたままだった両膝をそろえ、その下に右腕を差し込み、左腕で背中を支え、栄治は一気に民代を抱き上げた。

いま自分は、初めて我が子を、この手に抱き締めている。皮肉と呼ぶには、あまりにも過酷な巡り合わせだった。こんなことになる前に、もっとちゃんと、抱き締めてやればよかった。もっと素直に、父親であることを認めればよかった。出会えたことを喜び、離れていた年月を言葉で埋め、想《おも》いを確かめ合えばよかった。その心が真弓であるのならなおさら、疑ったりするべきではなかった。赦してくれ、民代。俺は、俺は——。

向かいの部屋までいき、美冴の傍らに膝をついた。民代から右手を離し、美冴の顔にかかった長い髪をどけた。

目が、半分開いていた。力なく開いた口から、舌がはみ出していた。首元に、二重に指の痕がついていた。右頬に殴られたような痕はあったが、民代ほど変わり果てた顔ではなかった。

瞼《まぶた》を撫《な》でてみたが、上手く瞑《つむ》らせることはできなかった。でも口は、そっと舌を押し込むと、なんとか閉じさせることができた。

オムツをしている頃から知っている子だ。えーちゃん、えーちゃんと、よく栄治のあとをついて回った。吾郎がからかって泣かせてしまうと、いつも決まって栄治がなだめ、泣き止《や》ませた。小学校も高学年になると、出るところが出てきて目のやり場に困った。それでいて無邪気に抱きついてきたりもした。あれはわざとだったのだろうか。あとから考えると、そんなふうにも思えた。

高校生になり、美冴が不良グループ入りしたのは栄治が原因だと、吾郎はいう。たった一年半で離婚した理由もそうだという。それなのに、美冴は恨み言一ついうことなく、栄治に接してくれた。食事の世話も、洗濯も、ときには事務所の掃除や日用品の買い出しまでしてくれた。

二回だけ、キスをしたことがある。離婚後、グリーン・ペイジで働くようになった頃と、去年だ。栄治が美冴にまったく女を感じていなかったといったら、それは嘘になる。あのとき、美冴に「抱いて」とひと言いわれていたら、二人の関係は違ったものになっていたかもしれない。でも、美冴もそうは口にしなかった。ただ栄治の首にしがみつき、息を押し殺すようにして、時が行き過ぎるのを待っていた。いや、待っていたのは栄治の言葉だったのかもしれない。しかしそれを、栄治は気づかぬ振りでやり過ごした。卑怯なのは分かっていた。分かってはいたが、どうしようもなかった。自分には忘れられない人がいる。その気持ちを隠し持ったまま美冴を抱く卑怯の方が、栄治には堪え難かった。

でも、これだけはいえる。

美冴を愛していたかと訊かれたら、はっきりと答えられる。

自分は、美冴を愛していた。他の誰にも向けたことのない形の愛を、美冴に対しては持っていた。

それがなぜ、こんなことに——。

一、二分して埼玉県警のパトカーがきた。荻野には捜査員を派遣してくれと頼んだはずだが、最初にきたのは三人の制服警官だった。

池上邸には彩奈が案内したらしい。

「曽根崎さん、いらっしゃいますか。どうされました」

第一声こそ呑気《のんき》だったが、現場の惨状、美冴の死亡、民代の負傷程度、犯人と思われる男がその場にいることを認識すると、彼らの態度も一変した。

「あなたが曽根崎さんですか」

「はい……そうです」

「救急車は」

「さっき、呼びました」

数分して到着した救急車で、民代と岳彦は搬送されていった。美冴の遺体は警察官が運び出した。

さらに遅れて私服警官が到着すると、栄治も事情聴取のため浦和警察署への任意同行を求められた。

覆面パトカーに乗り込む段になって、急に彩奈のことが気になった。

「あの……さっきまでいた、小さな女の子は」

「先に、署の方に保護しました。ご心配なく」

おそらく今の段階では、捜査員も栄治のことをまったくのシロとは見ていないだろう。だからこそ、早々と彩奈を引き離しにかかったのではないか。実際、栄治は岳彦を失神するまで殴っている。少なくとも、それに関する事情説明は求められることになるだろう。

浦和署には十分ほどで到着した。取調室に入れられ、まるで容疑者のごとく奥の席に座らされたが、手錠や腰縄といった拘束は受けなかった。

氏名、年齢、住所、被害女性二名との関係を述べると、具体的な質問が始まった。

「あなたはなぜ、犯行現場にいったのですか」

「……民代と、田嶋美冴さんが、由利岳彦に拉致されたと思ったからです」

「でも、だいぶあとから、追いかけていったわけですよね。どうしてあの場所だと分かったのですか」

「飯森彩奈ちゃんが、案内してくれたからです」

「なぜ彩奈ちゃんが案内してくれたのですか」

「彩奈ちゃんは、由利岳彦の姪《めい》です。だから、あの場所を知っていたのだと思います」

「いや、そういうことではなくて、由利岳彦があの場所に二人の女性を連れ込むことが、なぜあなたに分かったのかということです」

「それは、彩奈ちゃんが由利に電話をし、その会話から、彩奈ちゃんが推測したからです」

できれば、岳彦の部屋に忍び込んだことはいわずに済ませたかったが、最終的にはそれも喋《しゃべ》らざるを得なくなるだろうとの覚悟はあった。

岳彦を殴打したことについては、よく覚えていないとして供述を避けた。ただ、殺意はなかったとだけ説明した。頭にあったのは、民代と美冴を助けることだけだった、と。

捜査員は、本当はもっと訊きたかっただろうと思う。娘を目の前で暴行され、とっさに殺意が芽生えたのではないか。そういう訊き方もできたはずだ。しかし、さほど深くは追及されず、栄治は深夜過ぎに取調室から出された。

殺人事件が起こったからだろう。こんな時間にも拘らず廊下には多くの警察官が忙《せわ》しなく行き来していたが、一人だけ、壁を背にしてじっと立っている男がいた。

「……荻野さん」

すぐに向こうも気づき、こっちに歩いてきた。

「曽根崎さん。大変だったね」

そのひと言で納得がいった。曽根崎はシロ。おそらく荻野が、そう県警側に説明してくれたのだろう。でなければ、こんなに簡単に釈放されるはずがない。

「腹、減ってないか」

「……いえ。大丈夫です」

「気分は、悪くないか」

「少し、疲れましたが……でも、大丈夫です」

「そうか。あんたの車は、一応、証拠品として県警が預かることになったが、さほど長くはかからず返却されるだろう。今日のところは、私が送っていくよ」

荻野は、一体どこまで今日の事件について把握しているのだろう。

「……あの、私と一緒に現場にいった、飯森彩奈ちゃんは」

「あの子は、さっきお母さんが迎えにきて、連れて帰った」

「民代は……民代の、容体は」

荻野は、小さく二度頷いた。

「病院に搬送される途中で意識を失い、まだ戻っていないそうだ。頭部に強い衝撃を受けている可能性があるらしい。詳しいことは、精密検査をしてからになるだろう」

一方、岳彦はすでに意識を取り戻し、治療を受けているとのことだった。

美冴の遺体は大学病院に運ばれ、明日にも司法解剖されるという。

24

依然、民代の意識は戻らない。

栄治はこんな状況に至って初めて、民代が普段どんな生活をしていたのかを知った。

養父、村川静夫《しずお》はすでに他界。養母、村川信子は心臓病を患《わずら》い、新宿の東都《とうと》医大付属病院に入院中。ここ数ヶ月、民代は一人暮らし同然の生活をしながら、二日に一回のペースで信子を見舞い、身の回りの世話をしていたのだという。なかなか、いまどきの高校生にできることではないと思う。それでいて、学校の成績はまったく落ちていない。十八歳のむしろ友人にノートを貸したり、勉強面ではリードしていたくらいだという。

体には収まりきらない人生経験を持つ民代だからこそ、可能なことだったのだろうと察せられた。

　そんな民代を今は、栄治が毎日見舞っている。

「民代……調子はどうだい」

　事件から三週間が経ち、顔の腫れや内出血による変色もだいぶ落ち着いてきている。右足首と左手首を骨折しており、今もギプスがはまっているが、それ以外に大きな怪我《けが》はなかった。胸部や腹部にも殴打されたような痕があったが、内臓の損傷はないという。

　華奢《きゃしゃ》な右手を、そっと握ってみる。

「……民代。覚えてるかい」

　真弓との思い出を、ものいわぬ民代に話して聞かせるのが、面会時間の主な過ごし方になっていた。姿形が真弓ではない民代に「覚えているか」と訊くのは自分でも滑稽な気がしたが、でもやはり、民代は民代だった。それを無視して「真弓」と呼びかけることは、栄治にはできなかった。

「よくいった映画館……あそこ、来月で閉館になっちゃうんだってさ」

　十九年も前の、一年にも満たない期間。それでも思い出は数限りなくあった。特に映画に関するものは多い。

　レンタルビデオ店にいっては、互いに二本ずつ映画を選び、観終《みお》わったらそれぞれの作品について批評した。真弓の選んだ作品はたいてい栄治も気に入ったが、真弓は栄治の選んだものをなかなか気に入らなかった。いま考えると、それも当然かもしれない。真弓はおそらく、無声映画の時代からずっと、様々な作品を観てきている。栄治が知らない、過去の優れた作品もたくさん知っていたはずだ。一方、真弓が知らなくて栄治が知っている映画となると、そもそも真弓の趣味ではないもの、アクションとかオカルト、ホラーなどになってしまう。『ゾンビ』も『遊星からの物体X』も評価は散々だった。デヴィッド・リンチの監督作品も、破綻しているといってまったく取り合ってくれなかった。

「テープの中で、君は自分のことを、卑怯だといっていたけど……確かに、あの映画の勝負はずるかったな。俺が敵《かな》うわけがない」

栄治が笑うと、心持ち、民代の顔も笑っているように見えた。

そんなときだった。

主治医の川中が病室を訪れた。

「……曽根崎さん。ちょっと、いいですか」

病室の入り口に立ち、小声で、栄治を廊下へといざなう。

「はい、なんでしょう」

実は入院当初、栄治はこの川中にＤＮＡ型鑑定を依頼し、民代との親子関係について調べてもらっていた。結果、やはり民代は、栄治の娘にほぼ百パーセント間違いないと分かった。今では川中も、すっかり栄治を民代の父親として扱うようになっている。

川中は人目を避けるように廊下の突き当たりまでいき、そこで足を止めた。

振り返り、一礼してから栄治を見上げる。

「曽根崎さん。これは、大変申し上げにくいことなんですが」

それだけで栄治には、おおよそ話の内容の見当がついた。

「はい」

「実は、民代さんには……妊娠の兆候があります」

やはり。

「そう、ですか……」

「現在は二ヶ月目に入ったところなので、三週間ほど前の性交で妊娠したものと考えられます。とすると、事件のときに受けた暴行が原因、と考えることもできるわけですが

……」

おそらく、そうなのだろうと思う。

川中は、さも話しづらそうに続けた。

「……仮に、民代さんの意識が、しかるべき時期までに戻らないとしたら……最終的にはお母さまか、曽根崎さんにご判断いただくことになると思いますが……中絶を選択さ

れる場合は、できるだけ早い方が望ましいです。母体への負担が少なく済みます」

話の本筋よりもむしろ、川中が「仮に」としたところに、栄治は引っ掛かりを覚えた。

「先生。近頃では、私が話しかけると、少し表情が動くようにも見えます。それでも……民代の意識が戻る可能性は、低いんでしょうか」

川中は少しだけ首を傾げた。

「現状では、なんとも……以前にも申し上げました通り、意識が回復する可能性は、決してゼロではありません。ただ、あまり楽観視できない状況であることと、戻っても後遺症が残る可能性が高いこと、でき得る限りの手は尽くしましたので、あとは民代さんの、生きたいという意志の力次第になる、ということです。申し訳ありませんが……」

栄治も、軽く頭を下げておく。

「分かりました。では、そのことを村川さんにお伝えして、相談してみます。中絶を、希望するかしないかも含めて」

川中が、少し訝《いぶか》るような表情を見せた。

「曽根崎さん。差し出がましいようですが、事件が原因、ということになりますと、当然父親は……事件の男、となるわけで。そうした場合、中絶しない、という選択肢は、事実上、ないものと思われるのですが」

ここも、曖昧に頷いておく。

「まあ、それも含めまして、村川さんと、相談してみます……ありがとうございました」

今の栄治には、こんなふうにしかいえない。


翌日、栄治は村川信子の病室を訪ねた。今回で見舞いも四回目。すでに民代との関係も説明し、DNA型鑑定の結果についても報告し、納得してもらっていた。

「まあ、曽根崎さん……そんな、いつも……お気遣い、なさらないでください」

ベッドで上半身を起こしていた信子が、小さく頭を下げる。今日はプリンとゼリーを持ってきた。食べ物は特に制限を受けていないというので、こちらも差し入れがしやすい。

「民代の世話までお願いしてしまってるのに、私まで……ほんと、こんな年寄りですから、放っておいてください。その分、民代のことを……」

信子は自分のことをやたらと年寄りのようにいうが、実際はそうでもない。五十三とか四とか、せいぜいそんなところだ。栄治と十歳も違いはしない。

「いえ、実は……今日は民代のことで、ご相談がありまして」

念のため辺りを確かめたが、こちらの声が届くような距離に人はいなかった。

「どういった、ことでしょう」

そう改まって訊かれると、かえって切り出しづらくなる。だが、どう始めたところで内容が変わるわけではない。勿体《もったい》をつけていても仕方ない。

「はい……実は担当の先生に、民代には、妊娠の兆候があるといわれました。つい、昨日のことです」

信子は息を呑み、しばらくその姿勢のまま虚空を凝視した。

数秒して、さ迷うように黒目だけが動き出す。

「民代……あの子は、どうして……」

娘の不幸を嘆き、泣き出すのではと思ったが、信子が次に発した言葉は、もう少し意外なものだった。

「それじゃまるで……こんなふうになることを、予想してたみたいじゃないですか……」

思わず、栄治は信子の顔を覗き込んだ。

「村川さん。それは、どういう意味ですか」

信子は、深く溜め息をついてから始めた。

「あの子……まだ中学に入ってすぐか、それとも二年生になってたか……でもせいぜい、十三、四の頃の話です。何かのテレビ番組で、やはり暴行を受けた女性が、犯人の子を身籠ってしまった話を、やっていたんです。ドラマだったか、ドキュメンタリーだったかも覚えていませんし、その番組の結論も、どういうものだったのか思い出せませんけど、それでも……あの子がはっきりといったのだけは覚えています。相手が誰であれ、どういう状況であれ、子供を堕《お》ろすなんて絶対に駄目だ、って。私だったら絶対に産む、中絶なんて絶対にしない、って。……私はそれを、民代が施設で育つ中で、自然と至った心境なんだろうと思っていました。中には、親に捨てられた子供だっていたと思うんです。それでも、生きてさえいればいいことがある。そんなことを、民代なりに感じた末の、発言だったんじゃないかって……」

違う。そうじゃない。民代にとって中絶とは、自らの生まれ変わりを強制的に中止させられる行為だ。連綿と続いてきた記憶を断ち切られる、この上なく怖ろしい凶行に他ならない。

そう。民代が中絶を望むはずなどないのだ。

「村川さん。私も、なんとなくなんですが……民代は、堕胎を望んでないんじゃないかって、思うんです。もし民代に意識があったら、私は産むって、そういうんじゃないかって……思えてならないんです」

にわかに、信子の表情が険しくなる。

「……曽根崎さん。民代の容体は、どうなんですか」

「相変わらずです。意識が戻るか戻らないかは、五分五分といったところのようです」

「仮に意識が戻ったとしても、脳に障害が残る可能性もあると」

「ええ。担当の先生には、そう説明されました」

信子が、眉をひそめて俯《うつむ》く。

「もし、あの子が望む通りに子供を産むことができたとして、でもあの子自身が、子供を育てられる状態にまで回復するかどうかは、分からないわけですよね。私も、こんな体です。民代の見舞いにすら、満足にいけないのに……この上、孫の面倒なんて」

それこそが、栄治の望んでいた答えだった。

「村川さん。今頃になって、父親面ができた義理ではないんですが……もし民代に、子供を産むことができたとして、そうなったら、その子の面倒は、私に見させてはもらえないでしょうか。むろん、出産可能な健康状態かどうかは、医師と相談します。生まれたあとも、籍を入れるとか、そういうことは一切なくていいんです。ただ、民代がそう望んでいた子なら、産ませてあげたい、当面の面倒を見る大人がいないなら、私が役に立ちたい……それだけのことなんです」

信子にとっても、簡単に頷ける話ではなかったと思う。何しろ彼女にとって、栄治は事件後にいきなり現われて、民代の「実の父親です」と宣言した正体不明の男なのだ。民代の入院費をどうしているとか、事件の処理をどうしているとか説明したところで、すべてはこの病院の外で起こっていること。疑い始めたらきりがないと思う。信頼するに足る情報など、何一つなかったはずだ。

それでも、信子は最終的な判断を栄治に預けてくれた。

「そう、ですね……健康状態が許して、そのとき、民代が判断できる状態にないのであれば、曽根崎さん……あなたのご判断で、お願いします」

深々と頭を下げたあとで、信子は不思議そうな目で栄治を見た。

「ところで……民代が曽根崎さんを父親だと知ったきっかけって、結局、なんだったんでしょうか」

知ったきっかけ、というより、片時も忘れなかった、といった方が正しいのだろうが、そんな説明をするわけにもいかない。

「母親の……つまり、私が交際していた、石本真弓の日記がどうとか、いっていたような気がするのですが、そういうものは、養女に入る際、民代は持っていなかったでしょうか」

信子は右に左に、繰り返し首を傾げた。

「そんなもの、あの子、持ってたかしら……」

やはり、あれは全部作り話だったのか。

由利岳彦による連続監禁殺害事件には、様々な枝葉、様々な側面があり、栄治自身が起こした岳彦に対する傷害事案も、大雑把にいえばこれに含まれていた。ただしこれは、埼玉県警と警視庁、あるいはさいたま地検が協議した結果、書類送検ののち起訴猶予とされる公算が大きいといわれていた。最終判断は今週中にも出るとのことだった。

むしろ、栄治が強く責任を感じたのは、美冴のことだ。岳彦が美冴を狙ったのは、単に栄治の近くにいたからだ。つまり、美冴は栄治と関わりさえしなければ、岳彦に殺されることはなかったのだ。

事件の翌朝、栄治はグリーン・ペイジに入ったところで、吾郎に土下座をした。

「すまん……美冴ちゃん、助けられなかった。俺のせいだ。俺のせいで、美冴ちゃんは……」

吾郎はカウンターのスツールに腰掛けたまま、ぼんやりとレジスターの辺りを見ていた。

「なんで、美冴なんだよ……なあ、栄治。なんで、美冴が殺されなきゃ、なんなかったんだよ」

「すまん……俺が、あんな事件に、首を突っ込んだばっかりに……」

「栄治、なあ……なんで美冴だったんだよ。美冴はＯＬじゃなかっただろうが。ちっぽけな、小汚《こぎたね》え喫茶店の店員だったろうが。他に女はいくらだっていただろう。狙うんだったら、そこらのＯＬを狙えばよかっただろうがッ」

いいながら、スツールから下りてくる。栄治の前まできて、胸座《むなぐら》を摑《つか》み、強引に立たせる。

「なあ……美冴は、最期《さいご》になんていったんだよ。美冴は最期に、何を思いながら死んでいったんだよッ」

岳彦がそういう供述をしたという話は、いまだに聞いていない。ひょっとしたら民代が何か聞いているかもしれないが、意識不明では確かめようもない。

「すまん、吾郎……」

それ以後も吾郎は、定時にシャッターを開けはするものの、ドアのプレートは「CLOSED」に返したまま。営業を再開しようとはしなかった。美冴の帰りを待っている。美冴が帰ってくるまで、この店は開けない。そういうことなのだろう。

ある夜、栄治が家賃を持っていくと、吾郎は一人、カウンターで酒を飲んでいた。ワイルドターキーの十二年。美冴が好きだったウイスキーだ。

「これ、今月分」

「……ああ」

受け取った封筒を、吾郎は無造作に、ボトルの近くに置いた。カウンターが濡れていたのだろう、徐々に封筒の端の色が濃くなり、半円にシミが広がっていったが、吾郎がかまう様子はない。

いつまでも、こんな状態でいいはずがない。店だって開けなければいけないし、食事だって寝起きだって、以前のリズムを取り戻さなければいけない。それができない一番の原因は、むろん美冴を失ったことなのだろうが、栄治には、自分がここにいることもよくないのではと思えてならなかった。

自分がここにいるから、吾郎は事件のことを忘れられない。事件のことを忘れられないから、美冴のことを諦められない。

「なあ、吾郎」

呼び掛けても、反応もない。

「俺さ、やっぱり今月で……ここ、出ていくよ」

数秒して、ようやく数センチだけ、吾郎の顔がこっちを向く。

「……なんで」

それっぽい話は、今までも何度かしてきたはずだが。

「だから……美冴ちゃんが、事件に巻き込まれたのは、俺の責任だ。たった一人の遺族であるお前の前に、ずっと俺がいたんじゃ、お前が前に進めないよ。やっぱり、よくないと思う。こういうの……」

酒臭い溜め息をつき、吾郎は深くうな垂れた。

「なんだよ……お前まで、いなくなっちまうのかよ」

グラスに、すでに氷はない。水っぽくなった琥珀色《こはくいろ》の液体が、底の方に淀《よど》んでいるだけだ。

「けっ……ちくしょう。こんな店……あってもなくても、一緒じゃねえか……美冴も、お前も、俺を置いて、さっさとどっかいっちまうのかよ……知らねえぞ。何週間かしてきてみたら、俺は、腐乱死体になってってかもしんねえぞ。……首吊《つ》ってよ、あのダクトのパイプから、ぶらーんって、ぶら下がってってかもしんねえぞ。それでもいいのか。お前、それでも俺を置いていくのかよ」

分からなかった。どうするのが正しいのか、栄治は自分でも、よく分からなくなっていた。

「逃げんじゃねえよ、この俺から。目を背けんなよ、この現実から……責任感じてんだったら、ここにいろよ。ここで俺がどうなっていくのか、お前が見届けろよ……栄治」

そのまま、吾郎はカウンターに突っ伏し、寝てしまった。

放って帰るわけにもいかず、結局栄治も、朝までグリーン・ペイジで過ごした。

ぼんやりとドアを見ていると、今にも美冴が入ってきそうな、そんな気がしてしまう。

ただいま。あ、なんだ。栄治さん、きてたの——。

あの笑顔がもう見られないなんて、信じられなかったし、信じたくもなかった。いらっしゃいませ、ご注文は、かしこまりました、ありがとうございました。美冴の声が、この店にいるとまだ聞こえる。美冴の足音が、食器を置く音が、レジを叩《たた》く音が聞こえる。後ろを通るときの気配まで感じられる。

そう。美冴はまだ、この店にいる。

この店にいるのに、諦めろというのは――酷な話だと思う。

それでも、半月くらい過ぎると吾郎も気力を取り戻し始めた。

最初はランチだけ、次第に夕方のティータイムくらいまで、と営業時間を延ばし、募集広告を見てきた若い男の子がバイトに決まってからは、ディナータイムまでフルに店を開けるようになった。

民代のことを話したのは、事件から一ヶ月近く経った頃だった。

「お前、なんでそんな重大なこと、俺に話さなかったんだよ」

民代が栄治と真弓の子供であること。その民代が今、妊娠していること――。

「そんなことといったって、お前自身、人の話を聞く状態じゃなかっただろうが……あ、ホリくん。アイスコーヒーちょうだい」

「はい、アイスコーヒー。かしこまりました」

長身で愛想のいい彼は客ウケもよく、評判は上々だという。

吾郎がカウンターに身を乗り出し、声をひそめる。

「……当然、堕ろすんだろう」

栄治はその目を見返し、小さくかぶりを振った。

「いや、産ませるつもりだ。医師も、今のところ民代の健康状態に大きな問題はないといっている」

吾郎は仰《の》け反《ぞ》るように身を引き、眉間に皺を寄せた。

「だからって、お前……」

いったん辺りを気にするように見回してから、吾郎は続けた。

「……父親は、由利岳彦なんだろう。ってことは、殺人犯の子供になるんだぞ」

「そんな言い方するなよ。民代が産むんだから、その子は民代の子だよ」

「にしたってよ、誰が育てるんだよ。あっちのお母さんは入院中で、民代ちゃんだって、いつ意識が戻るか分からない。どうすんだ、そんなの」

「俺が面倒見るよ。あっちのお母さんにも、病院にもそう伝えてある」

さらに、吾郎の眉間の皺が深みを増す。

「面倒見るって……簡単にいうけどお前、子育てって大変なんだぞ。分かってんのか」

「分かってるさ。でも、世の中には父子家庭だってたくさんある。やってできないことはない」

「新栄社の仕事はどうすんだよ。子育てしながらできるこっちゃねえだろう」

「保育園に預けるさ。それくらいのことは、俺だって考えてる」

吾郎は口を「ヘ」の字に曲げ、腕を組んで頷いた。

「……まあ、いざとなったら、俺がなんとかするしかねえだろうな。少なくとも、俺には美冴のオシメを替えた経験がある。お前よりは、多少は子育ての心得がある」

これは意外だった。この件で吾郎の協力が得られるとは思ってもみなかった。

「ちなみに、予定日はいつ頃だ」

「二月の中頃だそうだ」

「よし……これから、何かと忙しくなるな」

腕捲《うでまく》りをする吾郎が、不思議なほど頼もしく見えた。

25

民代は、依然眠ったまま。

それでもお腹《なか》だけは、日に日に大きくなっていく。

点滴のチューブを通してのみ得られる、命の源。

母子共に、その透き通った液体を唯一の拠《よ》り所としている。

「民代……明日は、また検査だって」

見舞いのたびに髪を梳《す》き、着替えの補充や、歯磨きなども栄治がしている。

「元気に育ってるからな……心配ないからな」

たまに民代の腹を見ていると、ぽんと何かが動くのが分かる。うねるというか、中で何かが回ったように見えることもある。慌てて手をあてがっても、もう決してその動きに触れることはできないのだが、子供が元気に育っているのだけは間違いないように感じた。

なんとも妙な気分だった。こうやって胎児の成長を見守っていると、自然と父親のような気分になってくる。だが民代は妻ではない。あくまでも自分の娘だ。つまり、生まれてくるのは栄治の孫。自分と真弓の、初孫になる。

その、運命の日は唐突に訪れた。

信用調査で都内の町工場を訪れていた栄治のところに、病院から電話がかかってきた。

『民代さんの容体が急変しましたので、これから緊急で帝王切開し、赤ちゃんを取り出します』

仕事は途中で切り上げ、急いで病院に向かった。

栄治が着いたとき、すでに手術自体は終わっていた。

「元気な女の子ですよ」

決して嬉《うれ》しくないわけではなかったが、でもこの時点で心配だったのは、まだ孫よりも娘だった。

「民代は、母親は大丈夫なんですか」

「今、集中治療室に入っています」

民代が病室に戻ってきたのは、翌日の朝になってからだった。

「……なんとか一命は取り留めましたが、出血がひどかったので、依然、予断を許さない状況です」

医師の説明など、ほとんど聞いていなかった。栄治は、無事出産を終えた民代を、ただひたすら褒めてやりたい――それだけだった。

「元気な女の子だって。……よかったな、民代。よくがんばったな。偉いぞ、民代……」

その四ヶ月後。

民代は病室で一人きりのとき、静かに息を引き取った。


まもなく、新しい生活が始まった。

子供には、真弓と民代から一文字ずつもらって、「真代《まよ》」と名づけた。村川信子も、この名前で承知してくれた。

栄治はしばらく仕事を休み、育児に専念することにした。ランチとディナータイム以外は、たいていグリーン・ペイジで過ごしている。

「おい、こんなもんでいいか」

吾郎が、ミルクの入った哺乳瓶を栄治の頬に当ててくる。

「ん……あつッ。バカ、熱いよ。そんなの飲ませたら、真代が火傷《やけど》しちまうだろう」

「そうか？　これくらいなら、俺は平気だと思うけどな」

「お前、人肌の意味分かってないだろ。人の肌の温《ぬく》もりだぞ。触ったら分かるだろう」

「分かってるよ。人肌だろう」

吾郎は自分の、その黒々とした頬に哺乳瓶を当てている。

「それだよバカ。ヒゲのところじゃなくて、直接肌に当てて測ってみろって」

いわれて初めて、哺乳瓶を額に持っていく。

「……あ、ほんとだ。ちょっと熱いかもな」

「かもな、じゃないよ、まったく」

失敗は数限りなくあった。オムツ替えを始めた途端、オシッコを引っ掛けられたり。泣く理由が分からず、ひたすらあやし続けていたら、ウンチがオムツからはみ出してきたり。風呂では手をすべらせ、顔面にシャワーを浴びせてしまったり、湯船に落としてしまったり。鼻の掃除をしてやろうと思い、綿棒でグリグリやり始めたら、ついやり過ぎて鼻血を出させてしまったり。

「おお、ごめんごめん……」

それでも、真代は無闇に泣いたりしなかった。実に聞き分けのいい赤ちゃんだった。鼻血を出させてしまったときも、少しの間は痛そうに顔をしかめていたが、ギャーギャー喚《わめ》いたり、グズって暴れたりはしなかった。

二ヶ月くらい経った頃か。少し首が据わるようになると、もう真代は寝返りに挑戦し始めた。身体能力の未熟は如何《いかん》ともし難いが、やり方は知っている。イメージとしては持っている。そんな動きだった。

「よし、真代、もうちょっとだ。ヨイショ、ヨイショ……ああ、残念。失敗だぁ」

上手く体が返りきらず、仰向《あおむ》けに戻ってしまっても、決して泣いたりしない。むしろ失敗を恥じるかのような、照れ笑いを浮かべた。

「じゃ、もう一回やってみるか。もう一回……ん、もうやんないのぉ？　そうかぁ。ま、案外疲れるのかもな。その小さな体で、運動するってのも」

民代が亡くなった半月ほどあと。初めて保育園に預けにいったときは、かなり驚かれた。

「あらぁ、真代ちゃんはとってもお利口ちゃんですねぇ。パパとバイバイでも、ニコニコちゃんなのねぇ」

たまには子供らしく泣け、とも思うのだが、手間は掛からないに越したことはない。

ちなみに「パパ」ではなく「ジジ」なのだが、あえてそこは否定せずにおいた。

「では、よろしくお願いします……じゃあな、真代」

普段の生活の中で、彼女が起きている間は常に「真代」と呼びかけた。この子はこれから「村川真代」として生きていくのだ。それ以外の何者でもない。

ただ、彼女が眠ってしまうと、栄治も思い出に浸ることを自らに許した。ときには「真弓」と呼び掛け、またあるときは「民代」とした。

「……真弓、聞いてるか。あの頃君が好きだった、チャゲアスな。あれ、えらいことになっちゃったよ……いや、それくらいは民代も知ってたか。そうだな、知ってるんだな……」

どうも栄治には、真弓と民代、真代が同一人格であるというのが感覚的に理解できなかった。親子関係でありながら、別々に、真代の中に存在しているような。そんなイメージが拭えない。

「ああ……民代。遅くなったけど、育応高校から卒業アルバムが届いたよ。お前、勉強もなかなかみたいだったけど、走るのも相当速かったらしいな。陸上部でもないのに、記録会とか出てたらしいじゃないか。すごいな……俺、学生時代、そんなに足速くなかったぞ。真弓は、どうだったのかな……背は高かったけど、足は、あんまり速そうじゃなかったけどな」

自分でも不思議だった。亡くなってからの方が、栄治は民代に、素直に話し掛けることができている。こんなことになる前に親子関係を認めればよかったと、事件後はずっと悔やんできた。でも今は、そうでもなくなってきている。真代が喋れるようになってから、ゆっくり穴埋めをすればいいと思っている。

そう。あの頃の思い出も、別れの悲しみも、再会の戸惑いも、暗闘の孤独も、これからは二人で分かち合って生きていける――。いや、それは駄目か。自分が真代と同じ時代を生き抜くことは、実際には不可能だ。真代は真代で、また新しいパートナーを見つけて生きていくことになる。少し寂しいけれど、それはそれで仕方のないことだ。自分は、真弓と民代という、二つの魂と出会うことができた。本当は一つなのだが、でも二人分、いや、その何倍も栄治は二人を愛した。この記憶だけで、もう自分は生きていける。真代の人生まで、自分が縛りつけるようなことがあってはならない。

「おやすみ、真弓……民代」

真代の小さな手は、本当にマシュマロのように柔らかく、でも掌《てのひら》は、なんとなくぺトペトと、湿った感じがした。

その夜、栄治はどうしてもはずせない仕事があり、真代の迎えを吾郎に頼んで出かけた。入園から三ヶ月。だいぶ園にも慣れてきていたし、吾郎のことも、真代はもう一人の父親のように慕っていた。何も心配はしていなかった。

「……ただいま。悪い、遅くなった」

夜十時過ぎ。吾郎は、ポータブル液晶テレビをカウンターに置き、音を、聞こえるか聞こえないかくらいまで小さくして観ていた。

「おお、お疲れ」

声はほとんど内緒話。出入り口のカウベルも、できるだけ鳴らさないようそっと開け、そっと閉めた。

真代は吾郎より少し奥、背もたれを倒したベビーカーの中で眠っていた。覗き込むと、ふわりと柔らかな匂いがした。洗濯物と、子供の肌が醸し出す、無防備で、どこまでも優しい匂い。

「なんか、変わったことなかったか」

「いや、別に。周りの子もなんだかんだ、真代には優しいみたいだな。かえって、みんなが弄《いじ》りたがって大変らしい。真代は、誰にでもいい顔で笑うからな」

吾郎はスツールから下り、忍び足でカウンターに入っていった。

「……どうだ。一杯付き合うか」

カウンター下から吾郎が取り出したのは、なんと「森伊蔵《もりいぞう》」だった。幻ともいわれる鹿児島の芋焼酎《いもじょうちゅう》だ。

「お前、どうしたんだ、そんなもん」

ネットオークションで買ったら、七二〇ミリのボトルでさえ一万五千円くらいするが、いま吾郎が持っているのは一升瓶だ。一体いくらするのか、想像もつかない。

「へへ……たまたま、ほんの偶然、抽選に当たってよ。直接蔵元から買えたんだよ。だから、ほんとに原価。二千何百円かだよ。笑っちまうぜ」

美冴が生きていたら飛び上がって喜んだだろう、とは思ったが、むろん口には出さない。

「どうする。ストレートでいくか、ロックにするか」

「じゃ、最初のひと口だけ、生《き》のままいただこうかな」

すると吾郎は、急に大事そうに一升瓶を抱え込んだ。

「なんだよお前、最初だけって。そんな、二杯も三杯もタダで飲ませてもらえると思うなよ」

「いまさらケチ臭いこというなよ。二千何百円だったんだろう」

いつものバカラのロックグラスに注《つ》いでもらい、とりあえず氷は入れずに、乾杯。

「……じゃ、いただきます」

「おう。味わって飲みやがれ」

ひと口、大事に含み、舌の上で転がす。芋焼酎にしては確かにすっきりした味わいだが、七二〇ミリで一万五千円もするほどの味かというと、栄治には、どうもそこまでではないように思えた。

ふと見ると、カウンターの中にもう一つ、バカラのグラスが出ている。全部で三つしかないグラス。なぜ、美冴の分まで出ているのだろう。

「お前、それ、何かに使ったの」

栄治が指差すと、吾郎はこともなげに答えた。

「ああ、真代にジュース飲ませるのに使った。他のコップだと口がせまいから、スプーンですくいづらいだろう。だから……こういう広口のグラス、他になかったからさ」

確かに最近、真代は離乳食や果汁を摂《と》るようになってきている。それに関してはむしろ吾郎の方が研究熱心で、最初はどういうものがよくて、いつくらいに次の段階に進んでと、かなり具体的なプランを持っていた。

「なるほどな……で、なに飲ませたの」

「ああ、オレンジジュース」

オレンジ――。

一瞬、すべてのものの動きが、止まったように感じた。

時計の秒針も、自分の心臓も、テレビの映像も、外の道の往来も、もう、世界中の何もかもが、未来を見失って凍りついていた。

ぞわりと、不快な粘りを持つ空気が体の表面に張りつき、毛穴から染み込んでくる。それが次第に、体内の血液を、どす黒く侵していく——。

「まあ、正確にいったらミカンジュースだけどな。いつもここに置いてある、百パーセントの、これだよ」

ようやく、それだけ絞り出す。

「……なん、だって？」

その後、吾郎とどういう話をしたのかは覚えていない。とにかく眠っている真代を抱き上げ、店に常備されているミカンジュースをひとパック摑んで二階の事務所に上がった。まだ九月。事務所が妙に蒸し暑かったのは覚えている。

途中で目を覚ました真代を、栄治は応接セットのソファに下ろした。真代はそこでしばらく、大人しくお座りをしていた。首ももう完全に据わっている。転げ落ちるようなヤンチャもしない。いつも通りの真代だった。

ちょうどそこに、一通のメールが届いた。警視庁の荻野からだった。最悪のタイミングというべきか、これこそが運命というものなのか。

【由利岳彦、死亡。病気を苦にしての自殺との見解。取り急ぎ。】

栄治は、携帯を床に叩きつけたい衝動を必死に堪え、給湯スペースに向かった。

ストローマグという子供用のコップを手に取る。幼児でも持ちやすいよう左右に取っ手があり、フタにストロー状の飲み口がついている。さらに飲み口を収納すればそのまま持ち運びも可能という、非常に便利なグッズだ。哺乳瓶より洗浄も簡単なので、栄治はもっぱらこればかりを使っている。

手の震えを抑えながら、ミカンジュースを一杯まで注ぎ、フタを閉める。

「……真代。これ飲んだら、お風呂入ろうな」

応接セットに戻ってストローマグを差し出すと、真代はなんの躊躇《ためら》いもなく両手で受け取り、慣れたふうに飲み口を銜《くわ》えた。

真ん丸い頬を少しだけすぼませて、橙色《だいだいいろ》の液体を吸い上げる。首が短いので喉元は見えないが、頬と顎の動きで飲んでいることはちゃんと分かった。

「……美味《おい》しいか、真代」

ほとんど黒目しかない、リスのように愛らしい瞳がちろりとこっちを見上げる。美味しいよ、当たり前じゃない。そんな意味にとれた。

「そうか、美味しいか……ちゃんと、味わって飲めよ」

だが少々入れ過ぎだったのか、真代は半分くらいで飲むのをやめた。もうお腹一杯。そういうことのようだった。

栄治はストローマグを受け取り、テーブルに置いてから、真代の顔を覗き込んだ。

「でも、変だね……お前のお母さんも、お前のお祖母さんも、柑橘系は大の苦手だったんだ。分かるよな、柑橘系ってなんだか。ミカンとか、オレンジとかのことだよ。民代も真弓も、こういう柑橘系のジュースは、ひと口も飲まなかった」

真代の顔に、七ヶ月の赤ん坊には不似合いな、氷のような無表情が広がっていく。

「今まで、あえてお前にはいわなかったけど、知ってたんだ、俺は。お前や民代が、自分の心と記憶を子供に受け継がせることができる、特別な性質の持ち主だってことを。……だから、真弓が嫌いだった柑橘系は、当然のように民代も嫌いだった。心と記憶が同じなんだから、当たり前だよな。ちょっと生まれ変わったくらいで、食の好き嫌いは簡単には変わらないってことさ」

改めて、中身が半分に減ったストローマグを真代に見せる。

「……なのにこれは、どういうことかな。お前は民代から生まれてきたのに、民代の記憶は受け継いでいないのか。心は別人なのか。真代、どうなんだ」

可愛くて可愛くて仕方がなかった、その柔らかな頬を、つねるように摘《つま》んでみる。それでも真代は、呻き声一つ漏らさない。

「おい、答えろよ。お前の中にいるのは誰なんだ。お前の記憶は、心は、一体誰のものなんだ。少なくとも民代じゃない。だとしたら……由利岳彦、お前なのか。この頭の中にいるのは岳彦、キサマなのか」

まだフカフカと凹《へこ》む、頭蓋骨《ずがいこつ》の柔らかな継ぎ目を指先で確かめる。

「……正直、怖かったよ。この頭の中にある記憶が民代のものでなかったらと考えると、怖くて怖くて仕方なかった。だから、気づかない振りをしてた。記憶の継承についても知らん振りをしてた。少なくとも、お前が起きている間はな。でも、こんなものをゴクゴク飲んじまうんじゃ、もう、知らん振りもできない。……お前は二人のＯＬを殺害し、田嶋美冴を殺害し、民代を再起不能にし、あまつさえその子供の肉体まで奪い取った、由利岳彦なんだな……赦さんぞ、岳彦。俺はお前を、絶対に赦さない」

依然、真代は無表情のまま、栄治を見つめている。

七ヶ月の子供が、こんなにも長い間身じろぎもせず、じっと大人の話を聞いている。頬をつねられても何をされても、視線を逸《そ》らさずにいる。あまりにも異様な光景だった。

栄治には、その片時も逸らさない目が、何かを訴えているように思えてならなかった。

私が——私が岳彦だったら、なんだというの。もしそうだとしたら、あなたは私をどうするの。口では赦さないというけれど、じゃああなたに何ができるの。私を殺す？　あなたに、私が殺せる？

ああ、殺せるさ。お前は、真弓から受け継がれた民代の魂を殺した。美冴も殺した。俺の愛するものすべてを、お前は奪い、穢《けが》し、亡きものにした。そして俺を騙《だま》し、お前という悪魔を、俺自身に育てさせようとした。赦さない。赦さない。

でも、七ヶ月も育ててくれた。オムツを替えて、お風呂に入れて、ミルクを飲ませて、抱いて寝てくれた。保育園にも送り迎えしてくれた。ありがとう、可愛がってくれて。愛してくれて。

フザケるな。愛してなんていない。騙されていただけだ。お前が岳彦だという確証がなかったから、保留にしていただけだ。いや、お前が民代であってくれたならと、そう願っていたから、民代なのだと信じたかったから、だから――。

それでも、あなたが私を可愛がってくれたのは事実。人は普通、心も記憶もまっさらな状態で生まれてくる。親が罪人だろうと、子供に罪はない。でしょう？　私も同じ。あなたの愛で、私は新たな人生を歩み始めるの――。

真代はいつのまにか、涙を流しながら、笑みを浮かべていた。

「……ぱ……ぱ……」

栄治は、小さな頭を包んでいた両手を、その首に、すべらせた。

「……俺も吾郎も、お前に『パパ』なんて言葉は、教えていない。騙されんぞ、岳彦ッ」

真代の首は、頼りないほど細く、悲しいほどに柔らかく、なお狂おしいほど、あたたかだった。

エピローグ

「ミカンじゃありません。……ミカン、ジュースです」

そこから始まった、曽根崎栄治の、長い長い告白。

四回の接見を費やし、ようやく本件、曽根崎の孫殺しまでたどり着いた。

佐伯も、最初は信じられなかった。

親の心と記憶を受け継ぐ子供。生まれ変わりによる不老不死。それに固執するあまり、引き起こされた犯罪。一連の、連続ＯＬ監禁殺人事件。さらに田嶋美冴、村川民代と被害者は増え、彼女らを毒牙にかけた犯人、由利岳彦の魂は、村川民代が身籠った子供の体へと逃げ込んだ。曽根崎はそれを赦すことができず、一歳にもならない村川真代の首を絞め、殺害するに至った。

「村川真代の中に宿っていた魂が、由利岳彦のものだったというのは、間違いなかったんですか」

曽根崎は眠たそうに、ゆるく首を傾《かし》げた。

「正直、分かりません……でも、あれが民代でないことだけは、確かだった。直前には、岳彦が自殺したとの情報も入ってきていた。岳彦は、すんでのところで次の体への避難を成功させたんです。だからこそ、自ら死を選んだんです。じゃあ、誰の体に逃げ込んだのか……真代以外には、考えられません。違いますか」

　果たしてそうだろうか。

「民代さんではないにしても、由利岳彦でもない、まったく新しい人格という可能性は、なかったんですか。……つまり、村川真代が、普通の子供かもしれないとは、考えなかったんですか」

　それには、小刻みにかぶりを振る。

「あなたは、直《じか》に真代を見ていないからそんなふうに思うんです。あの子が普通の赤ん坊でないのは明らかだった。物分かりがよく、滅多に泣かず、運動能力も高く……でも、だからといってそれが何かの証明になるわけじゃない。そんなことは私だって分かってる。証明する手立てはないんです。ないから……私が、殺すしかなかった。それについての後悔は、今もまったくありません。警察にも、検察にも裁判官にも信じてはもらえないでしょうが、あれは真代の皮をかぶった、由利岳彦だったんです。三人の女性を手に掛けた殺人鬼だった。……それでも、司法が真代を裁くことはない。だったら、私がやるしかない。この手で、真弓と民代と、美冴の仇《かたき》をとるしか……」

　確かに、そうかもしれないが。

「でも曽根崎さん、あなたの主張が正しいのであれば、なおさらあなたが殺人罪で罰せられるのはおかしい。少なくとも実刑は道理に合わない。たとえそれが、あなた自身の望みであろうと」

　曽根崎は真代を殺害したのち、自ら一一〇番通報し、駆けつけた警察官に事情を説明し、逮捕されている。

「……いいんです。私がやったことの正当性は所詮、証明不可能なんです。それも承知の上で、私は犯行に及んだんです。ですから、もういいんです。無期でも極刑でも、甘んじて受けます」

「そんな、投げやりになってはいけませんよ」

　しかし、何をいっても駄目だった。曽根崎は「無駄だ」「不可能だ」と繰り返すだけで、一向に裁判について、前向きに考えようとはしなかった。

　佐伯は以後も、曽根崎の公判を有利に運ぶための材料を探して、多くの人物と接触を図った。

　むろん、功名心がなかったわけではない。我が子への人格継承という現象を法廷に持ち込めば、必ずや大きな話題になる。そういう裁判を手掛けたいという欲も、心のどこかにはある。でもそれよりも、佐伯は曽根崎栄治という男の正義を世に問うことの方に、遥《はる》かに大きな意味を見出《みいだ》していた。連続ＯＬ監禁殺人事件を完全収束させるため、曽根崎はあえて、殺人犯の汚名を着る道を選んだ。その覚悟を理解していながら、証明が困難だからという理由で闘いを放棄することは、佐伯にはできなかった。

警視庁捜査一課の荻野警視も、曽根崎の弁護に協力するといってくれた人物の一人だった。

しかし、人格継承の説明は容易ではない。

荻野も、にわかには納得できない様子だった。

「私と曽根崎栄治との付き合いは、決して長くも深くもないですが、印象としては、非常にいいものを持っていました。理知的で、嫌味のない男だった。あの埼玉の現場でもね、曽根崎は、非常に冷静でしたよ。実の娘を目の前で強姦《ごうかん》されたんだ。もっと滅茶苦《めちゃく》茶《ちゃ》に殴って、由利岳彦を殺してしまってもおかしくない状況だったと思います。でも曽根崎は、それをしなかった。……その曽根崎が、赤ん坊を絞め殺したこと自体、私には今も信じ難いですが、でもだからって、その、生まれ変わりの話は、どうも……もう一度、整理させてもらっていいですか。村川民代の母親と、曽根崎は昔付き合っていて、民代にはその母親の魂が宿っており、由利と民代の間に生まれた子には、民代の魂が宿るかと思われたが実際はそうならず、由利の魂が宿ってしまった。だから、曽根崎はその子供、真代を殺した、ということですよね……これ、本当に曽根崎が、そういっているんですか」

田嶋吾郎の場合、その心境はさらに複雑だった。何しろ曽根崎と一緒に、真代の世話を日々していたのだから。

「何をさて置いても、栄治は悪くないよ。あいつは、悪くない。俺は今だって、栄治が真代の首を絞めたなんて信じてねえけど……でも、もしそれが事実なんだとしたら、何かとんでもない事情があったんだろうよ。真代に、あの由利岳彦の魂が乗り移ってたっていうんなら、栄治だってそういう気持ちになったかもしれない、とは思う……でもなぁ、その、魂が乗り移るっていうのは、ちょっとどうかと思うんだよな」

乗り移る、のとは違う。遺伝的に記憶と人格とが継承されるのだ、と説明しても、まだピンとこないようだった。

「どっちにしろ、真代に岳彦の魂が乗り移ってたんだろ？　それを追い出そうとして、首を絞めたら、結果的に真代を殺すことになっちまった……そういうことなんだろう？」

しかし、根気よく続けていると、理解者も現われてくる。

最初の一人は、飯森美津恵だった。

「彩奈から、すべて聞きました。池上真二郎、由利岳彦、高木清彦と、彩奈の関係。村川民代さんが、由利岳彦のさらなる犯行を、どうにかして止めようとしていたこと……私も、初めて聞いたときは、正直戸惑いました。清彦さんの記憶と人格が、まさか娘の彩奈に、受け継がれていたなんて……でも、確かめてみるとその通りなんです。出会った頃のこと、二人で交わした会話、わざわざ並んで入ったお店の名前、場所、そこで食べたもの、入院中のこと、私が差し入れたパジャマの柄……彩奈が知らないはずのこと、清彦さんしか知らないだろうことを、彩奈はちゃんと知っているんです。ぼんやりとしか覚えていないことも含めて、すべてが、清彦さんの記憶なんだと、私は理解しました。……でも、不思議なものですね。今はもう、彩奈は彩奈だと、割り切っています。父親の記憶を持っている娘、というふうに、私は思っています」

佐伯は思いきって、美津恵に頼んだ。

「飯森さん。今みたいな話、法廷でも、していただけませんか。曽根崎さんを助けるために、どうしても今みたいな話が必要なんです。我が子への人格継承、それが現実にあるということから、この裁判は始めないと駄目なんです」

美津恵は頷《うなず》き、さらにこう提案してきた。

「でも、私や彩奈が経験を話すだけでは、信憑性《しんぴょうせい》に欠けるんじゃないでしょうか。裁判みたいな、公の場で発表するのなら、もっとしかるべき立場の方に、科学的な裏づけをしていただいた方がいいんじゃないでしょうか」

この美津恵の案が、一つの大きな推進力となった。

数日後。佐伯はまた改めて東京拘置所を訪れ、曽根崎栄治との接見を申し込んだ。

ただし、今回は佐伯一人ではない。心強い助っ人が二人もいる。

案の定、面会室に入ってきた曽根崎は、いきなり目を丸くした。

「……彩奈ちゃん、大津先生」

そう。佐伯が協力を申し入れたのは飯森美津恵の娘、彩奈と、帝都医大の精神科医師、大津利則だった。

曽根崎が椅子に腰を落ち着けるなり、大津が始めた。

「曽根崎さん。あなた、私から情報を引き出すだけ引き出しておいて、卑怯《ひきょう》じゃないですか。こちらの弁護士さんから伺って、びっくりしましたよ。なんでも、記憶が遺伝情報として実子に継承される現象が、複数件確認されてるらしいじゃないですか。一連の連続殺人も、あなたが起こした事件も、根っ子にはその問題があるという……早くいってくれなくちゃ。これは、あなたたち素人にどうこうできる問題じゃない。私のような専門家が担当すべき領域だ。……まあ、厳密にいったら私の専門ともちょっと違うんですが、この際それはどうでもいい。帝都医大が威信を賭けて、いや、日本の精神医学と遺伝学の総力を結集して当たるべき問題ですよ」

大津は隣に座る、彩奈の肩をがっしりと掴《つか》んだ。

「幸い、ここに素晴らしいサンプルがいる。しかも我が研究室には、高木清彦に関する膨大なデータが保管されている。こんな小さな子をモルモットにするなんて、という批判が出るであろうことは承知していますが、幸いこの子は見た目ほど幼くはない。そのことは曽根崎さん、あなたが一番よくご存じのはず。被験者として、これほど適した人材はいない。……なに、少し時間をもらえれば、必ず証明してみせますよ。親の記憶が子供に継承される。ある段階では、多重人格ならぬ、人格重複という怪現象まで起こるという、その辺のメカニズムを解き明かして、必ずや、あなたのとった行動との因果関係を立証してみせます」

曽根崎はさすがに驚きを隠せない様子で、大きく見開いた目でこっち側を何往復も見ては、忙《せわ》しなく瞬《しばたた》いていた。

彩奈が続ける。

「私、曽根崎さんが民代さんの産んだお子さんを引き取ったと聞いて、それってどうなんだろうって、ずっと心配してたんです。その子が、民代さんの記憶を引き継いだのなら問題ないけど、もし岳彦の方になってしまったら、どうなるんだろうって……だから、曽根崎さんの事件を知ったとき、やっぱり、って思いました。やっぱり岳彦だったんだ、そんなの曽根崎さんが赦せるはずがない、殺して当然だ、って……でも、曽根崎さんの正しさを証明するのは難しいと思いました。少なくとも、私には無理だって思ってました。お母さんには、なんとか話をして、清彦の記憶と照らし合わせることで信じてもらえましたけど、でも、一般の人にそれは通用しない。ましてや裁判でなんて、絶対に無理だと思ってました。けど……」

ちらりと、彩奈がこっちを見る。

「佐伯さんと、大津先生とお話ししている内に、できるかもって、思えてきたんです。具体的な作戦は、これから立てます。どういうふうに説明したら、どういう実験をしたらこの現象を証明できるか、一所懸命考えます。だから、曽根崎さんも諦めないで。どうせ分かってもらえないなんて、そんなふうには考えないで。必ず見つけますから。私たちが、必ず曽根崎さんを、ここから助け出してみせますから」

佐伯は小さく、安堵《あんど》の息をついた。

ようやくだ――。

曽根崎の表情に、初めて感情らしきものが浮かんでいた。

「……彩奈ちゃん……」

すると見る見る、無表情のダムは決壊していった。両目から涙が溢《あふ》れ、激しい感情の波に洗われ、頬が歪《ゆが》んでいった。

長い告白の中で曽根崎が一度だけ使った、「暗闘」という言葉を思い出した。民代はこの時代に生を受ける前から、岳彦の中に宿っていた魂と闘ってきたのだという。人知れず、その邪《よこしま》なる魂を封じ込めようとしていたのだという。

曽根崎も同じだったのだと、佐伯は思った。曽根崎は民代の、ひいては石本真弓の遺志を継ぎ、真代の首に手を掛けた。それによって邪なる魂を封ずることができると信じ、誰に告げることもなく、一人でその罪を負う決心をしたのだ。

つらかっただろうと思う。そもそもは善良な男だ。そんな男が、七ヶ月とはいえ自分の手で育てた子を、同じ手で殺《あや》めたのだ。まさに暗闘だっただろう。暗く、孤独で、冷たい闘いだっただろうと察する。

「曽根崎さん」

「……はい」

曽根崎が、佐伯の呼びかけに、素直に反応した。こんなことはまったく初めてのことだ。

「裁判について、前向きに、考えてくれますね」

曽根崎が、頷く。大粒の涙を落としながら。深く、何度も。

「それと、できれば、真弓さんのメッセージが入っているという、カセットテープ。それを、裁判に証拠として提出したいんですが、それも、併せてお考えいただけますか」

「……はい」

佐伯はもう一度、ほっと息をついた。

「……よかった」

これで、闘える――。

そのことが、佐伯にはこの上なく嬉《うれ》しかった。

*

数ヶ月後――。

栄治はジャングルジムに背中を預け、青の色紙を一枚貼りつけたような秋空を見上げていた。

「……本当に、ありがとう。君のお陰で、晴れて自由の身になれました……といっても、執行猶予中だけど」

「いえ。私は、当たり前のことをしただけです」

彩奈は栄治の、肩くらいの高さに腰掛けている。早いもので、彼女ももう小学二年生だという。履いているのは、もうノーブランドの子供用運動靴ではない。ナイキの、大人用と変わらないデザインのスニーカーだ。色もピンクではなく、黒地に緑のツートーン。それなのに、膝下をプラプラさせる仕草だけは妙に子供っぽい。

ほんとはね、と彩奈は続けた。

「……この公園で話したときの民代さん、すごく怖くて、嫌いだったんです。私の秘密も、全部お見通しで。脅《おど》すような口調で、岳彦の居場所を教えろって。でもいま考えると、あの真剣さこそが、民代さんの正義だったんだなって、思います。岳彦になんて関わらないで、事件のことなんて無視して生きていくことだって、民代さんにはできたと思うんです。でも、そうはしなかった……強かったなって、思います。本当に」

「うん……そうだね」

民代のことを思い出すと、栄治はいまだに息ができなくなるくらい、胸が痛くなる。でも同時に、この痛みを失いたくないとも思う。この痛みこそが彼女と出会い、彼女を愛した証《あかし》なのだから。

「でも、民代だけじゃない。君も、強いよ。君が証言台に立ってくれなかったら、俺は今頃、どこかの刑務所の中だ。なんの気力も持てず……ひょっとしたら、看守の目を盗んで、自殺することばかり考えるようになっていたかもしれない」

彩奈は、黙ってかぶりを振るだけだった。

栄治は続けた。

「それより、いま俺が心配なのは、君が裁判で証言したことによって、今後君自身が、好奇の視線に曝《さら》されるんじゃないかって、そのことの方が……」

彩奈は、とぼけたように首を傾げた。

「それは、大丈夫だと思います。周りの人が何をいおうと、そんなの、全然気になりません。私には、最大の理解者がいますから」

なるほど。

「……美津恵さんか」

「はい。高木清彦のときも、飯森彩奈になってからも……そして、すべてを告白した今でも、彼女は変わらない気持ちで、私を愛してくれています。そんな彼女を愛したことを、私自身、誇りに思っています。ただ残念なのは……このまま大人になっても、もう彼女とは結婚できないってことですね。何しろ、女の子になっちゃいましたから」

そういって、彩奈は笑った。

でも栄治は、別のことを可笑《おか》しく思った。

「それは、男の子だって無理じゃないの？　だって君たちは、実の親子なんだから」

「あそっか。どっちみちダメか」

ただ、彩奈のいうことはその通りだと思った。美津恵は裁判でも証言してくれたし、何度も面会にきてくれた。ずいぶん差し入れもしてもらったし、何しろ励まされた。本当に、芯の強い、素敵な人だと思う。

「……君たちを見ていて、俺も、いつも考えてた。その人の本質っていうのは、結局、なんなんだろうって。少なくとも、男とか女とか、若いとか年を取っているとか、そういうことはあんまり、関係ないんじゃないか、って。……同性だって、理解できない人間はいる。異性だって、深く理解し合える出会いはある。世の中には、頭のいい子供もいれば、どうしようもなく愚かな大人だっている。そういう前提条件みたいなものに、できるだけ惑わされないで人と向かい合うには、どうしたらいいのかな、って……まあ、全然、答えはないんだけど」

急に彩奈が、あっ、といってジャングルジムから飛び下りた。

「ごめんなさい。私、もう塾にいく時間でした」

腕時計を見ると、四時二十分を少し過ぎていた。

「……塾、いってるんだ」

以前美津恵は、母子家庭で家計も苦しいから、塾になどいかせていないといっていたが。

「はい。これ、実は裁判のお陰なんです。月謝はタダでいいから通ってみないかって、大手の進学塾から誘われて。それで、ちょっとやってみようかなって……でも、今の小学生って、ずいぶん難しいことやってるんですね。今はまだ大丈夫ですけど、五年生とかになったら、もう優等生ではいられなくなっちゃうかもしれないです」

じゃあ、と勢いよく頭を下げ、彩奈は走って、公園から出ていった。途中、一度だけ振り返って、栄治に手を振ってくれた。

栄治も、大きく振り返した。
なぜだろう。
嬉しくて、涙がこぼれた。
秋風が、頰に少し冷たかった。

解　説

吉田伸子

誉田さんといえば、映像化された『ストロベリーナイト』の姫川玲子《ひめかわれいこ》シリーズ、ジウシリーズ、さらには、『ドルチェ』『ドンナ ビアンカ』の魚住久江《うおずみひさえ》シリーズと、今や警察小説の第一人者、というイメージを持っている読者も多いだろう。けれど、それは、誉田さんの一面にしかすぎない。香織《かおり》と早苗《さなえ》というダブルヒロインの〝剣道青春小説〟である武士道シリーズも、天才的なギターの腕前を持つ柏木夏美《かしわぎなつみ》をヒロインにしたシリーズも、誉田さんの一つの側面だ。そして、もう一つ。作家・誉田哲也にとっての原点ともいえる側面。それがホラーだ。

そもそも、誉田さんのデビュー作は、伝奇ホラーである、『妖《あやかし》の華』であり、第四回ホラーサスペンス大賞特別賞を受賞した『アクセス』もホラーだった。その流れからすれば、デビュー十周年にあたる節目の年に刊行された本書がホラーなのは、自然なことだともいえる。本書の刊行時、誉田さんにインタビューをしたのだが、誉田さんは本書について、ある意味で「原点回帰」のような作品だと語っていた。「吸血鬼こそ出てきませんが、僕のなかでは『妖の華』と姉妹編っぽいイメージではあるんです」と。『妖の華』は、肉体的には完全に不死である「闇神《やがみ》」（人間の生き血を吸わないと生きていけない）という種族である、紅鈴《べにすず》をヒロインとした物語だ。美しく、妖《あや》しく、そしてタフなスーパーヒロイン、それが紅鈴だ。彼女は、ある意味、誉田作品の女性キャラの原型である（と、私は思っている）。

本書は、殺人犯である男と、彼の弁護士との接見場面から始まる。これまで十数回接見を重ねているというのに、男は頑《かたく》なまでに心を閉ざしている。魂の抜け殻というよりも、もはや廃人に近い様相を呈しているその男は、弁護士の必死の説得にもかかわらず、完黙を通している。男の周辺を調べれば調べるほど、男を知れば知るほど、男は無実ではないかと、弁護士には思える。にもかかわらず、男が沈黙を通す以上、弁護士には打つ手はない。なぜなら、男の犯行内容では、「相手の過失という要素もまったくない」からだ。男が手にかけたのは「一歳にも満たない赤ん坊」だった。

大手興信所から独立して、「新栄社《しんえいしや》」という興信所を立ち上げて十三年。犯行直前まで、男は中小企業の信用調査や、素行調査などの個人案件を引き受けていた。四十八歳の男は、何故《なぜ》いたいけな赤ん坊を殺《あや》めたのか。そこには何があったのか。そして、何故男は、全《すべ》てを諦めたような、生きながら死んでいるようになってしまったのか。ところが、弁護士があることを口にした瞬間、男の目に「急に何か尖《とが》ったものが宿る」。

ここまでがプロローグ。何が男を赤ん坊殺しに走らせたのか、と読者はもう物語に引き込まれているのだが、そこから場面は一転する。一人の男が、病院の屋上から飛び降りようとしている。何かとんでもないことがこの男の体に起こってしまったこと、死のうとしているその男が、本当は生きたいと思っていることは、読者に明かされるものの、他には男の名前も年齢も明かされない。さらに、そこからまた場面は移る。そこでは、両手の親指を切断されて、監禁されている女と、女を監禁している男が登場する。

その次は、監禁されていたと思《おぼ》しき女の遺体が発見され、警察が動きだす場面だ。遺体の発見場所は調布市だが、同様の屍体遺棄事件が、一ヶ月前に東大泉《ひがしおおいずみ》でも起きていて、そちらは石神井《しゃくじい》署《しょ》に特別捜査本部が置かれ、捜査が続けられていた。親指切断、顔面殴打、そして扼殺《やくさつ》。性的暴行の痕跡があることまで共通していることから、警察は同一犯の可能性も視野に入れて捜査をすることに。

赤ん坊殺しの男、自殺直前の男、女を監禁して殺してしまう男、と場面がくるくると変わり、読み手の頭の中には疑問符が重なっていく。この、畳み掛けるような導入部で、誉田さんは読み手をがっちりとつかんでしまう。それは、次に民代《たみよ》という一人の女子高校生が登場することで、より強固なものになる。調布の屍体遺棄事件を新聞で読んだ民代は、確信する。「奴《やつ》だ。奴がまた、動き始めたのだ」と。動かなければ。でも、どうやって？　と考えた民代が真っ先に思い浮かべたのは、曽根崎栄治《そねざきえいじ》の顔だった。ここで、物語は〝輪〟になる。曽根崎栄治とは、冒頭、赤ん坊殺しとして拘置所にいたあの男の名前だった——。何故、民代が栄治を知っていたのか。そして、「奴」とは誰なのか。

民代は、「奴」を探し出すために、栄治のもとを訪れる。一面識もない、十八歳の女子高生からの、人探しの依頼。しかも、民代は、お金は全然ない、と言う。自分をからかっているのか、と訝《いぶか》る栄治に、民代は、自分には他に頼れる人がいない、と言葉を続ける。まともに取り合うべきではないと、頭では分かっているものの、無視できない何かを民代に感じた栄治は、民代に問う。民代の返事は驚くべきものだった。あなたは私の父親なのだ、と。事情を飲み込めずにいる栄治に、民代は切り札のようにある女の名前をだす。「私の母親は石本真弓《いしもとまゆみ》」と。石本真弓とは、かつて栄治が愛した女だった。そして、十九年前、不意に栄治の前から姿を消していた。

ここまでは、物語のほんの出だしにすぎない。ここから先、どんなふうに物語が転がっていくのかは、実際に本書を読まれたい。というか、どう書いても物語の核心に触れてしまうことになるので、これ以上は書けないのだが、読み手の予想を遥《はる》かに上回る展開であること、背中がぞわぞわとする怖さに満ちたホラーである、とだけ。

それにしても、この導入部の鮮やかさはどうだろう。かつてのインタビュー時、誉田さんは、冒頭の摑《つか》みとかは特に意識してない、と語っていたのだが、同時に、「一ページ目から始まる小説にしたくない、という気持ちがあるんです」とも。冒頭に登場する栄治の過去や状況を敢《あ》えて説明しないのは、そのためだ。「すうっと物語が始まる、というのがいいと思っているんです」と。

物語を読み進めていくほどに、絡まり合っていた糸がほどけ、徐々に全貌が見えて来た時、それまでの「？」が「！」に変わる。けれど、その糸は完全にほどけきるわけではない。そこには、「ラストで謎が全部解けて、それで終わる物語にはしたくない」という誉田さんの想いがある。フィクションだから、と割り切ってしまうのではなく、ちょっとリアルに近づけたいのだ、と。

その誉田さんの物語を支えているのは、ストーリーはもちろんだが、登場人物たちの造型だ。本書では、主人公の栄治、物語を動かしていく民代は言わずもがな、栄治に想いを寄せる美冴《みさえ》が、物語のなかで光る。栄治の幼馴染《おさななじみ》の妹、という立ち位置の彼女は、その想いをストレートに出せずにいる。栄治がかつて真弓を愛し、そして今も真弓を愛していることを知っているからだ。それでも、美冴は栄治を諦めきれない。栄治もまた、美冴の想いを知りつつも、それに応《こた》えてやることはできない。そこに、民代という真弓の忘れ形見が加わることで、さらに微妙な空気が流れることになるのだ。

この美冴に限らず、誉田さんはキャラクターの造型には定評があるのだが、誉田さんにとって、物語に登場するキャラクターは、「創《つく》り出すものではなく、出会うもの」だと言う。誉田さんにとって、作品世界は感覚的には「自分の外」にあり、「登場人物、視点人物の目と感覚を借りて」、その世界を見る感じなのだ、と。だから、創るというよりは、出会うというほうがしっくりくるのだと。姫川シリーズの、玲子やクセのある刑事たちや、武士道シリーズの香織や早苗のあのキャラたちは、そんな「出会い」から生まれたものなのだ。本書の栄治や、民代、美冴もしかり。

それにしても、ホラーでありながら、ミステリーでもあり、さらには栄治と真弓、栄治と美冴の恋愛小説としても楽しめる、何とも読み応えのある本書。ラストが閉じていないことで、逆にその先というか、続編もありなのでは、と思わせる。そういえば、誉田さんはインタビューの時に、こんなふうに語っていた。「本書に出てくる荻野《おぎの》という刑事には、姫川シリーズの誰かを絡めてもいいかな、とちょっと思ったりもしたんです。なので、本書の登場人物たちが、他の作品に、という可能性はあるかもしれません」

本書の登場人物たちが、いつ、どこで、再び誉田作品に登場するのか。その日を楽しみに待ちたい。

（よしだ・のぶこ　書評家）

本書は二〇一二年六月、集英社より刊行されました。

初出
集英社WEB文芸レンザブロー
二〇一一年七月〜二〇一二年一月

集英社文庫　目録（日本文学）

三田誠広　春のソナタ
三田誠広　永遠の放課後
道尾秀介　光媒の花
光野桃　ソウルコレクション
皆川博子　薔薇忌
皆川博子　骨笛
皆川博子　ゆめこ縮緬
皆川博子　花闇
皆川博子　総統の子ら(上)(中)(下)
美奈川護　ギンカムロ
南川泰三　浪速の女ハスラー　玉撞き屋の千代さん
湊かなえ　白ゆき姫殺人事件
宮内勝典　ぼくは始祖鳥になりたい
宮尾登美子　岩伍覚え書
宮尾登美子　影絵
宮尾登美子　朱夏(上)(下)

宮尾登美子　天涯の花
宮木あや子　雨の塔
宮木あや子　太陽の庭
宮城谷昌光　青雲はるかに(上)(下)
宮子あずさ　看護婦だからできること
宮子あずさ　看護婦だからできることII
宮子あずさ　老親《ろうしん》の看《み》かた、私の老い方
宮子あずさ　ナースな言葉　こっそり教える看護の極意
宮子あずさ　ナース主義！
宮子あずさ　卵の腕まくり　看護婦だからできることIII
宮里洸　人斬り弥介秘録　幽鬼
宮里洸　人斬り弥介秘録　鬼神
宮里洸　人斬り弥介秘録　沈む町
宮里洸　人斬り弥介秘録　茜雪《あかねゆき》
宮里洸　決定版・真田十勇士　霧隠才蔵
宮沢賢治　銀河鉄道の夜

宮沢賢治　注文の多い料理店
宮下奈都　太陽のパスタ、豆のスープ
宮下奈都　窓の向こうのガーシュウィン
宮嶋康彦　さくら路《みち》
宮田珠己　ジェットコースターにもほどがある
宮田珠己　だいたい四国八十八ヶ所
宮部みゆき　地下街の雨
宮部みゆき　R.P.G.
宮本輝　焚火の終わり(上)(下)
宮本輝　海岸列車(上)(下)
宮本輝　水のかたち(上)(下)
宮本昌孝　藩校早春賦
宮本昌孝　夏雲あがれ(上)(下)
宮本昌孝　みならい忍法帖　入門篇
宮本昌孝　みならい忍法帖　応用篇
宮脇俊三　鉄道旅行のたのしみ

集英社文庫　目録（日本文学）

集英社文庫

あなたが愛《あい》した記憶《きおく》

2015年11月25日　第1刷
2015年12月14日　第2刷

定価はカバーに表示してあります。

著　者　誉田哲也《ほんだてつや》

発行者　村田登志江

発行所　株式会社　集英社
東京都千代田区一ツ橋2-5-10　〒101-8050
電話　【編集部】03-3230-6095
【読者係】03-3230-6080
【販売部】03-3230-6393(書店専用)

印　刷　大日本印刷株式会社

製　本　大日本印刷株式会社

フォーマットデザイン　アリヤマデザインストア　　マークデザイン　居山浩二

ISBN978-4-08-745378-2 C0193